Annales 2024

Objectif BAC

Tle

Sujets & Corrigés

Spécialité

SES

Laurent Braquet
Professeur certifié de SES

David Mourey
Professeur certifié de SES

Jean-Paul Brun
Professeur agrégé de SES

hachette
ÉDUCATION

Mode d'emploi

Pour chaque type d'épreuve (dissertation et épreuve composée), cet ouvrage vous propose :

28 sujets corrigés pour préparer l'écrit

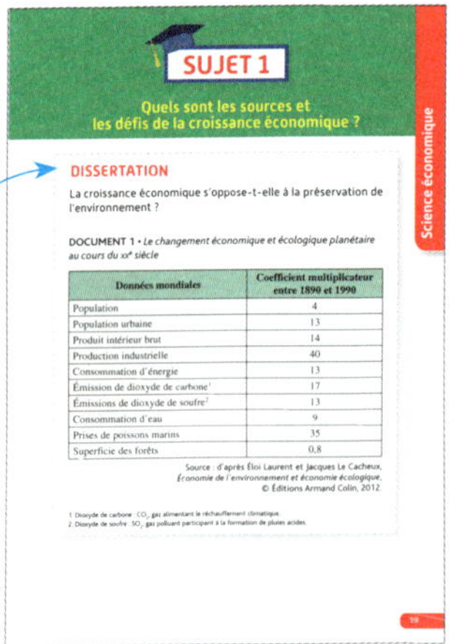

SUJET 1

Quels sont les sources et les défis de la croissance économique ?

DISSERTATION

La croissance économique s'oppose-t-elle à la préservation de l'environnement ?

DOCUMENT 1 • *Le changement économique et écologique planétaire au cours du xxe siècle*

Données mondiales	Coefficient multiplicateur entre 1890 et 1990
Population	4
Population urbaine	13
Produit intérieur brut	14
Production industrielle	40
Consommation d'énergie	13
Émission de dioxyde de carbone[1]	17
Émissions de dioxyde de soufre[2]	13
Consommation d'eau	9
Prises de poissons marins	35
Superficie des forêts	0,8

Source : d'après Éloi Laurent et Jacques Le Cacheux, *Économie de l'environnement et économie écologique*, © Éditions Armand Colin, 2012.

Science économique

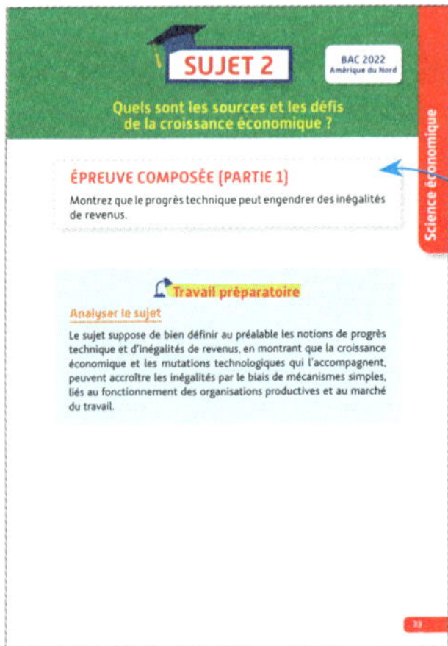

SUJET 2

BAC 2022 Amérique du Nord

Quels sont les sources et les défis de la croissance économique ?

ÉPREUVE COMPOSÉE (PARTIE 1)

Montrez que le progrès technique peut engendrer des inégalités de revenus.

Travail préparatoire

Analyser le sujet

Le sujet suppose de bien définir au préalable les notions de progrès technique et d'inégalités de revenus, en montrant que la croissance économique et les mutations technologiques qui l'accompagnent, peuvent accroître les inégalités par le biais de mécanismes simples, liés au fonctionnement des organisations productives et au marché du travail.

Science économique

Un travail préparatoire pour comprendre les points-clés du sujet

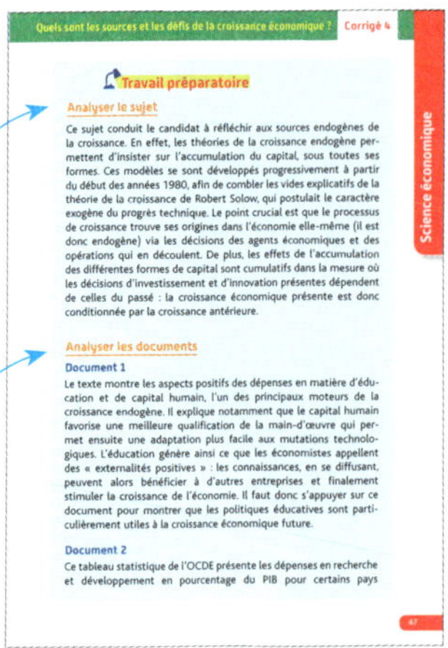

Quels sont les sources et les défis de la croissance économique ? Corrigé 4

Travail préparatoire

Analyser le sujet

Ce sujet conduit le candidat à réfléchir aux sources endogènes de la croissance. En effet, les théories de la croissance endogène permettent d'insister sur l'accumulation du capital, sous toutes ses formes. Ces modèles se sont développés progressivement à partir du début des années 1980, afin de combler les vides explicatifs de la théorie de la croissance de Robert Solow, qui postulait le caractère exogène du progrès technique. Le point crucial est que le processus de croissance trouve ses origines dans l'économie elle-même (il est donc endogène) via les décisions des agents économiques et des opérations qui en découlent. De plus, les effets de l'accumulation des différentes formes de capital sont cumulatifs dans la mesure où les décisions d'investissement et d'innovation présentes dépendent de celles du passé : la croissance économique présente est donc conditionnée par la croissance antérieure.

Analyser les documents

Document 1

Le texte montre les aspects positifs des dépenses en matière d'éducation et de capital humain, l'un des principaux moteurs de la croissance endogène. Il explique notamment que le capital humain favorise une meilleure qualification de la main-d'œuvre qui permet ensuite une adaptation plus facile aux mutations technologiques. L'éducation génère ainsi ce que les économistes appellent des « externalités positives » : les connaissances, en se diffusant, peuvent alors bénéficier à d'autres entreprises et finalement stimuler la croissance de l'économie. Il faut donc s'appuyer sur ce document pour montrer que les politiques éducatives sont particulièrement utiles à la croissance économique future.

Document 2

Ce tableau statistique de l'OCDE présente les dépenses en recherche et développement en pourcentage du PIB pour certains pays

Science économique

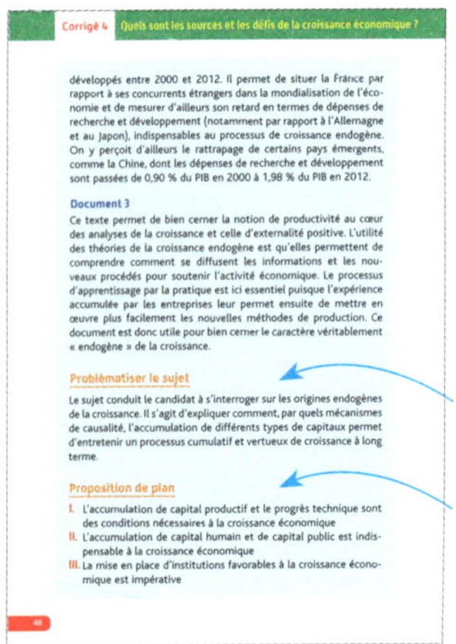

Corrigé 4 Quels sont les sources et les défis de la croissance économique ?

développés entre 2000 et 2012. Il permet de situer la France par rapport à ses concurrents étrangers dans la mondialisation de l'économie et de mesurer d'ailleurs son retard en termes de dépenses de recherche et développement (notamment par rapport à l'Allemagne et au Japon), indispensables au processus de croissance endogène. On y perçoit d'ailleurs le rattrapage de certains pays émergents, comme la Chine, dont les dépenses de recherche et développement sont passées de 0,90 % du PIB en 2000 à 1,98 % du PIB en 2012.

Document 3

Ce texte permet de bien cerner la notion de productivité au cœur des analyses de la croissance et celle d'externalité positive. L'utilité des théories de la croissance endogène est qu'elles permettent de comprendre comment se diffusent les informations et les nouveaux procédés pour soutenir l'activité économique. Le processus d'apprentissage par la pratique est ici essentiel puisque l'expérience accumulée par les entreprises leur permet ensuite de mettre en œuvre plus facilement les nouvelles méthodes de production. Ce document est donc utile pour bien cerner le caractère véritablement « endogène » de la croissance.

Problématiser le sujet

Le sujet conduit le candidat à s'interroger sur les origines endogènes de la croissance. Il s'agit d'expliquer comment, par quels mécanismes de causalité, l'accumulation de différents types de capitaux permet d'entretenir un processus cumulatif et vertueux de croissance à long terme.

Proposition de plan

I. L'accumulation de capital productif et le progrès technique sont des conditions nécessaires à la croissance économique
II. L'accumulation de capital humain et de capital public est indispensable à la croissance économique
III. La mise en place d'institutions favorables à la croissance économique est impérative

I.S.B.N. 978-2-01-722695-6

Des corrigés conformes à ce que l'on attend de vous au Bac

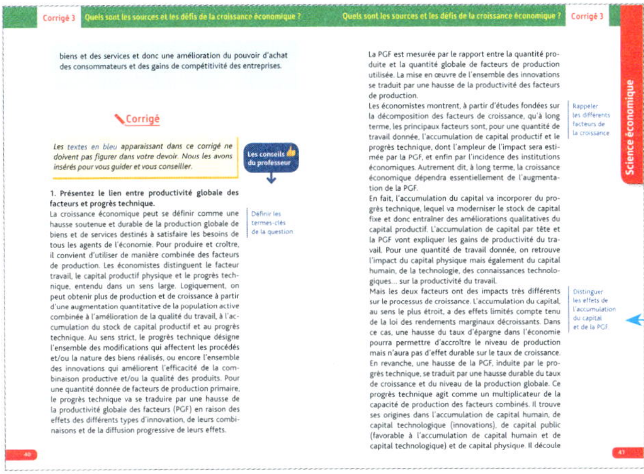
Corrigé 3 Quels sont les sources et les défis de la croissance économique ?

biens et des services et donc une amélioration du pouvoir d'achat des consommateurs et des gains de compétitivité des entreprises.

Corrigé

Les textes en bleu apparaissant dans ce corrigé ne doivent pas figurer dans votre devoir. Nous les avons insérés pour vous guider et vous conseiller.

Les conseils du professeur

1. Présentez le lien entre productivité globale des facteurs et progrès technique.

Définir les termes-clés de la question

La croissance économique peut se définir comme une hausse soutenue et durable de la production globale de biens et de services destinés à satisfaire les besoins de tous les agents de l'économie. Pour produire et croître, il convient d'utiliser de manière combinée des facteurs de production. Les économistes distinguent le facteur travail, le capital productif physique et le progrès technique, entendu dans un sens large. Logiquement, on peut obtenir plus de production et de croissance à partir d'une augmentation quantitative de la population active combinée à l'amélioration de la qualité du travail, à l'accumulation du stock de capital productif et au progrès technique. Au sens strict, le progrès technique désigne l'ensemble des modifications qui affectent les procédés et/ou la nature des biens réalisés, ou encore l'ensemble des innovations qui améliorent l'efficacité de la combinaison productive et/ou la qualité des produits. Pour une quantité donnée de facteurs de production primaire, le progrès technique va se traduire par une hausse de la productivité globale des facteurs (PGF) en raison des effets des différents types d'innovation, de leurs combinaisons et de la diffusion progressive de leurs effets.

40

Quels sont les sources et les défis de la croissance économique ? Corrigé 3

Science économique

La PGF est mesurée par le rapport entre la quantité produite et la quantité globale de facteurs de production utilisée. La mise en œuvre de l'ensemble des innovations se traduit par une hausse de la productivité des facteurs de production.

Rappeler les différents facteurs de la croissance

Les économistes montrent, à partir d'études fondées sur la décomposition des facteurs de croissance, qu'à long terme, les principaux facteurs sont, pour une quantité de travail donnée, l'accumulation de capital productif et le progrès technique, dont l'ampleur de l'impact sera estimée par la PGF, et enfin par l'incidence des institutions économiques. Autrement dit, à long terme, la croissance économique dépendra essentiellement de l'augmentation de la PGF.

En fait, l'accumulation du capital va incorporer du progrès technique, lequel va moderniser le stock de capital fixe et donc entraîner des améliorations qualitatives du capital productif. L'accumulation de capital par tête et la PGF vont expliquer les gains de productivité du travail. Pour une quantité de travail donnée, on retrouve l'impact du capital physique mais également du capital humain, de la technologie, des connaissances technologiques... sur la productivité du travail.

Distinguer les effets de l'accumulation du capital et de la PGF

Mais les deux facteurs ont des impacts très différents sur le processus de croissance. L'accumulation du capital, au sens le plus étroit, a des effets limités compte tenu de la loi des rendements marginaux décroissants. Dans ce cas, une hausse du taux d'épargne dans l'économie pourra permettre d'accroître le niveau de production mais n'aura pas d'effet durable sur le taux de croissance. En revanche, une hausse de la PGF, induite par le progrès technique, se traduit par une hausse durable du taux de croissance et du niveau de la production globale. Ce progrès technique agit comme un multiplicateur de la capacité de production des facteurs combinés. Il trouve ses origines dans l'accumulation de capital humain, de capital technologique (innovations), de capital public (favorable à l'accumulation de capital humain et de capital technologique) et de capital physique. Il découle

41

Le corrigé complet de chaque sujet avec les conseils du professeur en bleu

Le lexique des notions fondamentales

Lexique

commercialisation sur une période, généralement de 20 ans.

Capital : Stock d'actifs susceptible d'engendrer un flux de revenus.

Capital culturel : Ensemble des ressources et des dispositions culturelles (accès à des biens culturels, diplômes, rapport à la culture et à l'école) acquises.

Capital humain : Ensemble des compétences et des expériences accumulées qui ont pour effet de rendre les salariés plus productifs.

Capital social : Ensemble des ressources dont un acteur peut bénéficier grâce à ses relations sociales. Au-delà de cette dimension individuelle, il désigne aussi un contexte social favorable aux échanges entre individus et donc au développement économique.

Catégories socioprofessionnelles : Classification multidimensionnelle et partiellement hiérarchisée créée par l'Insee en 1954 (et modifiée depuis) qui est fondée sur un certain nombre de critères (profession individuelle, statut juridico-économique, qualification des salariés, position hiérarchique, taille de l'entreprise, secteur d'activité, opposition public/privé).

Chaîne de valeur mondiale : Fragmentation internationale du processus de production dans différents pays afin de tirer parti des différences de qualification, de technologies, de prix des facteurs de production, etc.

Choc asymétrique : Modification du niveau de l'activité économique telle qu'elle affecte un pays ou un groupe de pays sans concerner les autres.

Chômage : Situation d'une personne sans emploi, à la recherche d'un emploi et disponible pour travailler dans un délai court. Les chômeurs sont des actifs au même titre que les actifs occupés, ceux qui travaillent. Le taux de chômage correspond au rapport entre le nombre de chômeurs et la population active. Le taux d'emploi est le rapport entre le nombre de travailleurs et la population en âge de travailler.

Classes sociales : Le concept de classe sociale renvoie à l'idée de groupes sociaux clairement distincts qui seraient porteurs d'intérêts divergents et donc de conflits.

Cohésion sociale : Situation caractérisée par la stabilité et la force des liens sociaux et par un niveau élevé de solidarité entre les membres d'une société.

Commerce interbranche : Porte sur des produits issus de branches différentes.

Commerce international : Désigne les échanges internationaux de biens et de services.

Commerce intrafirme : Commerce qui désigne les échanges entre une société mère et une de ses filiales, ou encore entre les différents établissements ou filiales d'une même entreprise, qui peut être une firme multinationale.

Compétitivité prix et hors prix : La compétitivité prix se traduit par la capacité à proposer sur le marché des prix inférieurs aux concurrents (elle dépend des coûts de production, de l'évolution du taux de change, et des comportements de marge). La

268

compétitivité hors prix est la capacité à conquérir des parts de marché en jouant sur d'autres déterminants que le prix (design, réputation de la marque, innovation, etc.).

Concurrence : Situation de marché qui se traduit par un plus ou moins haut degré de compétition entre les offreurs-vendeurs. En situation de concurrence pure et parfaite, la condition d'atomicité étant respectée, chaque offreur est trop petit sur le marché pour pouvoir imposer ou même influencer le niveau de prix. Chacun est donc preneur de prix. En situation de monopole, le monopoleur est faiseur de prix dans la mesure où il peut imposer son prix aux demandeurs. En situation d'oligopole, les entreprises peuvent s'entendre (cartel) pour fixer un niveau de prix commun. Le « faiseur de prix » est collectif.

Conflits sociaux : Opposition entre des individus ou des groupes sociaux qui défendent des valeurs ou des intérêts divergents et cherchent à modifier le rapport de force à leur avantage.

Consommation engagée : Elle incarne une autre représentation de ce que doit être la consommation : reposer sur d'autres impératifs moraux que ceux des sociétés consuméristes.

Crise économique : Dans le cadre d'un cycle, la crise (le taux de croissance se met à baisser) et la reprise (il augmente à nouveau) sont des moments de retournement de la tendance de la croissance.

Croissance économique : Hausse soutenue et durable de la production globale d'une économie. Elle est mesurée par le taux de croissance du produit intérieur brut (PIB) en volume. La croissance effective correspond à la croissance réalisée et mesurée. La croissance potentielle serait la croissance qui serait obtenue si l'ensemble des capacités de production étaient pleinement utilisées, sans pour autant provoquer de l'inflation.

Culture politique : Ensemble des valeurs et des traditions qui structurent les pratiques politiques.

Cycle de vie de l'épargne : La théorie du cycle de vie (donc de la consommation et de l'épargne) nous enseigne que, sous certaines conditions, le taux d'épargne change selon la catégorie d'âge. Ainsi, un agent économique rationnel cherche à lisser sa consommation tout au long de sa vie, car il a conscience des évolutions de son niveau de revenu et de patrimoine. Son revenu étant faible quand il est jeune, il s'endette (patrimoine net négatif). La hausse de son revenu au cours de sa vie active le conduit à se constituer une épargne et un patrimoine (patrimoine net positif et croissant). Il commence aussi à rembourser ses dettes, surtout en fin de période. Enfin, pendant sa retraite, période d'inactivité de fin de vie, il désépargne, rembourse ses dettes et réduit son patrimoine pour consommer (patrimoine net positif et décroissant).
Selon cette théorie, le vieillissement démographique doit entraîner une variation à la baisse de l'épargne globale, de l'accumulation de capital et un ralentissement de la croissance économique.

269

Le lexique de tous les termes que vous devez connaître.

Conception graphique
Couverture : Audrey Izern
Intérieur : Alicia Dassonville

Réalisation
Couverture : Audrey Izern
Intérieur : Médiamax
Édition : Laurence Lesbre/S.M.

Crédits iconographiques : p. 17, 113 et 209 : © www.shutterstock.com

Sommaire

Les questions évaluables diffèrent selon que le Bac se passe en année paire ou impaire. Les derniers sujets en lien avec les questions évaluables au Bac 2024 sont donc ceux du Bac 2022.

Partie 1 • Science économique

Question 1 • Quels sont les sources et les défis de la croissance économique ?

Question 2 • Comment expliquer les crises financières et réguler le système financier ?

Question 5 • Quelle est l'action de l'école sur les destins individuels et sur l'évolution de la société ?

Question 6 • Quelles mutations du travail et de l'emploi ?

Partie 3 • Regards croisés

Question 7 • Quelles inégalités sont compatibles avec les différentes conceptions de la justice sociale ?

Présentation des épreuves

Les épreuves de l'enseignement de spécialité de SES permettent d'évaluer les compétences attendues en lien avec les programmes : non seulement la maîtrise des connaissances (les théories économiques et sociologiques, les mécanismes économiques et sociaux qui permettent d'expliciter un phénomène), mais aussi la capacité du candidat à extraire et traiter les informations issues de documents sous forme de textes, de graphiques, de tableaux statistiques... Par ailleurs, il s'agit de vérifier la maîtrise de certaines compétences acquises que l'on appelle transversales, soit la capacité à développer une argumentation, à conduire un raisonnement cohérent et structuré ainsi qu'à élaborer une problématique.
Les intitulés des sujets de la dissertation et du raisonnement de l'épreuve composée utilisent les objectifs d'apprentissage du programme, et les acquis de première pour vérifier si les élèves maîtrisent les bases de ce niveau d'enseignement. Ce sont les indications des objectifs d'apprentissage du programme qui délimitent donc le champ des possibles en termes de sujets.

L'épreuve d'enseignement de spécialité

L'épreuve écrite d'enseignement de spécialité se déroule en **4 heures**, avec un **coefficient 16**.
Les sujets sont au nombre de deux (au choix) : la **dissertation** et l'**épreuve composée**.

Le sujet de dissertation

Le sujet de dissertation s'appuie sur un dossier documentaire (3 ou 4 documents variés). Les documents peuvent avoir un format relativement important. Les intitulés des questions sont suffisamment larges pour permettre au candidat de mobiliser ses connaissances.

La dissertation porte sur une question spécifique du programme et nécessite d'élaborer une problématique et de rédiger une réflexion structurée sur un thème spécifique.
Il est préférable de rédiger et d'intégrer des titres et des sous-titres dans le développement du devoir afin de rendre l'exposé plus clair. Cela permet de mieux voir la cohérence et la pertinence du devoir.

Consignes figurant sur les sujets du bac
Il est demandé au candidat :
– de répondre à la question posée par le sujet ;
– de construire une argumentation à partir d'une problématique qu'il devra élaborer ;
– de mobiliser des connaissances et des informations pertinentes pour traiter le sujet, notamment celles figurant dans le dossier ;
– de rédiger en utilisant le vocabulaire économique et social spécifique et approprié à la question, en organisant le développement sous la forme d'un plan cohérent qui ménage l'équilibre des parties.
Il sera tenu compte, dans la notation, de la clarté de l'expression et du soin apporté à la présentation.

L'épreuve composée

Le sujet de l'épreuve composée a pour vocation de vérifier les connaissances du candidat sur des parties différentes du programme (économie, sociologie et science politique, regards croisés) dans le cadre des trois étapes qui la constituent (mobilisation des connaissances, étude d'un document, raisonnement s'appuyant sur un dossier documentaire). L'épreuve composée a également pour vocation de tester des compétences différentes du candidat (maîtrise des connaissances, maîtrise des savoir-faire, réflexion argumentée).

Consignes figurant sur les sujets du bac
Cette épreuve comprend trois parties.
1 – Pour la **partie 1** (Mobilisation des connaissances, 4 points), il est demandé au candidat de répondre à la question en faisant appel à ses connaissances acquises dans le cadre du programme.

2 – Pour la **partie 2** (Étude d'un document, 6 points), il est demandé au candidat de répondre aux questions en mobilisant ses connaissances acquises et en adoptant une démarche méthodologique rigoureuse de collecte et de traitement de l'information.
3 – Pour la **partie 3** (Raisonnement s'appuyant sur un dossier documentaire, 10 points), il est demandé au candidat de traiter le sujet :
– en développant un raisonnement ;
– en exploitant les documents du dossier ;
– en faisant appel à ses connaissances personnelles ;
– en composant une introduction, un développement, une conclusion.
Il sera tenu compte, dans la notation, de la clarté de l'expression et du soin apporté à la présentation.

Questions évaluables dans le cadre de l'épreuve de l'enseignement de spécialité de terminale

L'épreuve porte sur une partie du programme de l'enseignement de spécialité SES de la classe de terminale. Les questions évaluables diffèrent selon que le BAC se passe en année paire ou impaire.

Bac année paire (à partir de la session 2024)

Science économique	• Quels sont les sources et les défis de la croissance économique ? • Comment expliquer les crises financières et réguler le système financier ? • Quelles politiques économiques dans le cadre européen ?
Sociologie et science politique	• Comment est structurée la société française actuelle ? • Quelle est l'action de l'école sur les destins individuels et sur l'évolution de la société ? • Quelles mutations du travail et de l'emploi ?
Regards croisés	Quelles inégalités sont compatibles avec les différentes conceptions de la justice sociale ?

Bac année impaire (depuis la session 2023)

Science économique	• Quels sont les sources et les défis de la croissance économique ? • Quels sont les fondements du commerce international et de l'internationalisation de la production ? • Comment lutter contre le chômage ?
Sociologie et science politique	• Comment est structurée la société française actuelle ? • Quels sont les caractéristiques contemporaines et les facteurs de la mobilité sociale ? • Comment expliquer l'engagement politique dans les sociétés démocratiques ?
Regards croisés	Quelle action publique pour l'environnement ?

L'épreuve orale de rattrapage

La préparation avant le passage à l'oral dure 30 minutes. Ensuite, le passage devant l'examinateur dure 20 minutes. Le candidat a le choix entre deux sujets composés d'une question principale et de trois questions simples.
La question principale à traiter (notée sur 10 points) porte sur deux documents courts (texte, tableau de chiffres). Le candidat doit ensuite répondre à trois questions simples (notées également sur 10 points) dont l'une porte sur l'un des deux documents et les deux autres sur le cours.

Conseils pour l'épreuve

La dissertation

1. La gestion du temps

La gestion du temps est importante. Trois écueils doivent être évités, à savoir :

– ne pas finir dans le temps imparti ;
– ne pas équilibrer le temps entre les différentes étapes du devoir ;
– ne pas utiliser tout le temps imparti.

Une erreur fréquente en face du deuxième écueil est d'ajouter en conclusion des arguments tardifs que l'on n'aura pas eu le temps d'intégrer dans le développement.

Un exemple de gestion du temps à titre indicatif (sur une épreuve de 4 h)

Étapes	Durée	Étapes	Durée
Réflexion sur le sujet	30 min	Rédaction de l'introduction	20 min
Recherche d'arguments	30 min	Développement	1 h 15
Problématique	30 min	Rédaction de la conclusion	15 min
Plan	30 min	Relecture	10 min

2. La lecture du sujet

Vous devez d'abord analyser minutieusement les termes du sujet : un changement de ponctuation, par exemple, peut changer la nature d'un sujet. C'est en fonction de cette compréhension du sujet que l'on pourra faire des choix efficaces et surtout éviter le hors-sujet. Repérez les termes importants et définissez-les si c'est nécessaire.

Surtout, il ne faut pas transformer l'énoncé du sujet à sa convenance : certains termes étendent le champ d'analyse, d'autres le restreignent.

Il est conseillé de lire attentivement les documents en soulignant ou en surlignant ce qui semble important. Il est donc nécessaire d'étudier les documents séparément en notant les idées et les informations les plus marquantes au brouillon que l'on pourra ensuite utiliser dans le développement.

3. Le travail au brouillon

Au brouillon, vous devrez construire un plan suffisamment détaillé : il s'agit d'une partie très importante car c'est sur ce brouillon qu'il faudra ensuite s'appuyer pour rédiger la dissertation. En effet, vous n'aurez pas le temps de rédiger votre argumentation sur votre brouillon.
On peut prévoir deux ou trois grandes parties qui s'enchaînent avec des titres clairs qui doivent faire apparaître la progression du raisonnement pour vous aider. On peut ensuite définir les sous-parties de la même façon : on peut, dans chacune d'elles, écrire l'idée principale, les références (tirées des documents ou des connaissances personnelles), les exemples éventuels.

Construire un plan

Construire un plan de dissertation, c'est classer ses idées selon un ordre logique et progressif en vue de parvenir à une démonstration. Un bon plan est donc rigoureusement structuré et permet une progression cohérente de la pensée.
Il est indispensable d'élaborer une problématique. Elle doit être rédigée au brouillon, avant la rédaction du plan (la problématique induit le plan).
La problématique se présente comme une question que l'on se propose de résoudre mais qui prête à discussion. Problématiser devient donc, d'une certaine manière, l'art de poser les questions pertinentes, celles qui permettent de faire apparaître une réflexion féconde. Une problématique efficace doit englober tous les aspects du sujet à traiter et balayer tous les aspects des problèmes sous-jacents.

Voici les qualités incontournables d'un bon plan détaillé :
– **l'unité** : il faut donc articuler les deux ou trois parties du devoir et éviter une simple juxtaposition des problèmes ;
– **l'équilibre** : un plan doit être équilibré au niveau de la longueur des développements de chacune des parties et sous-parties ;
– **la cohérence** : les différentes parties doivent être claires et s'enchaîner logiquement. Il ne doit pas y avoir de contradictions ni de recoupements entre les parties. Il faut suivre le fil conducteur choisi.

4. La rédaction de la dissertation

Une fois le plan détaillé effectué, il faut rédiger au propre la dissertation.
L'introduction se décomposera en trois étapes successives : une accroche, une délimitation du sujet (on pourra définir brièvement les éléments principaux du sujet) et une annonce de la problématique. Ensuite on annonce clairement le plan que l'on suivra en plusieurs étapes cohérentes.

Le développement doit être composé de parties équilibrées et offrir une certaine symétrie entre les parties et les sous-parties (deux ou trois sous-parties dans chacune des deux ou trois parties du plan). De plus, il convient de numéroter les parties (I, II...) et les sous-parties (A, B...). Cela rend le devoir plus clair et permet de se corriger en percevant, à la lecture du plan détaillé, l'incohérence du plan ébauché.
Les documents proposés doivent être mobilisés pour montrer des évolutions intéressantes en lien avec le sujet, des chiffres marquants, des passages de différents textes qui éclairent le sujet. Il ne s'agit pas toutefois de produire une analyse de documents dans le cadre du développement en les énumérant.
La conclusion se décompose traditionnellement en deux temps. Dans un premier temps, la réponse finale doit apporter une réponse claire et sans équivoque (état des lieux sur une question économique et sociale) et répondre à la problématique. Dans un second temps, l'ouverture du sujet élargit la réflexion en dégageant des prolongements possibles. On peut ainsi poser de nouvelles questions. On peut clore l'analyse par une citation ou un paradoxe.

La présentation matérielle du devoir est importante : il faut adopter une mise en page aérée, écrire lisiblement, et éviter les phrases absconses, trop longues, etc. Il faut rechercher la précision et la concision. Utilisez des chapeaux en tête de paragraphe et des connecteurs logiques pour assurer la cohérence des développements. Évitez les erreurs de syntaxe, les fautes d'orthographe. Les correcteurs pénalisent le trop grand nombre de fautes d'orthographe.
Parce que le plan est une mise en forme des idées, il doit apparaître clairement à la lecture afin de montrer que le raisonnement est structuré. Il faudra faire des retraits en début de ligne et sauter des lignes pour que le correcteur repère la structure du plan le plus facilement possible.

Il est bon de conserver une dizaine de minutes pour se relire et éliminer d'éventuelles erreurs scientifiques et fautes d'orthographe et de grammaire.

L'épreuve composée

Le sujet de l'épreuve composée est structuré en trois grandes parties afin d'évaluer les trois grandes compétences attendues et ce, sur les différentes parties du programme.

La première partie : mobilisation des connaissances

La première partie (composée d'une question) évalue la capacité du candidat à mobiliser ses connaissances. Cette question porte sur les notions et les mécanismes de base du programme.

Il s'agit d'y répondre en mobilisant ses connaissances de cours dans le cadre d'un paragraphe (entre 20 et 30 lignes) qui se concentre sur la question posée, en définissant les termes-clés et les notions du programme présentes (sur la croissance, les inégalités économiques et sociales, ou les classes sociales par exemple). Il n'est pas nécessaire de faire une introduction et une conclusion, mais il ne s'agit pas non plus de réciter des éléments qui s'écarteraient de la question posée.

La deuxième partie : étude d'un document

La deuxième partie invite le candidat à réaliser une étude de documents (document statistique, éventuellement un texte) de manière à vérifier sa capacité à traiter l'information. Pour répondre aux questions posées, les élèves devront présenter le document (le titre, la source, l'information apportée, l'année de publication), puis mettre en évidence les principales informations qu'il apporte, sans forcément les expliquer en détail.

Les questions posées seront étroitement liées au(x) document(s) et mobiliseront le moins possible des connaissances autres que les notions présentes dans le document lui-même.

La troisième partie : raisonnement s'appuyant sur un dossier documentaire

La troisième partie a pour finalité d'évaluer la capacité des candidats à conduire un raisonnement à partir de ses connaissances et des documents. Ces documents, au nombre de deux ou trois, ont le même format que ceux de la dissertation, mais ils sont de nature différente : ils peuvent être interprétatifs, c'est-à-dire qu'ils ne sont pas strictement factuels et peuvent comporter des éléments théoriques, des mécanismes explicatifs…

L'intitulé du sujet est plus directif que celui de la dissertation, mais les candidats sont interrogés sur les mêmes questions. Elles sont juste formulées différemment. Le plus souvent l'intitulé propose, implicitement, une réponse structurée en deux parties. Parfois, mais rarement, trois parties seront possibles.
Pour la clarté de la réponse, il est préférable de proposer et d'annoncer un plan en deux parties en introduction, et de respecter ce qui est annoncé. Il est conseillé de numéroter les parties (I, II...) et les sous-parties (A, B...) afin de rendre l'exposé plus clair. Cela permet également de se corriger en percevant, à la lecture du plan détaillé, l'incohérence du plan ébauché. Il est nécessaire de rédiger une introduction ainsi qu'une conclusion.

Science économique

SUJET 1

BAC 2022
France métropolitaine

Quels sont les sources et les défis de la croissance économique ?

DISSERTATION

L'accumulation des facteurs de production est-elle la seule source de croissance économique ?

DOCUMENT 1 • *Personnes en emploi en France entre 2000 et 2019, en milliers*

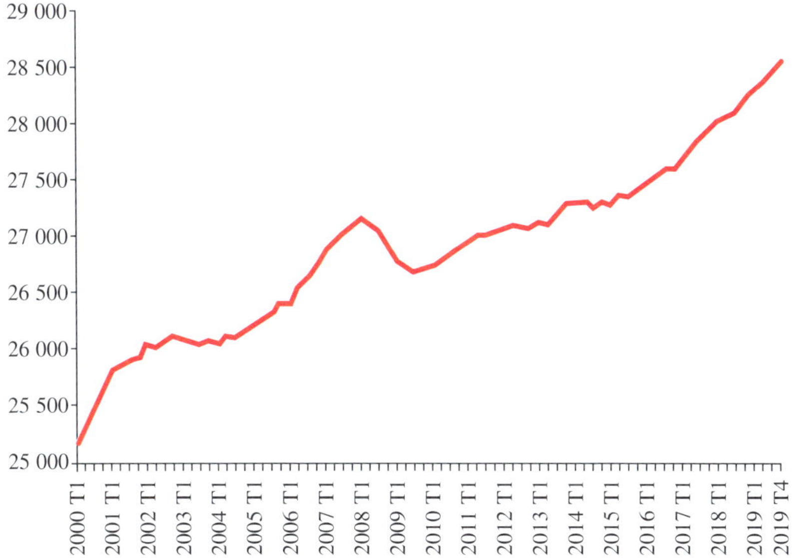

Source : *DARES Analyses*, n° 19, 2020.

Champ : personnes en emploi en France, hors Mayotte.
Lecture : T1 désigne le 1er trimestre, T4 le 4e trimestre.

DOCUMENT 2 • *Taux de croissance du PIB (en %) et contributions à la croissance du PIB (en points de %) dans quelques pays (2010-2019)*

	2010	2011	2012	2013	2014	2015	2016	2017	2018	2019
France										
Contribution du facteur travail	0,5	0,9	0,0	– 0,6	0,0	0,2	0,6	0,1	1,0	0,7
Contribution du facteur capital	0,5	0,5	0,6	0,6	0,5	0,6	0,6	0,7	0,7	0,7
Contribution de la PGF[1]	0,9	0,8	– 0,3	0,6	0,4	0,3	– 0,1	1,5	0,0	0,1
Taux de croissance annuel du PIB	**1,8**	**2,2**	**0,4**	**0,6**	**1,0**	**1,0**	**1,0**	**2,4**	**1,8**	**1,5**
Corée du Sud										
Contribution du facteur travail	0,6	0,5	0,7	0,6	0,6	1,0	0,1	– 0,9	– 0,6	– 0,1
Contribution du facteur capital	1,4	1,4	1,4	1,4	1,4	1,4	1,3	1,4	1,2	1,0
Contribution de la PGF[1]	4,7	1,7	0,3	1,1	1,2	0,5	1,5	2,6	2,3	1,1
Taux de croissance annuel du PIB	**6,8**	**3,7**	**2,4**	**3,2**	**3,2**	**2,8**	**2,9**	**3,2**	**2,9**	**2,0**
États-Unis										
Contribution du facteur travail	0,0	1,1	1,4	1,0	1,4	1,5	1,0	1,0	1,3	0,6
Contribution du facteur capital	0,6	0,7	0,7	0,7	0,7	0,7	0,6	0,7	0,8	0,8
Contribution de la PGF[1]	1,9	– 0,2	0,1	0,1	0,3	0,8	0,1	0,7	0,9	0,7
Taux de croissance annuel du PIB	**2,6**	**1,6**	**2,2**	**1,8**	**2,5**	**3,1**	**1,7**	**2,3**	**3,0**	**2,2**

Source : d'après OCDE, 2021.

1. Productivité Globale des Facteurs.

Note : la somme des différentes contributions n'est pas toujours parfaitement égale à la croissance du PIB, en raison des arrondis.

DOCUMENT 3 • *Taux d'investissement[1] des entreprises non financières en %*

	Zone euro (19 pays)	Allemagne	Espagne	France	Italie	Royaume-Uni
2000	24,4	23,6	29,5	21,9	22,8	22,1
2005	23,0	20,1	32,3	20,9	22,9	20,4
2010	21,4	19,6	21,9	22,1	21,4	16,2
2015	22,7	19,9	26,0	22,8	20,1	18,3
2017	22,8	19,9	27,5	23,5	20,6	17,9

Source : d'après INSEE, 2019.

1. Le taux d'investissement correspond à la part des investissements dans la valeur ajoutée en pourcentage.

DOCUMENT 4 • *Évolution du montant de la dépense intérieure d'éducation (DIE) en milliards d'euros constants et de sa part dans le PIB (en %)*

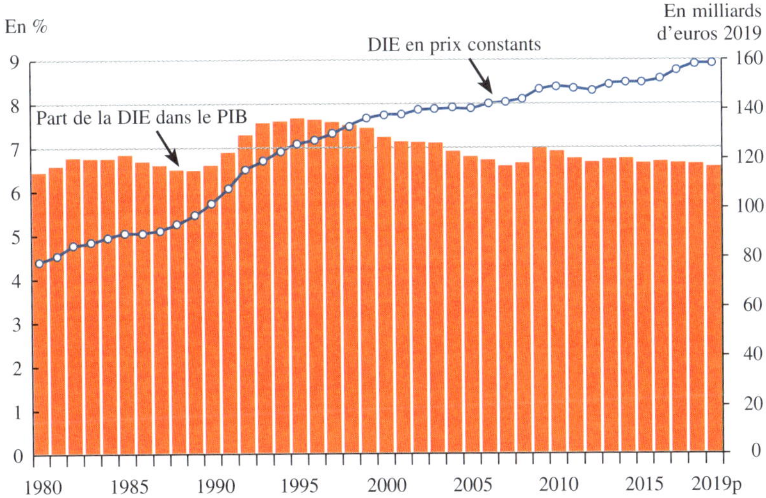

Source : Ministère de l'Éducation nationale, de la Jeunesse et des Sports, 2020.

P : provisoire.

Champ : France métropolitaine + Départements et Régions d'Outre-Mer (DROM).
Lecture : en 2019, la DIE s'élève à 160,5 milliards d'euros (courbe avec échelle de droite), ce qui représente 6,6 % du PIB (bâtons avec échelle de gauche).

Travail préparatoire

Analyser le sujet

Le sujet invite à s'interroger sur les sources de la croissance économique à long terme. Le candidat devra montrer que la croissance dépend de la combinaison de facteurs de production multiples. Ainsi, la croissance économique repose à la fois sur l'accumulation des facteurs primaires de production (volume de la main-d'œuvre disponible, stock de capital physique), mais également sur le progrès technique (ensemble d'innovations), sur la qualité des institutions (règles juridiques notamment) et des infrastructures dans les économies contemporaines.

Analyser les documents

Document 1

Ce document présente l'évolution du nombre de personnes en emploi en France entre 2000 et 2019. Il donne des informations quantitatives. Toutes choses égales par ailleurs, si la quantité de travail augmente, le PIB augmente. L'accumulation quantitative de travail est donc une source potentielle de croissance de la production globale. On peut, par exemple, observer que début 2000, en France, environ 25,250 millions de personnes occupent un emploi, travaillent, et contribuent à la hausse du PIB. Fin 2019, on en dénombre 28,600 millions. Le nombre de personnes en emploi en France entre 2000 et 2019 a donc augmenté de plus de 3,35 millions, soit une hausse d'environ 13,3 % (plus d'un 1/8e). On peut encore retenir une baisse du nombre de personnes en emploi entre 2008 et 2010, que l'on peut estimer à environ 500 000 personnes.

Document 2

Ce tableau statistique présente l'évolution des contributions relatives des principales sources de la croissance économique pour trois pays : les États-Unis, la France et la Corée du Sud. Il permet notamment de situer la France par rapport aux deux autres pays. Les données statistiques donnent une estimation de l'apport de chacun des

facteurs primaires de production (facteur travail, facteur capital) et de la productivité globale des facteurs (PGF) à la croissance annuelle du PIB sur la période 2010-2019.
Par exemple, on peut lire qu'en France en 2010, la contribution de la PGF est de 0,9 point sur 1,8 point de pourcentage. Autrement dit, 50 % de la croissance s'explique par la PGF, les deux tiers en 2017 (1,5/2,4). En 2019, cette proportion est très différente car la part de la PGF est très faible (0,1/1,5). L'accumulation du facteur travail et l'accumulation du facteur capital expliquant chacune, quasiment, 50 % de la croissance économique.
Pour la Corée du Sud, le rôle de la PGF est généralement plus important : 4,7/6,8 (69 %) en 2010 ; 2,6/3,2 (81 %) en 2017 et 1,1/2 (55 %) en 2019. Cela explique la faible contribution du facteur travail à la croissance dans ce pays. L'accumulation des facteurs travail et capital explique, le plus souvent, moins de 50 % de la croissance économique.
Enfin, aux États-Unis sur l'ensemble de la période 2010-2019, hormis en 2010 (1,9/2,6, soit 73 %), les contributions du facteur travail et du facteur capital expliquent une part majeure de la croissance économique. La part de la PGF est donc durablement faible – 0,2/1,6 (soit – 12,5 %) en 2011 ; 0,7/2,3 (30 %) en 2017 et 0,7/2,2 (32 %) en 2019. L'accumulation des facteurs travail et capital explique, le plus souvent, plus des deux tiers de la croissance économique.

Document 3

Ce tableau statistique présente une comparaison de l'évolution du taux d'investissement des entreprises non financières (ENF) entre 2000 et 2017 dans la zone euro, dont 4 pays membres et au Royaume-Uni (RU).
Ce document va permettre de faire écho au document 1 en proposant un focus sur le rôle de l'accumulation du capital productif (capital fixe ici) dans le processus de croissance. En effet, l'investissement, quand il entraîne une augmentation du stock de capital, se traduit par une plus grande capacité de production, et donc, *ceteris paribus*, une croissance plus forte.

Entre 2000 et 2017, on peut observer que dans la zone euro le taux d'investissement des ENF baisse de 1,6 point en passant de 24,4 % à 22,8 % de la valeur ajoutée des entreprises non financières.
Ce constat général étant posé, les situations nationales sont très hétérogènes sur la période.
Pour les pays retenus, le taux d'investissement baisse entre 2000 et 2010 pour l'Allemagne (– 4 points), l'Espagne (– 7,6 points) et le RU (– 5,9 points). Il baisse entre 2000 et 2005 (– 1 point) pour la France et baisse entre 2000 et 2015 pour l'Italie (– 2,7 points).

Document 4

Enfin, ce document présente l'évolution du montant de la dépense intérieure d'éducation (DIE) en milliards d'euros constants (en volume) et de sa part dans le PIB (en %).
Le graphique permet d'observer, d'une part, que le montant de la DIE en volume a été multiplié par 2 entre 1980 et 2019, passant d'environ 80 à 160 milliards d'euros et que, d'autre part, son poids en France oscille le plus souvent entre 6,5 % et 7,5 % du PIB français sur la période. Il n'y a qu'au cours des années 1990 que la part de la DIE dans le PIB est plus élevée que 7,5 % environ.
Le document met donc en lumière le rôle fondamental des investissements en capital humain dans l'entretien de la dynamique du processus de croissance économique. Indirectement, il attire l'attention sur l'importance de l'impact des infrastructures et institutions.

Problématiser le sujet

Le sujet conduit le candidat à mener une réflexion ordonnée sur les origines de la croissance à long terme. Il s'agit d'expliquer dans quelle mesure l'accumulation de différents types de facteurs de production permet d'entretenir un processus cumulatif de croissance à long terme et pourquoi une partie inexpliquée de la croissance par l'augmentation de la quantité de facteurs primaires de production, le sera par l'augmentation de la PGF, laquelle résulte des effets conjugués du progrès technique, des institutions et des infrastructures.

Proposition de plan

I. La mobilisation des facteurs de production traditionnels est indispensable pour la croissance économique

A. L'utilisation du facteur travail permet d'accroître la quantité de biens et services produite

B. L'investissement et l'accumulation du facteur capital constituent des sources fondamentales de la croissance

II. Une croissance économique durablement soutenue repose également sur le progrès technique, la qualité des institutions et des infrastructures

A. Le progrès technique, principal moteur de la croissance dans le long terme

B. La croissance s'appuie sur la combinaison-accumulation de diverses formes de capital ainsi que sur des institutions et infrastructures adaptées

Corrigé

Les textes en bleu apparaissant dans ce corrigé ne doivent pas figurer dans votre devoir. Nous les avons insérés pour vous guider et vous conseiller.

Les conseils du professeur

Introduction

Le ralentissement de la croissance économique à très long terme est une question majeure à laquelle les économistes tentent de trouver des explications. Certains avancent l'hypothèse de la stagnation séculaire.

Accroche : ouvrir le sujet sur les enjeux de l'actualité.

Les organisations productives utilisent des facteurs de production pour produire des biens et des services. La mobilisation du travail et du capital est indispensable pour la croissance de la production globale, mesurée

Définir les termes du sujet.

par la hausse du PIB. La croissance économique, désigne, selon l'économiste François Perroux, « l'augmentation soutenue, pendant une ou plusieurs périodes longues, d'un indicateur de dimension, pour une nation, le produit global en termes réels » (et mesurée par le PIB en volume ou le PIB/tête).

Celle-ci ayant plusieurs sources complémentaires, on se demandera dans quelle mesure l'accumulation des facteurs travail et capital contribue à entretenir un processus cumulatif de croissance à long terme.

Poser la problématique.

Pour répondre à cette interrogation, après avoir mis en évidence l'importance de l'apport des facteurs de production traditionnels, il conviendra de rappeler l'impact crucial du progrès technique, des institutions et infrastructures dans la dynamique économique.

Annoncer le plan.

I. La mobilisation des facteurs de production traditionnels est indispensable pour la croissance économique

A. L'utilisation du facteur travail permet d'accroître la quantité de biens et services produite

Le travail, en tant qu'activité humaine, est à l'origine de la production de biens et services dans l'économie : c'est le premier facteur de production. L'accroissement de la quantité de travail est lié à des facteurs démographiques (population totale, structure par âge et par sexe), aux taux d'emploi (rapports entre le nombre de personnes en emploi et le nombre de personnes en âge de travailler), et à la durée individuelle du travail.

Relier les notions et les phénomènes associés.

On constate en France (et dans tous les pays développés à économie de marché), d'un côté, une hausse de la population active et, de l'autre, une baisse de la durée annuelle du temps de travail. La durée du travail dépend de la législation en vigueur. Historiquement, celle-ci a diminué en raison des progrès de l'efficacité du travail grâce à l'apport d'un capital technique de plus en plus performant.

Enfin, l'efficacité du travail dépend aussi du capital humain, soit l'ensemble des compétences et des expériences accumulées qui ont pour effet de rendre les salariés plus productifs.

Dans le document 1, on peut observer que début 2000, en France, environ 25,250 millions de personnes occupent un emploi, travaillent, et contribuent à la hausse du PIB. Fin 2019, on en dénombre 28,600 millions.

> Utiliser les documents. Inutile d'indiquer le titre complet ni l'intégralité de la source.

Le nombre de personnes en emploi en France entre 2000 et 2019 a donc augmenté de plus de 3,35 millions, soit une hausse d'environ 13,3 % (plus d'un 1/8e). On peut encore retenir une baisse du nombre de personnes en emploi d'environ 500 000 personnes entre 2008 et 2010 en raison de la crise financière et économique.

> Donner du sens aux statistiques mentionnées.

L'accumulation quantitative de travail est donc indubitablement une source potentielle de croissance. Toutes choses égales par ailleurs, si la quantité de travail augmente, le PIB augmente.

> Ajouter, si possible, un élément de réflexion.

Implicitement, ce document indique que si, sur la même période, le PIB a davantage augmenté que la quantité de travail, cela s'expliquera par les effets d'autres facteurs de production.

> Faire une phrase de transition.

B. L'investissement et l'accumulation du facteur capital constituent des sources fondamentales de la croissance

Le capital fixe productif est constitué par l'ensemble des moyens de production relativement durables (dépassant la durée du cycle de production) et participant directement à la fabrication des biens ou à la réalisation de prestations de service. Ce terme renvoie à la notion de capital physique, dont l'accumulation permet de produire davantage. En effet, il est possible d'utiliser plus de capital physique grâce à l'augmentation du stock de capital productif, de la capacité de production.

> Relier les notions et les phénomènes associés.

L'investissement, sous la forme d'acquisition de biens de production, est un flux qui vient accroître ou renouveler un stock de capital. La décision d'investir est cruciale pour les entreprises, car elle engage leur avenir ainsi que leur compétitivité (prix et hors prix), soit leur capacité à conquérir des parts de marché à l'exportation.

Le document 3 présente une comparaison de l'évolution du taux d'investissement des entreprises non financières (ENF) entre 2000 et 2017 dans la zone euro, dont 4 pays membres et au Royaume-Uni (RU). Ce document fait écho au document 1 en proposant un focus sur le rôle de l'accumulation du capital productif dans le processus de croissance. En effet, l'investissement, quand il entraîne une augmentation du stock de capital, se traduit par une plus grande capacité de production, et donc, *ceteris paribus*, une croissance plus forte.

Utiliser les documents. Inutile d'indiquer le titre complet ni l'intégralité de la source.

On peut voir dans le document 3 que, dans la zone euro, entre 2000 et 2017, le taux d'investissement des ENF baisse de 1,6 point en passant de 24,4 % à 22,8 % de la valeur ajoutée des entreprises non financières. Cependant, les situations nationales sont très hétérogènes.

Donner du sens aux statistiques mentionnées.

Pour les pays retenus, le taux d'investissement baisse entre 2000 et 2010 pour l'Allemagne (– 4 points), l'Espagne (– 7,6 points) et le RU (– 5,9 points). Il baisse entre 2000 et 2005 (– 1 point) pour la France et baisse entre 2000 et 2015 pour l'Italie (– 2,7 points).

Les niveaux du taux d'investissement ne sont pas identiques, cependant, pour un même taux d'investissement, les écarts en valeur absolue entre les montants de l'investissement et de la valeur ajoutée se traduisent par des différences d'ampleur significatives de l'accumulation du capital qui en découle.

Ajouter, si possible, un élément de réflexion.

Étant donné que l'augmentation des quantités de facteurs travail et capital n'épuise pas les explications des origines de la croissance économique, il convient de présenter d'autres sources de croissance à long terme.

Faire une phrase de transition.

II. Une croissance économique durablement soutenue repose également sur le progrès technique, la qualité des institutions et des infrastructures

A. Le progrès technique, principal moteur de la croissance dans le long terme

Le progrès technique, soit l'ensemble des innovations qui permettent d'élever la productivité des facteurs de production (travail et capital), permet d'accélérer les gains de productivité, c'est-à-dire l'amélioration de l'efficacité de la combinaison productive mesurée par le rapport entre la production, et les facteurs de production qui ont permis de l'obtenir.

Relier les notions et les phénomènes associés.

Du côté de la demande, les gains de productivité permis par le progrès technique autorisent des baisses de prix des biens et services et donc une amélioration du pouvoir d'achat des consommateurs et des gains de compétitivité des entreprises.

De surcroît, les économistes ont montré que la productivité globale des facteurs (PGF) permet d'estimer les effets du progrès technique sur la croissance économique.

Le document 2 présente l'évolution des contributions relatives des principales sources de la croissance économique pour 3 pays : les États-Unis, la France et la Corée du Sud. Il permet notamment de situer la France par rapport aux deux autres pays. Les données statistiques donnent une estimation de l'apport relatif de la productivité globale des facteurs (PGF) à la croissance annuelle du PIB sur la période 2010-2019. La PGF est un instrument de mesure des effets du progrès technique mais aussi des externalités positives des infrastructures et des institutions, sur la croissance économique.

Utiliser les documents. Inutile d'indiquer le titre complet ni l'intégralité de la source.

Dans le document 2, on peut lire qu'en France en 2010, la contribution de la PGF est de 0,9 point sur 1,8 point de pourcentage. Autrement dit, 50 % de la croissance s'explique par la PGF, les deux tiers en 2017 (1,5/2,4). En 2019, cette proportion est très différente car la part

Donner du sens aux statistiques mentionnées.

de la PGF est très faible (0,1/1,5). L'accumulation des facteurs travail et capital expliquant chacun, quasiment, 50 % de la croissance économique.

Pour la Corée du Sud, le rôle de la PGF est généralement plus important : 4,7/6,8 (69 %) en 2010 ; 2,6/3,2 (81 %) en 2017 et 1,1/2 (55 %) en 2019. Cela explique la faible contribution du facteur travail à la croissance dans ce pays. L'accumulation des facteurs travail et capital explique, le plus souvent, moins de 50 % de la croissance économique.

Enfin, aux États-Unis sur l'ensemble de la période 2010-2019, hormis en 2010 (1,9/2,6, soit 73 %), les contributions du facteur travail et du facteur capital expliquent une part majeure de la croissance économique. La part de la PGF est donc durablement faible : – 0,2/1,6 (soit – 12,5 %) en 2011, 0,7/2,3 (30 %) en 2017 et 0,7/2,2 (32 %) en 2019. L'accumulation du facteur travail et l'accumulation du facteur capital expliquant chacune, le plus souvent, plus des deux tiers de la croissance économique.

En général, on observe que la PGF contribue, sur le temps long, pour une part importante à la croissance économique.

Ajouter, si possible, un élément de réflexion.

Si la contribution de la PGF à la croissance reste incontournable, son ampleur ne résulte pas seulement des effets du progrès technique. Les économistes ont montré l'importance des effets des infrastructures publiques et des institutions sur le niveau de la PGF.

Faire une phrase de transition.

B. La croissance s'appuie sur la combinaison-accumulation de diverses formes de capital ainsi que sur des institutions et infrastructures adaptées

Les théories de la croissance endogène montrent que l'action de l'État permet d'augmenter la croissance de l'économie sur le long terme. L'État peut en effet encourager l'innovation à travers le soutien public à la recherche et développement (R&D). Les théories de la croissance endogène montrent que l'éducation (capital humain) et la qualité des infrastructures publiques

Relier les notions et les phénomènes associés.

(capital public : réseaux de transports...) sont de puissants moteurs de la croissance.

L'État joue un rôle majeur dans la définition des institutions, des « règles du jeu » des échanges : il définit et garantit le respect des droits de propriété (propriété intellectuelle protégée notamment par les brevets), il est à l'origine du droit du travail, du droit commercial, etc.

Autrement dit, les structures de l'économie et l'action de l'État sont plus ou moins propices à l'accumulation du capital technologique, du capital humain, du capital public et institutionnel.

Le document 4 permet d'illustrer certains de ses aspects. On peut y observer l'évolution du montant de la dépense intérieure d'éducation (DIE) en milliards d'euros constants (en volume) et de sa part dans le PIB (en %).

Utiliser les documents. Inutile d'indiquer le titre complet ni l'intégralité de la source.

Le graphique permet de constater, d'une part, que le montant de la DIE en volume a été multiplié par 2 entre 1980 et 2019, passant de 80 à 160 milliards d'euros et que, d'autre part, son poids en France oscille le plus souvent entre 6,5 % et 7,5 % du PIB français sur la période. Il n'y a qu'au cours des années 1990 que la part de la DIE dans le PIB est plus élevée.

Donner du sens aux statistiques mentionnées.

Le document met donc en lumière le rôle fondamental des investissements en capital humain dans l'entretien de la dynamique du processus de croissance économique. Indirectement, il attire l'attention sur l'importance de l'impact des infrastructures et institutions.

Ajouter, si possible, un élément de réflexion.

Conclusion

La dynamique de la croissance économique repose sur une multiplicité de facteurs complémentaires : si le facteur travail et le facteur capital en sont des déterminants importants, le progrès technique, via les gains de productivité qu'il autorise, est en mesure de soutenir à la fois la consommation et la production, et, à ce titre, il constitue le principal moteur de la croissance économique (même si son apport précis est difficile à mesurer). Dans ces

Courte synthèse.

conditions, le soutien à la croissance dans les pays développés, et notamment dans l'Union européenne, passe également aujourd'hui par un effort d'investissement, d'innovation (recherche & développement), d'infrastructures publiques et d'éducation, afin de soutenir durablement la progression des niveaux de vie.

Le débat sur la croissance économique, sur ses origines et ses effets, se renouvelle avec les questions relatives à la soutenabilité de cette croissance face à la raréfaction des ressources naturelles. En effet, les urgences environnementales et climatiques rendent encore plus nécessaire l'approfondissement de l'analyse de la nature de la croissance, de ses sources et de ses impacts du court terme au très long terme.

Ouvrir sur des perspectives plus larges.

SUJET 2

BAC 2022
Amérique du Nord

Quels sont les sources et les défis de la croissance économique ?

ÉPREUVE COMPOSÉE (PARTIE 1)

Montrez que le progrès technique peut engendrer des inégalités de revenus.

Travail préparatoire

Analyser le sujet

Le sujet suppose de bien définir au préalable les notions de progrès technique et d'inégalités de revenus, en montrant que la croissance économique et les mutations technologiques qui l'accompagnent, peuvent accroître les inégalités par le biais de mécanismes simples, liés au fonctionnement des organisations productives et au marché du travail.

Corrigé

Les textes en bleu apparaissant dans ce corrigé ne doivent pas figurer dans votre devoir. Nous les avons insérés pour vous guider et vous conseiller.

Les conseils du professeur

On peut définir le progrès technique comme un ensemble d'innovations (dont les innovations de procédé et organisationnelles) permettant de produire davantage avec la même (ou une moindre) quantité de facteurs de production. Le revenu désigne ici le revenu disponible d'un ménage au cours d'une année donnée (il comprend les salaires, les revenus du travail non salarié, les revenus du capital et les transferts monétaires reçus de l'État, déduction faite de l'impôt sur le revenu et des cotisations de Sécurité sociale). Les inégalités de revenus peuvent être mesurées par différents instruments : déciles, courbe de Lorenz.

Définir les termes-clés du sujet.

L'augmentation des inégalités de revenus est un phénomène observé depuis la fin des années 1970 aux États-Unis et en Europe, et désormais bien documenté. L'écart de niveau de salaire entre le premier décile et le dernier décile dans la distribution des salaires s'est accru. De plus, en Europe continentale, le chômage de masse frappe davantage les travailleurs disposant d'un faible niveau de qualification. Depuis les années 1990, les travailleurs non qualifiés ont vu leur situation se dégrader en termes de salaire et d'emploi par rapport aux travailleurs qualifiés (progrès technique biaisé).

Poser le constat statistique.

Pour les économistes partisans de la thèse du « progrès technologique biaisé » *(skilled-biased technological change)*, les transformations de l'organisation du travail dans les entreprises et surtout l'introduction des technologies de l'information (ordinateurs, télécoms, robotique), impliqueraient une demande de travail qualifié (TQ) et très qualifié (TTQ) plus forte que lors de toutes les révolutions techniques précédentes, caractérisées

Situer les effets du progrès technique dans les organisations productives.

notamment par la chaîne de montage et la machine à écrire. En effet, les vagues d'innovations s'inscrivent dans une économie de marché mue par le mécanisme de la « destruction créatrice », décrit par Schumpeter (1883-1950), selon lequel le changement technique incessant bouleverse les combinaisons productives, les secteurs porteurs d'innovations créant davantage d'emplois qualifiés à fortes rémunérations par rapport aux secteurs routiniers frappés d'obsolescence. Les bouleversements technologiques sont de nature à dévaloriser certaines qualifications spécifiques qui sont liées à un état donné des techniques.

Expliciter les effets du progrès technique sur le marché du travail et les rémunérations.

La loi de l'offre et de la demande sur le marché du travail entraînerait logiquement une hausse du salaire d'équilibre des travailleurs qualifiés, et ceci tant que l'offre de capital humain par le système éducatif ne s'est pas adaptée. Les travailleurs non qualifiés exerçant des activités routinières ou traditionnelles subiraient quant à eux une stagnation voire une baisse de leurs rémunérations (ajustement par les prix car l'offre de travail peu qualifié-non qualifié serait plus importante que la demande). En outre, ils seraient confrontés au chômage si des réglementations, comme le salaire minimum, créent une rigidité des salaires à la baisse (ajustement par les quantités).

SUJET 3

BAC 2022
France métropolitaine

Quels sont les sources et les défis de la croissance économique ?

ÉPREUVE COMPOSÉE (PARTIE 2)

L'accroissement de la productivité globale des facteurs, source de croissance économique

Questions

1. À l'aide du document, vous présenterez les sources de la croissance du Danemark en 2019.

2. À l'aide des données du document et de vos connaissances, vous montrerez que l'accroissement de la productivité globale des facteurs est une source de croissance économique.

DOCUMENT • *Taux de croissance du PIB (en %) et contributions à la croissance du PIB (en points de %) dans quelques pays (2010-2019)*

	2010	2011	2012	2013	2014	2015	2016	2017	2018	2019
France										
Contribution du facteur travail	0,5	0,9	0,0	– 0,6	0,0	0,2	0,6	0,1	1,0	0,7
Contribution du facteur capital	0,5	0,5	0,6	0,6	0,5	0,6	0,6	0,7	0,7	0,7
Contribution de la PGF[1]	0,9	0,8	– 0,3	0,6	0,4	0,3	– 0,1	1,5	0,0	0,1
Taux de croissance annuel du PIB	**1,8**	**2,2**	**0,4**	**0,6**	**1,0**	**1,0**	**1,0**	**2,4**	**1,8**	**1,5**
Corée du Sud										
Contribution du facteur travail	0,6	0,5	0,7	0,6	0,6	1,0	0,1	– 0,9	– 0,6	– 0,1
Contribution du facteur capital	1,4	1,4	1,4	1,4	1,4	1,4	1,3	1,4	1,2	1,0
Contribution de la PGF[1]	4,7	1,7	0,3	1,1	1,2	0,5	1,5	2,6	2,3	1,1
Taux de croissance annuel du PIB	**6,8**	**3,7**	**2,4**	**3,2**	**3,2**	**2,8**	**2,9**	**3,2**	**2,9**	**2,0**
Danemark										
Contribution du facteur travail	– 1,4	0,7	– 1,2	0,1	0,0	0,6	1,4	0,7	– 0,1	0,9
Contribution du facteur capital	0,6	0,4	0,4	0,4	0,5	0,5	0,7	0,6	0,6	0,5
Contribution de la PGF[1]	2,6	0,3	1,0	0,4	1,1	1,2	1,1	1,5	1,6	1,4
Taux de croissance annuel du PIB	**1,9**	**1,3**	**0,2**	**0,9**	**1,6**	**2,3**	**3,2**	**2,8**	**2,2**	**2,8**

Source : d'après OCDE, 2021.

1. Productivité Globale des Facteurs.

Note : la somme des différentes contributions n'est pas toujours parfaitement égale à la croissance du PIB en raison des arrondis.

Travail préparatoire

Analyser le sujet

Le document propose ici des données statistiques sur l'évolution des taux de croissance du PIB de trois pays (France, Corée du Sud, Danemark) sur la période 2010-2019. Mais surtout, il montre, pour chaque année, quelle a été la contribution des trois grands facteurs traditionnels de la croissance du PIB pour ces pays : le facteur travail, le facteur capital, et la productivité globale des facteurs (PGF). Le document offre donc de nombreuses données qui permettent d'opérer des comparaisons pertinentes entre les pays, et au cours du temps. Il faut toutefois faire attention aux unités dans ce document, et bien comprendre que les taux de croissance du PIB sont exprimés en pourcent, tandis que les contributions de chaque facteur de production sont, quant à elles, mesurées en points de pourcentage. Par ailleurs, avant de répondre, il faut bien retenir le point essentiel suivant : la première question du sujet nécessite de se focaliser sur le cas du Danemark pour l'année 2019 et de s'en tenir à ces données. La seconde question implique de davantage mobiliser son cours et ses connaissances sur l'impact de la productivité globale des facteurs, et plus généralement du progrès technique, sur la croissance économique. Le progrès technique est une notion très large, car il s'applique à l'ensemble des innovations entraînant une amélioration qualitative des facteurs de production mais aussi des méthodes de production, de l'organisation du travail ou des marchés. Dans tous les cas, le progrès technique améliore la productivité globale des facteurs (PGF), c'est-à-dire le rapport entre la production et le volume total de facteurs utilisé. C'est ici la notion centrale. La croissance de la PGF est alors la croissance de la production qui n'est expliquée ni par la croissance de l'emploi, ni par celle du stock de capital productif. Le progrès technique désigne l'ensemble des éléments qui permettent d'augmenter la production à volume de travail et de capital inchangé. Mais il faut toutefois, pour bien traiter cette seconde question, illustrer ses raisonnements en citant des chiffres tirés du document.

Corrigé

Les textes en bleu apparaissant dans ce corrigé ne doivent pas figurer dans votre devoir. Nous les avons insérés pour vous guider et vous conseiller.

Les conseils du professeur

1. À l'aide du document, vous présenterez les sources de la croissance du Danemark en 2019.

En s'appuyant sur les données statistiques du document, on constate que pour l'année 2019, la croissance du PIB du Danemark a été de 2,8 %.

Citer la croissance totale du PIB.

Lorsque l'on décrypte les contributions à la croissance du PIB du Danemark cette année-là, on observe que c'est la productivité globale des facteurs (PGF) qui a été, avec 1,4 point de %, la principale contribution à la croissance totale du PIB.

Insister sur le chiffre de la croissance de la PGF.

La seconde plus forte contribution a été apportée par le facteur travail (avec 0,9 point de %), puis par le facteur capital (avec 0,5 point de %).

Pour le Danemark en 2019, c'est donc la productivité globale des facteurs (PGF) qui a été le principal moteur de la croissance (50 %).

Citer les données des autres facteurs de la croissance.

2. À l'aide des données du document et de vos connaissances, vous montrerez que l'accroissement de la productivité globale des facteurs est une source de croissance économique.

Les économistes s'accordent sur les facteurs suivants pour expliquer les origines du processus de croissance économiques dans le long terme : les ressources naturelles, le facteur travail, l'accumulation de capital physique, le progrès technique au sens large ainsi que les institutions et infrastructures publiques.

Rappeler brièvement la diversité des facteurs de la croissance.

Mais ils insistent généralement sur le rôle du progrès technique pour expliquer le rythme de la croissance à long terme du PIB. Le progrès technique regroupe l'ensemble des innovations entraînant une amélioration qualitative des facteurs de production mais aussi des méthodes de production, de l'organisation du travail ou des marchés. Le progrès technique permet alors d'augmenter la production à volume de travail et de capital inchangé. C'est un résidu, selon l'expression de l'économiste Robert Solow, c'est-à-dire la part inexpliquée (résiduelle) de la croissance, une fois que l'on a pris en compte l'augmentation quantitative des facteurs de production. On parle encore de progrès technique autonome, car il intervient comme un troisième facteur, distinct du capital et du travail, indépendamment des comportements économiques des agents. Dans cette approche, le progrès technique est par définition inexpliqué, puisqu'il n'est pas le fruit des choix des agents économiques. Ce progrès technique est donc exogène.

Insister sur le rôle du progrès technique.

À l'inverse, on parle de progrès technique endogène lorsque le modèle de croissance intègre des variables économiques expliquant l'émergence du progrès technique. Le progrès technique résulte alors d'investissements de différentes natures effectués par les agents motivés par la perspective d'un gain. Il est généré par l'activité économique elle-même.

Distinguer progrès technique exogène et endogène.

Dans tous les cas, le progrès technique améliore ce que les économistes appellent la productivité globale des facteurs (PGF), c'est-à-dire le rapport entre la production et le volume total de facteurs utilisé : la croissance de la PGF est alors la croissance de la production qui n'est expliquée, ni par la croissance de l'emploi, ni par celle du stock de capital productif.

Définir la notion-clé ici de productivité globale des facteurs.

La hausse de la PGF s'explique par l'augmentation du stock de capital technologique, c'est-à-dire de l'ensemble des connaissances humaines adaptées à la sphère de la production, grâce aux innovations. Elle provient également de l'accumulation du capital humain (l'ensemble

Mobiliser des données du document pour illustrer.

des compétences et savoirs que possèdent les travailleurs). Enfin, cette hausse résulte de l'accumulation de capital public, c'est-à- dire des infrastructures routières, de télécommunication, d'énergie, de la recherche fondamentale, financées par l'État.

Or, si les facteurs traditionnels sont indispensables, la croissance de la PGF est un facteur primordial de la croissance du PIB à long terme : l'exemple du Danemark en 2019 dans le document de l'OCDE montre d'ailleurs que le principal moteur de la croissance a été la PGF cette année-là avec 1,4 point de % (et une croissance du PIB total de 2,8 %).

De plus, si l'on observe le cas de la Corée du Sud, la PGF a contribué à hauteur de 1,1 point de % en 2019, soit la principale contribution, tandis que cette contribution de la PGF est restée très modeste en France à la fois en 2018 et en 2019.

SUJET 4

Quels sont les sources et les défis de la croissance économique ?

ÉPREUVE COMPOSÉE (PARTIE 3)

À l'aide de vos connaissances et du dossier documentaire, vous montrerez que le processus de croissance a un caractère endogène.

DOCUMENT 1

Les activités de recherche-développement (R&D), en accumulant un stock immatériel d'idées et de connaissances, permettent d'augmenter l'efficacité avec laquelle il est possible de produire des richesses à partir de capital et de travail [...]. En élevant le niveau d'éducation, donc le nombre de travailleurs très qualifiés qui peuvent participer à cette accumulation de savoir, on augmente le rythme des découvertes et, donc, les possibilités de croissance des économies. L'implication de ce type de théorie est que le taux de croissance du PIB s'élève avec le niveau d'éducation [...]. En conséquence, si une économie alloue, une année, plus de ressources à l'éducation et augmente ainsi son stock de capital humain, cela aura pour effet d'augmenter durablement non pas seulement le niveau des richesses produites mais surtout le taux de croissance de l'économie.

L'éducation peut avoir un autre rôle, non moins important : favoriser non plus les innovations technologiques mais leur adaptation. [...] Les technologies les plus performantes sont adoptées et mises en œuvre plus rapidement par les économies les plus riches en capital humain. À nouveau, c'est le niveau d'éducation qui élève le taux de croissance de l'économie, en accélérant l'assimilation du progrès technique. Cette deuxième fonction de l'éducation ne résulte pas seulement d'une plus grande maîtrise technique de la part des personnes qui ont fait davantage d'études. Il se peut que l'éducation augmente aussi la capacité à effectuer des choix strictement économiques, à allouer convenablement les ressources – par exemple en mesurant que tel marché est en développement, que telle technologie sera ou ne sera pas rentable –, bref, à prendre les bonnes décisions. [...]

Dans cet ensemble d'approches, [...] le taux de croissance à long terme ne dépend plus d'une croissance du progrès technique inexpliquée [...], mais de l'effort d'investissement en capital humain des différentes économies. Cela donne une place centrale aux politiques éducatives, d'autant qu'une impulsion donnée au niveau d'éducation par une intervention publique peut avoir un effet durable puisqu'il affecte non seulement le niveau de la production mais aussi son taux de croissance dans l'avenir.

Source : Marc Gurgand, *Économie de l'éducation*,
© Les Éditions La Découverte, 2005.

DOCUMENT 2 • *Les dépenses de recherche et développement en % du PIB entre 2000 et 2012*

	2000	2007	2012
Allemagne	2,47	2,53	2,98
Espagne	0,91	1,27	1,30
France	2,15	2,08	2,29
Finlande	3,35	3,47	3,55
Japon	3,00	3,46	3,35
Chine	0,90	1,40	1,98

Source : OCDE, « Principaux indicateurs de la science et de la technologie », 2014.

DOCUMENT 3

On peut supposer que la productivité d'une entreprise au cours d'une période donnée est une fonction croissante de l'expérience passée qu'elle a accumulée dans la production d'un bien. Cette amélioration de la productivité est incorporée aux investissements : à chaque fois qu'un producteur investit, les biens d'équipement nouveaux incorporent les connaissances accumulées par l'expérience et ils sont donc plus efficaces que les équipements anciens auxquels ils se substituent.

[...] En améliorant sa productivité, une entreprise a également un effet externe positif sur la productivité des autres entreprises. Il existe une synergie[1] entre les producteurs qui rend chacun d'autant plus efficace que les autres le sont déjà. Cela tient notamment à l'émulation réciproque par la concurrence et à l'imitation des procédés les plus efficaces. [...]

Au sens large, les infrastructures comprennent les routes et autoroutes, les voies ferrées, les ports et les aéroports, les réseaux de télécommunication, les réseaux nationaux de distribution du gaz et de l'électricité, l'éclairage public, etc., en un mot, tous les investissements qui développent et facilitent la circulation des informations, des personnes et des biens. Il est certain que le développement de ces infrastructures constitue un facteur important d'économies externes pour les entreprises.

Source : Jacques Généreux, *Introduction à la politique économique*, coll. « Points Économie », © Éditions du Seuil, 2015.

1. Synergie : action en commun de plusieurs éléments qui visent un même objectif.

Travail préparatoire

Analyser le sujet

Ce sujet conduit le candidat à réfléchir aux sources endogènes de la croissance. En effet, les théories de la croissance endogène permettent d'insister sur l'accumulation du capital, sous toutes ses formes. Ces modèles se sont développés progressivement à partir du début des années 1980, afin de combler les vides explicatifs de la théorie de la croissance de Robert Solow, qui postulait le caractère exogène du progrès technique. Le point crucial est que le processus de croissance trouve ses origines dans l'économie elle-même (il est donc endogène) via les décisions des agents économiques et des opérations qui en découlent. De plus, les effets de l'accumulation des différentes formes de capital sont cumulatifs dans la mesure où les décisions d'investissement et d'innovation présentes dépendent de celles du passé : la croissance économique présente est donc conditionnée par la croissance antérieure.

Analyser les documents

Document 1

Le texte montre les aspects positifs des dépenses en matière d'éducation et de capital humain, l'un des principaux moteurs de la croissance endogène. Il explique notamment que le capital humain favorise une meilleure qualification de la main-d'œuvre qui permet ensuite une adaptation plus facile aux mutations technologiques. L'éducation génère ainsi ce que les économistes appellent des « externalités positives » : les connaissances, en se diffusant, peuvent alors bénéficier à d'autres entreprises et finalement stimuler la croissance de l'économie. Il faut donc s'appuyer sur ce document pour montrer que les politiques éducatives sont particulièrement utiles à la croissance économique future.

Document 2

Ce tableau statistique de l'OCDE présente les dépenses en recherche et développement en pourcentage du PIB pour certains pays développés entre 2000 et 2012. Il permet de situer la France par rapport à ses concurrents étrangers dans la mondialisation de l'économie et de mesurer d'ailleurs son retard en termes de dépenses de recherche et développement (notamment par rapport à l'Allemagne et au Japon), indispensables au processus de croissance endogène. On y perçoit d'ailleurs le rattrapage de certains pays émergents, comme la Chine, dont les dépenses de recherche et développement sont passées de 0,90 % du PIB en 2000 à 1,98 % du PIB en 2012.

Document 3

Ce texte permet de bien cerner la notion de productivité au cœur des analyses de la croissance et celle d'externalité positive. L'utilité des théories de la croissance endogène est qu'elles permettent de comprendre comment se diffusent les informations et les nouveaux procédés pour soutenir l'activité économique. Le processus d'apprentissage par la pratique est ici essentiel puisque l'expérience accumulée par les entreprises leur permet ensuite de mettre en œuvre plus facilement les nouvelles méthodes de production. Ce document est donc utile pour bien cerner le caractère véritablement « endogène » de la croissance.

Problématiser le sujet

Le sujet conduit le candidat à s'interroger sur les origines endogènes de la croissance. Il s'agit d'expliquer comment, par quels mécanismes de causalité, l'accumulation de différents types de capitaux permet d'entretenir un processus cumulatif et vertueux de croissance à long terme.

Proposition de plan

I. L'accumulation de capital productif et le progrès technique sont des conditions nécessaires à la croissance économique

II. L'accumulation de capital humain et de capital public est indispensable à la croissance économique

III. La mise en place d'institutions favorables à la croissance économique est impérative

Corrigé

Les textes en bleu apparaissant dans ce corrigé ne doivent pas figurer dans votre devoir. Nous les avons insérés pour vous guider et vous conseiller.

Les conseils du professeur

Introduction

Le progrès technique, c'est-à-dire une nouvelle manière de produire qui permet d'obtenir plus de produit avec la même quantité de facteurs de production, constitue le principal moteur de la croissance économique, soit l'augmentation soutenue et durable du PIB. Si certaines théories mettent en avant le rôle de l'entrepreneur dans la mise en œuvre de ces innovations à l'origine d'une élévation de la productivité des facteurs de production, d'autres théories insistent sur le rôle de l'État et celui de la dépense publique dans l'accumulation de capitaux nécessaires à la croissance. On désigne ces dernières analyses, apparues dans les années 1980, comme les théories de la croissance endogène : elles démontrent que la croissance est un phénomène cumulatif auto-entretenu par des investissements appropriés.

Définir les termes du sujet.

Poser l'enjeu principal du sujet.

Si le progrès technique est une des sources essentielles de la croissance économique, l'accumulation du capital, sous toutes ses formes, contribue à long terme au progrès technique et participe à l'entretien de la croissance. Se crée ainsi une dynamique auto-entretenue de croissance : une croissance « endogène ».

I. L'accumulation de capital productif et le progrès technique sont des conditions nécessaires à la croissance économique

L'investissement productif privé, qui permet l'accumulation du capital physique et la mise en œuvre de l'innovation technologique, modernise le stock de capital – ce qui en augmente la productivité. Les dépenses de recherche et développement engagées pour innover, considérées comme de l'investissement immatériel, contribuent aussi à accroître durablement le potentiel productif. Si Robert Solow soulignait, en 1987, le paradoxe d'une accumulation de dépenses en technologies de l'information et de la communication (TIC) sans gains de productivité, ce paradoxe n'est plus d'actualité depuis le milieu des années 1990. En effet, les entreprises étant parvenues à se réorganiser et les salariés à maîtriser ces technologies, la croissance de la productivité s'est dès lors accélérée aux États-Unis. Il peut donc y avoir un décalage temporel entre les dépenses d'investissements et leurs effets sur la productivité. Le document 2, fondé sur les données de l'OCDE, montre ainsi que la France accuse un certain retard sur l'Allemagne et le Japon en matière de dépenses en recherche et développement : en 2012, la France consacrait seulement 2,29 % de son PIB à ces dépenses indispensables à la croissance future, contre 2,98 % pour l'Allemagne et 3,35 % pour le Japon.

Insister sur le rôle de l'investissement et de l'accumulation du capital.

Utiliser les documents du dossier.

II. L'accumulation de capital humain et de capital public est indispensable à la croissance économique

L'accumulation de capital concerne également le capital humain, c'est-à-dire l'ensemble des savoirs, savoir-faire et, au-delà, toutes les dispositions du travailleur qui lui donnent une certaine efficacité dans la production. En accumulant du capital humain, une économie augmente la capacité des travailleurs à créer une valeur ajoutée plus élevée et à innover. Si le rôle de l'éducation est ici fondamental, les effets des dépenses d'éducation sur la croissance dans les pays avancés ne sont pas simples à mesurer, la nature de ces dépenses pouvant avoir un effet sans doute plus important que leur montant. Comme le note le document 1, le capital humain accumulé permet de faciliter l'adaptation aux nouvelles technologies grâce à une main-d'œuvre plus qualifiée.

Définir le capital humain.

Les investissements publics permettent également d'accroître et de moderniser le capital public comme l'évoque la seconde partie du document 3 ; ils concernent les infrastructures de communication et de transport notamment, mais aussi les investissements dans la recherche, l'éducation ou la santé qui engendrent des externalités positives. Certains investissements sont générateurs d'externalités positives qui alimentent la dynamique de croissance auto-entretenue, donc endogène au système économique. C'est notamment le cas des investissements en capital humain qui se traduisent, par exemple, par la hausse de la formation initiale moyenne grâce à l'extension de l'accès des nouvelles générations au baccalauréat ou encore par le développement de l'enseignement supérieur. C'est également le cas des investissements en recherche et développement et des investissements dans certaines infrastructures publiques (par exemple, les réseaux de communication).

III. La mise en place d'institutions favorables à la croissance économique est impérative

Insister sur les règles de fonctionnement des marchés dans le processus endogène de croissance.

Les théories de la croissance endogène insistent sur le fait que le progrès technique « ne tombe pas du ciel » et que les structures de l'économie et l'action de l'État sont dès lors plus ou moins propices à son développement. L'État joue un rôle majeur dans la définition des « règles du jeu » des échanges (que le prix Nobel d'économie Douglass C. North appelle « institutions »). L'État définit et garantit le respect des droits de propriété (notamment ceux de la propriété intellectuelle, à travers les brevets) et est à l'origine du droit du travail, du droit commercial... Certaines institutions sont plus ou moins favorables à la croissance : un pays dans lequel les droits de propriété seraient mal définis découragerait l'investissement, car les investisseurs n'auraient pas de garantie de pouvoir tirer profit de leur action. D'autres « règles du jeu » peuvent jouer sur la croissance, comme les dispositifs fiscaux, les règles du fonctionnement du marché du travail (nature du contrat de travail, cadre légal de licenciement, formation continue, protection sociale), ou encore la politique de la concurrence.

Conclusion

En conclusion, les analyses de la croissance endogène montrent que l'initiative privée doit être complétée par une action vigoureuse de l'État afin de favoriser l'accumulation soutenue de capital technologique (recherche et développement), de capital humain et de capital public (sous la forme d'infrastructures publiques), afin de maintenir le rythme de la croissance économique d'une nation. Ces théories permettent également d'expliquer les écarts de niveaux de vie entre les régions du monde, puisque les écarts ont tendance à s'accentuer entre les pays qui peuvent enclencher ce processus de croissance endogène et ceux qui ne le peuvent pas.

Synthétiser la réponse à l'enjeu central du sujet.

Élargir les enjeux du sujet à l'échelle internationale.

SUJET 5

Comment expliquer les crises financières et réguler le système financier ?

DISSERTATION

Comment peut-on expliquer les crises financières ?

DOCUMENT 1 • *Bulle spéculative, krach et crise*

Pour comprendre pourquoi les agents agissent ainsi, tel un troupeau, il faut se représenter les marchés financiers comme un système ou un réseau. À l'intérieur de ce système, les acteurs sont étroitement liés les uns aux autres. Le résultat de la décision par l'un des acteurs de ce réseau dépend de celles prises par tous les autres. C'est pourquoi, lorsqu'ils prennent leurs décisions, ces acteurs ne le font pas en fonction d'eux-mêmes mais en fonction de l'idée qu'ils se font de l'opinion de tous les autres. [...] Si chaque investisseur achète un titre parce qu'il pense que tous les autres pensent que ce titre va monter, le cours du titre va effectivement augmenter, presque indépendamment du réel état de santé économique de l'entreprise émettrice (chiffre d'affaires, rentabilité, endettement...). Ce phénomène peut s'autoentretenir un certain temps et produire une augmentation continue et cumulative du prix d'un actif. C'est ce qu'on appelle une « bulle spéculative ». La plupart des bulles se forment sur le marché des actions, mais tout marché sur lequel on est amené à anticiper un prix futur en vue de réaliser un profit s'y prête : marché immobilier, marché pétrolier, etc. En pleine période de bulle, les cours (prix des actifs) grimpent de plus en plus et il est dans l'intérêt pécuniaire des opérateurs de continuer d'acheter ce qui ne fait qu'alimenter la bulle. [...] Évidemment, les arbres ne montant jamais jusqu'au ciel, il arrive un moment où la bulle éclate, moment qu'on a toujours du mal à prévoir. On entre alors dans une phase de krach où tous les opérateurs se mettent à vendre, parce qu'ils prévoient que la baisse enclenchée va se poursuivre. Ils vendent parce qu'ils craignent la baisse des cours et en vendant, ils font eux-mêmes baisser les cours. Les craintes des opérateurs s'autoréalisent. Là encore on a affaire à une prophétie autoréalisatrice. À la rigueur, peu importe que les craintes soient fondées, la seule crainte de la crise peut suffire à l'engendrer. Au plus fort de la crise boursière de l'automne 2008, on a assisté à des baisses autoentretenues : la panique et les craintes des opérateurs ont provoqué l'effondrement des cours boursiers [...]. Comme le cours des actions et de la plupart des autres actifs (immobiliers notamment) baisse, la valeur des garanties (appelées aussi collatéraux) que les entreprises doivent apporter pour obtenir par exemple un prêt auprès des banques, baisse aussi. Les banques restreignent alors leur octroi de crédit.

Source : Jézabel Couppey-Soubeyran, *Monnaie, banques, finance*, coll. « Quadrige », PUF, 2021.

DOCUMENT 2 • *Politique monétaire : évolution des taux d'intérêt directeurs des banques centrales (en %)*

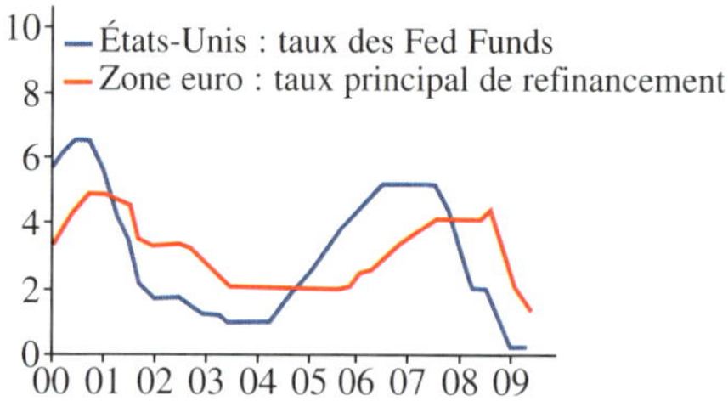

Source : d'après Patrick Artus, « Crise financière : l'inexorable logique des enchaînements qui ont causé la crise », Natixis, 8 avril 2009.

DOCUMENT 3 • *Accumulation des réserves de change et augmentation de la base monétaire mondiale (en milliards de dollars)*

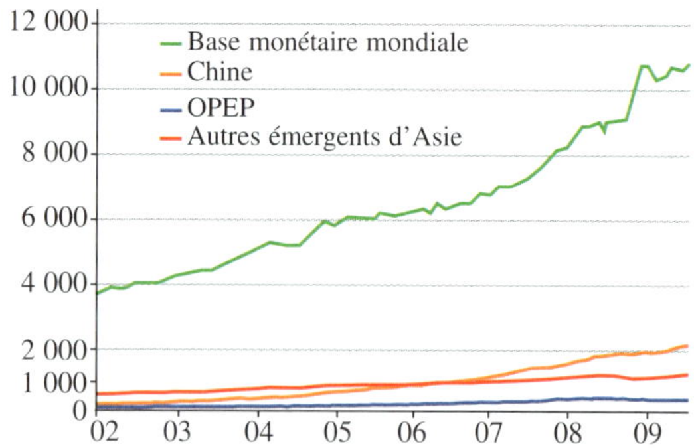

Source : Patrick Artus, « Accumulation de réserves de change pour stabiliser le dollar », Natixis, 22 septembre 2009.

DOCUMENT 4 • *De la crise des* subprimes *à la crise financière*

Souvent considérée comme le plus grand choc financier depuis le krach boursier de 1929, la crise des *subprimes* en 2007 a déclenché une tempête sur le marché du crédit américain avant de déstabiliser tout le système bancaire et financier mondial. L'immobilier de type « sous-prime » (*subprimes*) est constitué de ménages dont l'accès à la propriété est difficile du fait qu'ils ne présentent pas toutes les garanties de paiement que l'on retrouve dans le secteur de qualité (intitulé *prime*). La répartition des ménages en différents secteurs dépend de multiples critères comme l'endettement initial de l'emprunteur, le rapport entre sa dette et ses revenus, son patrimoine, etc. Sur le marché des prêts immobiliers américains, le plus vaste du monde (5 800 milliards de dollars en 2007), les crédits *subprimes* atteignaient environ 15 % du total des encours. Dans une période de croissance continue du marché de l'immobilier, les agences de crédit ont accordé des prêts à des ménages potentiellement incapables d'en acquitter les charges financières, en escomptant que la montée des prix de l'immobilier (qui ont augmenté de 80 % entre 2000 et 2006) permette *in fine* de les assumer. Les organismes de prêts ont eu de plus en plus recours à des montages risqués [...]. Avec le retournement du marché dès 2006, nombre de ménages paupérisés n'ont pu alors faire face au bondissement de leurs mensualités au moment même où les prix de l'immobilier reculaient [...]. La propagation de la crise a été rendue inévitable par le fait que les courtiers ayant vendu les prêts *subprimes* à leurs clients les avaient ensuite cédés à des banques qui avaient à leur tour transformé ces produits en titres de dette négociable (*Collateralized Debt Obligations*, CDO) à l'occasion d'opérations dites de « titrisation », d'où le terme parfois utilisé de crédit « structuré ». Ces montages financiers complexes mais à haut rendement (souvent supérieurs à 20 % par an) ont ensuite été diffusés dans des portefeuilles de titres auprès des banques, des assurances et des fonds d'investissement du monde entier, d'autant que les énormes gains potentiels ont généré une sous-évaluation du risque en période d'euphorie boursière. La faillite brutale de plusieurs établissements de prêts hypothécaires a provoqué l'effondrement de ce château de cartes et engendré des pertes gigantesques pour des établissements bancaires et financiers ayant pignon sur rue : la méfiance s'est instaurée entre les banques cherchant à se débarrasser de leurs titres.

Laurent Braquet, *L'Économie américaine*,
coll. « Thèmes et débats », Bréal, 2010.

Travail préparatoire

Analyser le sujet

Le sujet invite le candidat à s'interroger sur les causes fondamentales des crises financières qui ont jalonné l'histoire du capitalisme. Il peut être utile, par souci de clarté, de distinguer parmi ces origines possibles les facteurs macroéconomiques, parmi lesquels les politiques monétaires expansionnistes (accumulation de déséquilibres macroéconomiques avec très forte hausse du volume de crédit et endettement excessif des ménages), et les problèmes microéconomiques liés aux comportements des agents économiques (effets pervers et cumulés de la globalisation financière comme la formation de bulles spéculatives assises sur des comportements moutonniers sur les marchés financiers, l'existence d'un aléa moral qui pousse les agents économiques à prendre des risques excessifs). La réponse pourra prendre appui sur la crise des *subprimes* de 2007-2008 et la crise financière de 2008-2009 où ces causes multiples et cumulées ont largement permis d'expliquer l'instabilité financière qui en a découlé.

Analyser les documents

Document 1

Le document rappelle certaines causes de la grande instabilité des prix des actifs financiers. En effet, conformément aux logiques des prophéties autoréalisatrices et des comportements mimétiques (moutonniers), on observe sur les marchés financiers de très fortes variations de l'offre et de la demande des différents actifs financiers, ce qui entraîne une très grande instabilité des prix de ces actifs. Ces mouvements collectifs à l'achat vont produire des bulles spéculatives, car la hausse des prix entraîne une hausse anticipée des prix, donc une hausse de la demande qui valide les anticipations. Ainsi, par mimétisme et anticipation se réalisent les prophéties et se fabriquent les bulles.

Symétriquement, quand les anticipations se retournent pour des raisons objectives et/ou subjectives, les mouvements collectifs à la vente vont produire l'éclatement des bulles spéculatives, car la baisse des prix entraîne une baisse anticipée des prix, donc une hausse de l'offre qui valide les anticipations. Ainsi, par mimétisme et anticipation se réalisent les prophéties et se fabriquent les krachs : les bulles explosent.

Document 2

Le graphique permet d'observer l'orientation de la politique monétaire aux États-Unis et dans la zone euro entre 2000 et 2009 à travers l'évolution des taux d'intérêt directeurs des banques centrales. Aux États-Unis, le taux des Fed Funds (fonds fédéraux) baisse très nettement en 2001 pour faire face à la crise financière et économique provoquée par l'éclatement de la bulle technologique. Le taux directeur passe d'environ 6 % à environ 2 % en quelques mois. La Fed (Réserve fédérale ou Banque centrale des États-Unis) fait baisser progressivement ce taux à environ 1 % entre 2002 et 2005. Dans la zone euro, pour faire face à ce même enchaînement de crises, le principal taux directeur (le taux de refinancement ou repo) de la BCE baisse très nettement en 2001 : le taux directeur passe d'environ 5 % à environ 3 % en quelques mois. La BCE fait baisser progressivement ce taux à environ 2 % entre 2001 et 2003, le maintenant à ce niveau jusqu'en 2005. Ces baisses des taux directeurs sont bien le signe de politiques monétaires très expansionnistes visant à faciliter le désendettement des agents économiques pour éviter une contraction du crédit, faciliter la reprise du crédit et la création monétaire afin de soutenir puis relancer l'activité économique.

Document 3

Ce document présente la croissance de la quantité de monnaie centrale en circulation (la base monétaire), au niveau mondial au cours des années 2000, sous l'effet de l'accumulation de réserves de change par les banques centrales de la Chine, des pays de l'OPEP et des autres pays émergents d'Asie. La base monétaire, ou « monnaie banque centrale », correspond à la monnaie qui a été créée directement par une banque centrale. À partir de cette base monétaire, les banques accroissent la quantité de monnaie scripturale et donc la quantité de monnaie en circulation dans l'économie en accordant des crédits. Le décalage entre la hausse des réserves de change et l'augmentation de la base monétaire mondiale s'explique par les effets des politiques monétaires durablement expansionnistes des banques centrales des pays de l'OCDE. Avant la crise financière, ces liquidités ont contribué à financer les achats d'actifs qui ont contribué à fabriquer des bulles spéculatives. Le graphique pourra être opportunément cité par le candidat pour évoquer l'accumulation de déséquilibres macroéconomiques, monétaires et financiers, qui précède l'éclatement des bulles spéculatives et le déclenchement des crises financières.

Document 4

Ce document permet de s'appuyer sur l'exemple de la crise financière consécutive à la crise des *subprimes* pour montrer la conjonction des causes à l'origine des crises financières. Le document insiste sur le rôle du crédit immobilier hypothécaire et de la titrisation dans la diffusion du risque de crédit aux banques et la propagation des déséquilibres financiers.

En effet, la caractéristique du crédit hypothécaire est que la garantie de la solvabilité de l'emprunteur est la valeur de marché de la maison achetée, valeur qui sert de collatéral. Une forme de solvabilité fondée sur l'instabilité de la valeur marchande d'un actif remplace le principe habituel de la solvabilité fondée sur la stabilité des revenus. Le développement des crédits hypothécaires, surtout pour les ménages les plus pauvres, a entretenu la demande de maisons et la bulle immobilière.

De plus, la titrisation a permis aux banques d'accorder encore davantage de crédits et a donc contribué, indirectement, à entretenir la bulle immobilière, tout en fabriquant de nouvelles bulles sur les produits titrisés. La titrisation est une opération qui consiste à transformer une créance non négociable en un titre négociable, c'est-à-dire un titre financier qui peut être vendu à des investisseurs. Les banques, détenant des créances risquées (crédits *subprimes*) et des créances non risquées (crédit prime), ont combiné dans des produits financiers dits structurés des crédits *subprimes* avec des crédits non risqués. Ce modèle de crédit via la pratique d'une titrisation débridée des créances a contribué à faciliter et à accroître la distribution du crédit, à soutenir la dynamique de gonflement des bulles immobilières et financières.

Problématiser le sujet

Le cœur du sujet réside dans le fait de montrer que les crises financières s'expliquent par des causes récurrentes pour l'essentiel : un excès de liquidités lié à une abondante création monétaire propice à la prise de risques. Des anticipations autoréalisatrices combinées à des comportements mimétiques constituent un cocktail efficace pour que des bulles spéculatives gonflent puis éclatent. Le krach entraîne nécessairement une crise financière du fait des interdépendances entre les différents compartiments du marché financier.

Proposition de plan

I. Les causes macroéconomiques des crises financières
  A. Les politiques monétaires durablement expansionnistes des banques centrales
  B. L'accumulation de réserves de change des banques centrales des pays émergents et exportateurs de pétrole

II. Les déterminants microéconomiques des crises financières
  A. La hausse du crédit, les comportements mimétiques et la formation de bulles
  B. La titrisation incontrôlée, le cumul des bulles et la contagion

Corrigé

Les textes en bleu apparaissant dans ce corrigé ne doivent pas figurer dans votre devoir. Nous les avons insérés pour vous guider et vous conseiller.

Les conseils du professeur

Introduction

La crise financière qui débute à l'été 2007 et qui se généralise à la suite de la chute de la banque Lehman Brothers le 15 septembre 2008, a permis d'observer les

Ouvrir le sujet sur la dernière crise financière mondiale.

Science économique

principales causes de l'apparition répétitive de bulles sur les prix des actifs : la recherche de rendements élevés par les investisseurs et la croissance rapide de la liquidité mondiale.

Une crise financière est provoquée par la chute brutale des prix d'actifs financiers (krach) qui entraîne un effet de richesse négatif, c'est-à-dire une baisse de la valeur des actifs possédés et donc un excès d'endettement : la demande de crédit baisse. Pour les agents financiers, notamment les banques, l'appauvrissement des agents économiques va entraîner une baisse de l'offre de crédit. Le désendettement nécessaire entraîne une baisse de la demande globale et, fort logiquement, les crises financières ont des conséquences importantes sur l'économie réelle : croissance économique, emploi, revenus, dépenses...

Définir les concepts-clés et les mécanismes généraux des crises financières.

Rappeler brièvement pourquoi les crises financières entraînent toujours des crises économiques.

Compte tenu des effets financiers et économiques destructeurs des crises financières, il semble indispensable d'en comprendre les causes profondes dans le but d'éviter la spirale cumulative négative qui peut en résulter. Quelles sont les principales causes récurrentes des crises financières ?

Poser la problématique.

En nous appuyant sur la crise des *subprimes* (2007-2008), nous pourrons distinguer et présenter successivement les causes macroéconomiques et microéconomiques des crises financières.

Annoncer le plan.

I. Les causes macroéconomiques des crises financières

D'un point de vue macroéconomique, on peut mettre en évidence deux causes essentielles des crises financières : les politiques monétaires procycliques excessivement et durablement expansionnistes des banques centrales des grands pays de l'OCDE depuis 2001, et l'excès de la liquidité mondiale lié à l'accumulation de réserves de change par les banques centrales des pays émergents et exportateurs de pétrole.

Courte introduction pour éclairer le lecteur.

A. Les politiques monétaires durablement expansionnistes des banques centrales

Au cours des années 2000, les banques centrales (des États-Unis, du Royaume-Uni, de la zone euro, du Japon…) ont mené des politiques monétaires très expansionnistes pour faire face à la crise financière et économique liée à l'éclatement de la bulle technologique en 2001, comme on peut l'observer dans le document 2.

Utiliser et présenter les concepts et les mécanismes-clés.

Aux États-Unis, le taux des Fed Fund (fonds fédéraux) baisse très nettement en 2001 pour faire face à la crise financière et économique provoquée par l'éclatement de la bulle technologique. Le taux directeur passe d'environ 6 % à environ 2 % en quelques mois. La Fed (Réserve fédérale ou banque centrale des États-Unis) fait baisser progressivement ce taux à environ 1 % entre 2002 et 2005. Dans la zone euro, pour faire face à ce même enchaînement de crises, le principal taux directeur (le taux de refinancement ou repo) de la BCE baisse très nettement en 2001 : il passe d'environ 5 % à environ 3 % en quelques mois. La BCE fait ensuite baisser progressivement ce taux à environ 2 % entre 2001 et 2003, le maintenant à ce niveau jusqu'en 2005.

Il est aujourd'hui admis que cet environnement de taux d'intérêt durablement bas lié à un comportement anormalement expansionniste des banques centrales dans les périodes d'expansion (donc procyclique) a créé les conditions favorables à l'apparition de nouvelles bulles financières.

Le maintien des taux d'intérêt directeurs à des niveaux bas par rapport au taux de croissance du PIB, en facilitant l'endettement des agents économiques, va conduire à la survalorisation des actifs sur différents marchés. Cette survalorisation se traduit par l'apparition d'une bulle spéculative, qui en éclatant entraîne un krach puis une crise financière.

Expliciter les mécanismes de formation des bulles.

Si les politiques monétaires durablement et excessivement expansionnistes des banques centrales expliquent l'abondance de liquidités dans l'économie mondiale, un

Courte phrase de transition.

autre mécanisme va venir alimenter fortement la croissance de la base monétaire mondiale et donc la création monétaire.

B. L'accumulation de réserves de change des banques centrales des pays émergents et exportateurs de pétrole

L'excès de la liquidité mondiale, disponible pour des opérations plus ou moins spéculatives, s'explique aussi par l'accumulation de réserves de change par les banques centrales des pays émergents et exportateurs de pétrole. On peut observer ce phénomène dans le graphique du document 3. Très concrètement, au cours des années 2000, les excédents commerciaux de la Chine et des pays exportateurs de pétrole (OPEP) ont eu pour contrepartie un gonflement exponentiel des réserves de change des banques centrales. Ainsi, la banque centrale de Chine n'a pas hésité à acheter les dollars qu'elle recevait et des actifs en dollars en créant de la monnaie domestique pour éviter une appréciation du renminbi (ou yuan) par rapport au dollar. L'objectif était non seulement de maintenir un haut degré de compétitivité prix mais, de surcroît, une plus grande capacité de défense du taux de change contre une éventuelle appréciation brutale. Mais, ce faisant, la banque centrale de Chine a contribué à une hausse importante de la base monétaire mondiale et donc de la capacité des banques à alimenter l'économie en crédit.

Utiliser les documents du dossier.

En ce qui concerne les pays exportateurs de pétrole, le dollar étant la monnaie d'échange sur ce marché, les banques centrales de ces pays vont aussi accumuler d'importantes réserves de change en dollar du fait de leurs excédents commerciaux. Ensuite, ces banques centrales vont recycler ces dollars accumulés en achetant des actifs en dollars aux États-Unis, ce qui va alimenter la base monétaire et, en fin de compte, le crédit bancaire et la création monétaire.

Le problème vient du fait que ces dollars accumulés sont revenus vers les États-Unis pour gonfler la base monétaire et donc alimenter la création monétaire, la dette et les bulles immobilières, financières... Cet afflux des dollars vers les États-Unis a produit un excès durable de la liquidité macroéconomique (monétaire), qui a entretenu les conditions pour le crédit facile, la titrisation, la demande d'actifs, le gonflement de bulles spéculatives, et finalement la crise de la fin des années 2000 dans toutes ses dimensions.

Expliquer la relation entre réserves de change et création monétaire.

Cette période de croissance excessive de la base monétaire a permis une croissance exponentielle du crédit et de la création monétaire, donnant aux investisseurs et aux agents non financiers (dimension microéconomique) les moyens de réaliser des opérations de plus en plus risquées pour le système financier et pour l'économie réelle.

Courte phrase de transition.

II. Les déterminants microéconomiques des crises financières

D'un point de vue microéconomique, on peut mettre en évidence plusieurs facteurs majeurs des crises financières. Dans un souci de clarté, on pourra faire la différence entre, d'une part, les mécanismes qui conduisent à la formation et l'éclatement des bulles et, d'autre part, les défauts de la régulation financière qui ont accéléré la titrisation, renforcé la formation des bulles et donc l'occurrence des crises financières.

Courte introduction pour éclairer le lecteur.

A. La hausse du crédit, les comportements mimétiques et la formation de bulles

Des taux d'intérêt durablement faibles favorisent la hausse de la demande et de l'offre de crédit, donc la hausse du volume de crédits accordés et du montant de la création monétaire par les banques. Du côté de la demande de crédit, la recherche de rendements anormalement élevés par rapport aux rendements sans risque accroît la demande de crédit en période de taux d'intérêt faibles. La hausse de la capacité d'achat d'actifs qui en

Utiliser et présenter les concepts et les mécanismes-clés.

découle est propice à la hausse des prix de ces actifs, en particulier quand la demande devient massive. Du côté de l'offre de crédit, quand les taux d'intérêt sont bas, il y a moins de risques, toutes choses égales par ailleurs, de ne pas être remboursé par l'emprunteur. Les banques sont plus enclines à prêter quel que soit le niveau des revenus des emprunteurs-débiteurs. La solvabilité est plus facile en période de taux bas.

Le document 4 insiste ainsi sur le rôle du crédit immobilier hypothécaire et de la titrisation dans la diffusion du risque de crédit aux banques et la propagation des déséquilibres financiers. En effet, la caractéristique du crédit hypothécaire est que la garantie de la solvabilité de l'emprunteur est la valeur de marché de la maison achetée, valeur qui sert de collatéral. Le développement des crédits hypothécaires, surtout pour les ménages les plus pauvres, a entretenu la demande de maisons et la bulle immobilière. D'après le document 4, on a pu observer que « sur le marché des prêts immobiliers américains, le plus vaste du monde (5 800 milliards de dollars en 2007), les crédits *subprimes* atteignaient environ 15 % du total des encours » et que les prix de l'immobilier « ont augmenté de 80 % entre 2000 et 2006 ».

Utiliser les documents du dossier.

Ainsi, dans le cadre des crédits *subprimes*, en utilisant la valeur de la maison achetée comme collatéral des prêts accordés aux ménages à faibles revenus, les banques ont pu prêter et les ménages emprunter davantage. Logiquement, dans cet environnement favorable à l'emprunt immobilier, les comportements mimétiques entraînent une très forte hausse de la demande de maisons, qui devient beaucoup plus rapide que celle de l'offre, provoquant une bulle immobilière et une forte hausse des prix des maisons. Mais, en substituant une forme de solvabilité fondée sur la valeur de marché d'un actif (de patrimoine) à une forme de solvabilité fondée sur le revenu, les banques ont également commencé à fabriquer les germes de leurs futures pertes financières. En effet, tant que la valeur de marché des maisons reste supérieure au montant de la dette des ménages,

Expliciter le mécanisme du crédit hypothécaire et son lien avec la formation de la bulle immobilière.

l'opération de crédit est rentable car l'emprunteur est solvable. Cependant, cette solvabilité n'est assurée que dans la mesure où l'actif acheté à crédit (ici la maison) voit son prix augmenter. Un tel système ne fonctionne donc qu'en période de gonflement d'une bulle car la valeur de l'actif (ici immobilier) reste supérieure au montant de la dette souscrite. De fait, ce critère de solvabilité n'est pas durable car, dès l'instant où le prix des actifs baisse, les défauts des emprunteurs augmentent avec l'effet de richesse négatif qui en découle.

Néanmoins, pour entretenir ce système de financement, il a fallu titriser les crédits dans le cadre de produits dérivés et structurés non standards.

Courte phrase de transition.

B. La titrisation incontrôlée, le cumul des bulles et la contagion

Le document 4 rappelle, à juste titre, que la titrisation a permis aux banques d'accorder encore davantage de crédits et a donc contribué, indirectement, à entretenir la bulle immobilière, tout en fabriquant de nouvelles bulles sur les produits titrisés. Pour entretenir la bulle de crédit, la bulle immobilière et les gains qui en résultaient pour les créanciers, il a été nécessaire de titriser les crédits. Les banques ne peuvent pas accorder des crédits sans limites. Cela pourrait être source d'inflation et les risques pris pourraient entraîner des pertes, des défaillances et des faillites. Pour retrouver des marges de manœuvre, les banques ont titrisé massivement les crédits accordés. L'objectif est de débarrasser leur bilan d'une grande partie des créances détenues sur les emprunteurs pour pouvoir octroyer de nouveaux crédits et profiter des gains qui peuvent en découler.

Utiliser les documents du dossier.

Un crédit est une créance non négociable. Autrement dit, une banque ne peut vendre, directement, la créance qu'elle détient sur un emprunteur. Le seul moyen qui existe est la titrisation, qui est une opération consistant à transformer une créance non négociable en un titre négociable, c'est-à-dire un titre financier qui peut être vendu à des investisseurs. Les banques, qui détenaient

Présenter le mécanisme de la titrisation.

des créances risquées (crédits *subprimes*) et des créances non risquées (crédit *prime*), ont combiné dans des produits financiers dits structurés des crédits *subprimes* avec des crédits non risqués.

Les agences de notation, chargées d'évaluer le degré de rendement-risque des produits financiers pour envoyer un signal aux investisseurs (banques, assurances et autres investisseurs institutionnels) sur les marchés financiers, ont accordé un triple A à de nombreux produits structurés aux noms parfois exotiques. Rassurés, les investisseurs se sont endettés pour acheter massivement ces actifs financiers. Logiquement, la hausse de la dette des investisseurs s'est accompagnée d'une hausse des prix de ces actifs. Une bulle financière s'est développée en même temps que la bulle de l'immobilier, les bulles s'entretenant mutuellement dans le cadre de comportements mimétiques et de prophéties autoréalisatrices.

Présenter l'enchaînement qui va du krach à la crise financière.

Malheureusement, les arbres ne montent pas jusqu'au ciel, comme le souligne le document 1, et toute bulle est condamnée à éclater tôt ou tard, pour différentes raisons. La bulle immobilière a finalement éclaté avec la multiplication des défauts des emprunteurs *subprimes* qui ne pouvaient faire face à leurs engagements de remboursement. Les ventes forcées et massives de maisons ont tiré les prix vers le bas, provoquant un effet de richesse négatif très violent. Les banques, qui avaient prêté excessivement, se sont retrouvées de plus en plus en difficulté, les difficultés des unes affectant les autres sur le marché interbancaire.

De plus, avec la diffusion du risque à de nombreux investisseurs dans le système financier par la titrisation, l'information sur le degré d'exposition à celui-ci était d'une grande opacité. La méfiance s'est propagée dans l'ensemble du système bancaire et financier. Comme plus personne ne savait qui possédait quoi, ni combien, les marchés se sont asséchés car lorsque la liquidité de marché tend vers zéro, plus personne ne peut vendre car personne ne souhaite acheter. Or, quand il n'y a plus d'échanges ni de marché, les prix des actifs immobiliers et financiers s'effondrent. Les pertes en capital se cumulent, la solvabilité se dégrade, les défauts se multiplient, la liquidité disparaît, etc. La crise des *subprimes* a déclenché une crise financière et la crise financière a entraîné une crise économique et sociale, venant renforcer la crise bancaire et financière.

Conclusion

Courte synthèse et ouverture.

En définitive, c'est bien la combinaison de déséquilibres monétaires et financiers internationaux et de comportements inappropriés au niveau microéconomique qui est responsable du déclenchement de la crise, de sa propagation et de son ampleur. Pour autant, au-delà de ces comportements microéconomiques excessifs, il fallait que des conditions macroéconomiques existent, autrement dit que la liquidité soit suffisamment abondante pour permettre aux banques et aux autres investisseurs de prendre autant de risques.

Ouvrir sur des perspectives plus larges.

Nous pouvons clairement déduire de cet épisode qu'un régime de croissance basé sur l'endettement privé est insoutenable à moyen terme. Il n'est pas possible de soutenir durablement la croissance d'une économie dans laquelle les inégalités de revenus se sont accrues, une économie où le seul moyen de maintenir un haut niveau de consommation et de croissance est de permettre l'endettement des plus pauvres.

SUJET 6

Comment expliquer les crises financières et réguler le système financier ?

ÉPREUVE COMPOSÉE (PARTIE 1)

Comment se forment et éclatent les bulles spéculatives ?

Travail préparatoire

Analyser le sujet

Le sujet exige de présenter clairement les mécanismes de causalité qui conduisent à la formation de bulles spéculatives puis, inévitablement et logiquement, à leur éclatement. Le candidat devra mobiliser et définir certains concepts incontournables de l'analyse économique : bulle spéculative, crédit, dette, actif, effet de richesse négatif, prophéties autoréalisatrices, comportements mimétiques (moutonniers, panurgiens), prix du collatéral, ventes forcées.

Corrigé

Les textes en bleu apparaissant dans ce corrigé ne doivent pas figurer dans votre devoir. Nous les avons insérés pour vous guider et vous conseiller.

Les conseils du professeur

Avec la globalisation financière, on observe une très grande volatilité des prix des actifs et la formation récurrente de bulles spéculatives.

Rappeler l'enjeu central du sujet.

Une bulle spéculative est un processus cumulatif de hausse des cours d'un actif dans lequel les hausses passées provoquent les anticipations de hausses futures donc les achats présents pour réaliser des plus-values dans le futur.

Présenter le mécanisme général des bulles spéculatives.

Ce processus est lié à des comportements mimétiques consistant à adopter une forme de rationalité collective pour acheter (ou vendre) les actifs dont les cours montent (ou baissent) car les autres les achètent (ou les vendent) aussi. Dans ces conditions, les prophéties sont dites autoréalisatrices car les comportements mimétiques sont autoréalisateurs quand l'achat (ou la vente) en masse d'un actif fondé sur l'anticipation de la hausse (ou la baisse) de son cours est validé par les décisions prises et réalisées.

Définir les concepts-clés.

Le crédit et donc la création monétaire peuvent alimenter l'instabilité financière car des agents empruntent pour acheter des actifs puis les vendre pour en acheter d'autres.

Rappeler la relation entre crédit et création monétaire.

La formation et l'éclatement d'une bulle spéculative peuvent s'expliquer par le comportement des investisseurs qui recherchent des rendements anormalement élevés par rapport aux rendements sans risque et par la combinaison de comportements mimétiques associés à des prophéties autoréalisatrices.

Expliciter certains mécanismes-clés des bulles spéculatives.

Fort logiquement, le gonflement de la bulle commence quand la plupart des investisseurs cherchent à acquérir les mêmes actifs : la rareté relative de la quantité offerte se traduit de fait par une hausse des cours. Dans un second temps, le mimétisme (comportement de « mouton de Panurge ») va produire ses effets : cette hausse des cours alimente une nouvelle demande fondée sur des anticipations irrationnelles de poursuite de la hausse, le gonflement de la bulle se poursuit jusqu'au moment où le retournement brutal des anticipations provoque une chute non moins brutale des cours. Une bulle financière finit toujours par se dégonfler.

Distinguer les phases de hausse et de baisse.

La crise financière qui débute à l'été 2007 a permis d'observer les deux causes de l'apparition répétitive de bulles sur les prix des actifs : la recherche de rendements élevés par les investisseurs et la croissance rapide de la liquidité mondiale.

SUJET 7

Comment expliquer les crises financières et réguler le système financier ?

ÉPREUVE COMPOSÉE (PARTIE 2)

Les mécanismes de transmission d'une crise financière à l'économie réelle

Questions

1. Décrivez les grandes évolutions de l'indice CAC 40 français par rapport au Dow Jones américain depuis 2003.

2. À l'aide du document et de vos connaissances, expliquez comment une crise financière transmet ses effets à l'économie « réelle ».

DOCUMENT • *L'évolution des grands indices boursiers de 1999 à 2009 en moyenne mensuelle (base 100 en janvier 1999)*

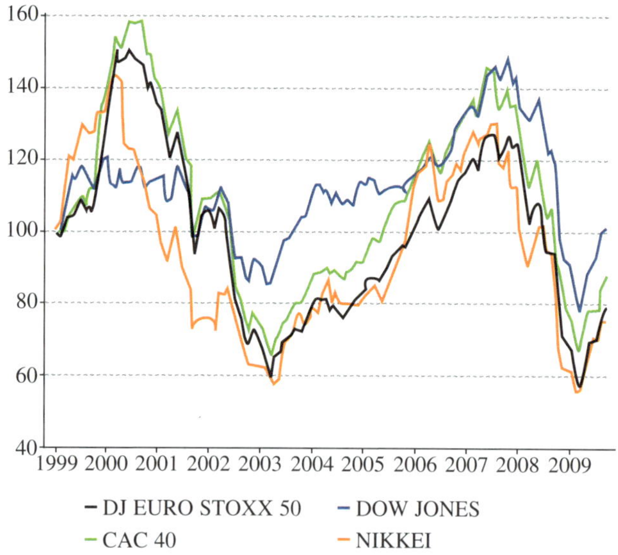

Source : Insee, « Tableaux de l'économie française », 2010.

Travail préparatoire

Analyser le sujet

Ce document, publié par l'Insee en 2010, synthétise l'évolution des grands indices boursiers en moyenne mensuelle sur la décennie 1999-2009, et permet d'observer l'impact de la crise financière en 2007-2008. Il s'exprime en indices de variation, que l'on peut transformer en variations en points, et il permet d'observer la volatilité des cours boursiers, en particulier l'impact de la crise des *subprimes* sur les principaux indicateurs de la finance mondiale. On perçoit en effet clairement la corrélation très forte entre ces indices boursiers dans la globalisation financière et la mondialisation des marchés de capitaux qui implique l'interdépendance des places financières, et notamment leur repli simultané en 2007-2008.

Corrigé

Les textes en bleu apparaissant dans ce corrigé ne doivent pas figurer dans votre devoir. Nous les avons insérés pour vous guider et vous conseiller.

Les conseils du professeur

1. Décrivez les grandes évolutions de l'indice CAC 40 français par rapport au Dow Jones américain depuis 2003.

En 2003, le CAC 40 se situait à un niveau inférieur au Dow Jones. Le CAC 40 a ensuite connu une phase ininterrompue de croissance d'environ 80 points jusqu'en 2007, tandis que le Dow Jones, en partant d'un plateau plus élevé, a connu une hausse de 60 points jusqu'à la même période, malgré une certaine stabilisation des cours en 2004-2005. Entre 2007 et 2009, le CAC 40 a chuté de 80 points également, soit à un point bas plus faible que celui atteint par le Dow Jones à la même période, qui, lui, a chuté de 65 points environ.

Donner des évolutions chiffrées et montrer la corrélation entre les grands indices boursiers.

2. À l'aide du document et de vos connaissances, expliquez comment une crise financière transmet ses effets à l'économie « réelle ».

Les crises financières s'expliquent par la conjonction de nombreux phénomènes, en particulier par l'accumulation de déséquilibres macroéconomiques, la formation récurrente de bulles spéculatives sur les marchés financiers en raison des comportements mimétiques, et par les comportements microéconomiques liés au rôle central du crédit et des innovations financières dans nos économies. Le retour périodique de graves crises financières à partir des années 1990 a mis en évidence un certain nombre de défaillances de la finance contemporaine. La crise financière internationale qui a éclaté en 2007 s'est accompagnée d'une forte chute des principaux indices boursiers, et ce de manière corrélée : de 2007 à 2009, le CAC 40 a ainsi chuté de 80 points et le Dow Jones de 65 points selon le document. Cette crise a montré que la finance globalisée n'est pas toujours capable de remplir efficacement deux de ses fonctions essentielles : l'allocation optimale des ressources financières à ses usages les plus productifs et la gestion des risques. Cette crise sur les marchés financiers s'est ensuite transmise à l'économie réelle par le canal du crédit puisque le secteur bancaire a été fortement impacté par la crise boursière.

S'appuyer sur les grandes notions du programme.

Citer les données du document.

En effet, dans une économie où le niveau d'endettement du secteur privé est élevé, les pertes des banques sur les marchés financiers se transmettent ensuite rapidement à l'activité économique car le crédit qu'elles octroient aux agents (ménages, entreprises) joue un rôle considérable dans le fonctionnement de l'économie réelle. Un ralentissement de la croissance du PIB peut alors se produire en raison d'une forte contraction du crédit qui comprime fortement la demande globale. Les banques peuvent être confrontées à la baisse de la valeur de leurs collatéraux : un collatéral est un actif offert en garantie lors d'une opération de crédit. Ainsi, sur le marché interbancaire, un établissement qui emprunte des liquidités

Décrypter les mécanismes principaux.

à un autre, pour se refinancer, doit offrir en contrepartie un collatéral constitué de titres figurant sur une liste d'actifs éligibles établie par la banque centrale.
Le mécanisme de transmission de la crise à l'économie passe également par l'effet de richesse négatif. L'effet de richesse traduit le fait qu'une variation de la valeur de leurs actifs patrimoniaux incite les agents économiques à modifier leur demande de biens de consommation et d'investissement. En cas de baisse de la valeur des patrimoines (baisse des prix de l'immobilier par exemple), les ménages peuvent comprimer leurs dépenses de consommation, et contribuer ainsi à réduire les carnets de commande des entreprises. L'effet de richesse négatif aggrave alors la récession.
L'économie réelle est donc toujours impactée par une crise financière. L'offre de crédit des banques est freinée et les taux d'intérêt remontent, ce qui dissuade les emprunteurs de s'endetter. Les débiteurs, en raison de la dévalorisation brutale de leurs actifs, ne parviennent plus à rembourser leurs emprunts. Le rationnement du crédit, qui met en difficulté les créanciers autant que les débiteurs, alimente la défiance et ralentit l'activité économique. Les agents économiques (ménages, entreprises) cherchent alors à se désendetter et réduisent leur consommation et leurs investissements productifs.
Dans ce contexte, l'économie peut entrer dans un cercle vicieux qui a été à l'origine de la Grande Dépression des années 1930 : la contrainte financière pèse de plus en plus sur les ménages qui diminuent leurs dépenses, voire restreignent drastiquement leur consommation courante. Il s'ensuit une baisse de la production, des faillites d'entreprises, une baisse des revenus distribués et une incapacité à emprunter, ce qui provoque une nouvelle chute de la consommation, une baisse des prix, etc. C'est la spirale de la déflation.
La contraction de l'emploi et la forte hausse du taux de chômage sont des facteurs supplémentaires de baisse des revenus pour les ménages, et de montée de l'épargne de précaution. Les profits des entreprises sont donc

fortement comprimés et l'économie risque d'entrer également dans une spirale de la déflation : pour écouler la production, la baisse des prix par les entreprises réduit encore plus les profits, d'autant que les consommateurs attendent de nouvelles baisses de prix, etc. La baisse des prix alourdit également le poids des dettes en termes réels : les acteurs économiques se voient contraints de recourir à des ventes forcées qui, dans un climat de défiance, se traduisent par une nouvelle accélération de la baisse des prix.

C'est pour éviter ce cercle vicieux de la dépression que les banques centrales et les États sont intervenus rapidement pour soutenir le crédit et l'activité économique en 2007-2008.

Conclure par une courte phrase.

SUJET 8

Comment expliquer les crises financières et réguler le système financier ?

ÉPREUVE COMPOSÉE (PARTIE 3)

À l'aide de vos connaissances et du dossier documentaire, vous montrerez en quoi la meilleure régulation du système bancaire et financier peut contribuer à lutter contre les phénomènes d'aléa moral.

DOCUMENT 1 • *L'aléa moral et la prise de risque*

L'aléa moral, en tant qu'incitation à prendre des risques lorsque ceux-ci sont assurés, transférés ou supportés de manière collective, est source d'externalités négatives. Ce dernier terme, emprunté à l'économie publique, désigne les conséquences collectives négatives, non prises en compte par le marché, d'activités développées par des agents individuels. L'un des exemples les plus célèbres est celui de l'émission de gaz à effet de serre, dont les conséquences collectives ne sont pas supportées par les agents économiques qui en sont à l'origine. Les opérations de titrisation, les activités de marché conduisant à des valorisations au prix de modèle, les arbitrages comptables et prudentiels, les contrats asymétriques de rémunération (bonus) des opérateurs de marché, ne sont-ils pas source d'externalités négatives ? Le G20 recommande aux États de réduire l'aléa moral sur les marchés financiers [...].

Source : Didier Marteau, *Les Marchés de capitaux*, © Dunod, 2021, Malakoff.

DOCUMENT 2 • *Le taux de variation du PIB en volume (en %) et FBCF* en % du PIB*

		2007	2008	2009	2010	2011	2012	2013
France	Variation du PIB	2,3	– 0,1	– 3,1	1,7	2,0	0,0	0,2
	FBCF	20,9	21,3	19,5	19,5	20,0	19,8	19,2
Allemagne	Variation du PIB	3,3	1,1	– 5,1	4,0	3,3	0,7	0,4
	FBCF	18,4	18,6	17,2	17,4	18,1	17,6	17,2
Grèce	Variation du PIB	3,5	– 0,2	– 3,1	– 4,9	– 7,1	– 7,0	– 3,9
	FBCF	26,6	22,6	19,9	17,6	15,1	13,2	12,1
Espagne	Variation du PIB	3,5	0,9	– 3,8	– 0,2	0,1	– 1,6	– 1,2
	FBCF	30,7	28,7	23,6	22,2	20,7	19,2	17,7
Zone euro (18 pays)	Variation du PIB	3,0	0,4	– 4,5	1,9	1,6	– 0,7	– 0,4
	FBCF	21,9	21,5	19,4	19,0	19,0	18,4	17,7
Royaume-Uni	Variation du PIB	3,4	– 0,8	– 5,2	1,7	1,1	0,3	1,7
	FBCF	17,8	16,8	14,9	14,9	14,4	14,5	14,0
États-Unis	Variation du PIB	1,8	– 0,3	– 2,8	2,5	1,6	2,3	2,2
	FBCF	22,1	21,0	18,5	18,0	18,3	18,8	18,9
Japon	Variation du PIB	2,2	– 1,0	– 5,5	4,7	– 0,5	1,5	1,5
	FBCF	22,6	22,4	20,8	20,0	20,6	21,1	21,7

* FBCF : la formation brute de capital fixe désigne l'investissement productif des différents agents économiques. C'est une mesure de l'investissement total réalisé en une année.

Source : d'après la base de données Eurostat, 2014.

DOCUMENT 3 • *La faillite de Lehman Brothers et le risque systémique*

Un événement va considérablement accélérer la dynamique négative de la crise : la faillite, le 15 septembre 2008, de la cinquième banque d'affaires américaine, Lehman Brothers. Le 12 septembre, deux banques d'affaires, Merrill Lynch et Lehman Brothers, sont au bord de la faillite, comme Bear Stearns quelques mois auparavant. Alors que la première est rachetée par Bank of America, avec l'appui du Trésor américain et de la Réserve fédérale (la banque centrale américaine), la seconde ne trouve pas de repreneur [...]. Le secrétaire d'État au Trésor américain, Henry Paulson, s'y refuse et laisse Lehman Brothers faire faillite [...]. Pour faire office de « contre-exemple » et rappeler au marché que rien n'oblige les pouvoirs publics à renflouer les banques, rien de mieux qu'une banque d'investissement de taille (relativement) réduite (comme Lehman) : elle ne reçoit pas de dépôts de la part des particuliers et sa taille peut laisser penser que les dégâts collatéraux sont limités. Mais les conséquences d'une telle faillite ont été mal évaluées : elle fait chuter tous les marchés financiers mondiaux, amplifie la défiance réciproque des banques et, surtout, pousse le numéro 1 de l'assurance mondiale, AIG, au bord de la faillite.

Source : Nicolas Couderc, Olivia Montel-Dumont, *Des subprimes à la récession, comprendre la crise*, La Documentation française, 2009.

Travail préparatoire

Analyser le sujet

Le sujet nécessite de mobiliser les connaissances sur le thème des instruments de la régulation des marchés de capitaux et du secteur bancaire, créés afin de prévenir l'éclatement d'une nouvelle crise financière « systémique » comme en 2007-2008. Il faut donc détailler l'importance de ces leviers pour encadrer les activités bancaires et financières, et insister sur la notion d'aléa moral, notamment dans le secteur bancaire.

Analyser les documents

Document 1

Ce document est très important car il permet de cerner la notion-clé, dans cette partie du programme, d'aléa moral. On dit qu'il y a aléa moral lorsque, après la signature d'un contrat, l'une des deux parties est en mesure de léser l'autre en raison de l'asymétrie d'information qui existe entre elles. Le document permet aussi de rappeler que la régulation est particulièrement nécessaire pour prévenir les conséquences négatives de cet aléa moral sur le système bancaire et financier, et sur l'économie « réelle ».

Document 2

Ce tableau statistique, centré sur l'impact chiffré de la crise bancaire et financière de 2008, peut être mobilisé pour justifier la régulation du système bancaire et financier, en raison de la transmission violente et rapide des crises bancaires et boursières à l'économie « réelle », avec à la clé une forte récession en 2009.

Document 3

Ce texte montre un élément capital de l'aléa moral dans le secteur bancaire : la nécessaire intervention des pouvoirs publics lorsque les banques sont « systémiques » et de taille trop importante pour qu'on les laisse faire faillite. La chute de la banque Lehman Brothers a ainsi déclenché un phénomène de panique sur les marchés des capitaux en 2008.

Problématiser le sujet

Le sujet implique de justifier et expliciter les différents instruments qui permettent une régulation plus efficace des marchés de capitaux, mais également du système bancaire. En quoi une meilleure régulation du système bancaire et financier est-elle utile pour prévenir les phénomènes d'aléa moral ?

Proposition de plan

I. La nécessaire régulation du système financier

A. La recherche de la stabilité financière et la prévention des crises financières

B. Un système financier fragilisé par des comportements d'aléa moral

II. Les leviers de la lutte contre l'aléa moral dans le système bancaire

A. La mise en œuvre de ratios de solvabilité des banques

B. Les efforts en matière de supervision des banques

Corrigé

Les textes en bleu apparaissant dans ce corrigé ne doivent pas figurer dans votre devoir. Nous les avons insérés pour vous guider et vous conseiller.

Les conseils du professeur

Introduction

La récurrence des crises financières internationales à partir des années 1990 pose la question d'une régulation plus étroite du secteur bancaire et des marchés de capitaux.

Rédiger une accroche dans l'introduction.

La régulation du système bancaire et financier peut se définir par un ensemble de règles, de pratiques et d'encadrement des activités bancaires et financières dont les objectifs prioritaires sont le bon fonctionnement du marché (transparence et intégrité), la protection des dépôts des épargnants et la stabilité du système bancaire et financier. Cette régulation cherche, en mobilisant différents leviers, à lutter contre les phénomènes d'aléa moral, lorsqu'un individu ou une entreprise assuré contre un risque peut se comporter de manière plus risquée que s'il était totalement exposé au risque, et elle s'exerce par l'intermédiaire de diverses autorités de régulation nationales, européennes ou internationales.

Définir les termes du sujet.

Il s'agira de décrypter les rouages de la régulation du système financier, avant d'analyser comment le système bancaire est particulièrement soumis à un encadrement de ses activités.

Annoncer le plan.

I. La nécessaire régulation du système financier

A. La recherche de la stabilité financière et la prévention des crises financières

Après la crise économique et financière de 2007-2008, de nombreuses voix se sont élevées pour exiger une réglementation plus stricte des activités financières. Cette exigence a donné lieu à des réformes en faveur de

Science économique

la stabilité financière. L'objectif principal de la stabilité financière est de limiter le coût des crises financières et celles des intermédiaires bancaires (comme les banques) qui ont des conséquences potentiellement dévastatrices en raison du rationnement du crédit, à l'origine d'une chute de la demande globale. Le document 2 montre ainsi la profonde récession économique mondiale en 2009 après la crise financière (le PIB a diminué de 4,5 % en zone euro et de 2,8 % aux États-Unis). La crise financière internationale qui a éclaté en 2007, la plus grave depuis 1929, a montré l'importance d'une coopération internationale lorsque les États se trouvent confrontés à ce type de crise systémique, qui menace l'intégrité de tout le système financier mondial (en raison des interdépendances directes entre les différents marchés). L'objectif général de la régulation bancaire et financière est de créer et maintenir la confiance dans chaque pays et dans le système global. Cette confiance est ce qu'on appelle un bien public, un bien dont tous les citoyens bénéficient, la confiance dans les banques permettant le financement de l'économie à moindre coût.

S'appuyer sur les documents.

B. Un système financier fragilisé par des comportements d'aléa moral

Pour de nombreux experts, la crise financière qui a éclaté en 2007 est le résultat de la défaillance de la régulation et de la multiplication de situations d'aléa moral sur les marchés financiers : comme l'explique le document 1, « l'aléa moral [agit] en tant qu'incitation à prendre des risques lorsque ceux-ci sont assurés, transférés ou supportés de manière collective [et il] est source d'externalités négatives ». Si l'environnement macroéconomique, en particulier la formation de bulles spéculatives dues à la politique monétaire expansionniste des banques centrales, a pu jouer un rôle, ce sont aussi les dysfonctionnements des règles des marchés, du contrôle de leur application et les comportements des acteurs (banques, fonds d'investissement, opérateurs sur les marchés), qui expliquent les dérèglements financiers qui ont abouti à

Courte citation des documents.

la grande crise financière de 2007-2008. Les mécanismes à l'œuvre lors de la crise financière se réalisent dans un contexte de marché imparfait, ce qui se traduit notamment par des situations d'asymétrie d'information (par exemple, sur le marché du crédit avec les crédits *subprimes*) ou encore de sélection adverse (par exemple, une hausse des taux d'intérêt peut attirer les agents au profil plus risqué ayant des difficultés à se financer). Depuis 2009, des réformes importantes du système financier ont été menées pour répondre à la sévérité de la crise et lutter contre l'aléa moral.

Mobiliser des notions de microéconomie vues en classe de première.

Ainsi, la recherche de la stabilité financière justifie la mise en œuvre d'instruments de régulation du système bancaire et financier. Cette régulation concerne en particulier le secteur bancaire. Les principaux leviers qui permettent de réduire l'aléa moral des banques sont la supervision des banques par les banques centrales et le ratio de solvabilité.

Rédiger une transition.

II. Les leviers de la lutte contre l'aléa moral dans le système bancaire

A. La mise en œuvre de ratios de solvabilité des banques

La concentration du système bancaire à partir des années 1990 a accru le risque d'aléa moral : certaines banques, dites « systémiques », dont la faillite menacerait tout le système financier, sont, plus que par le passé, « trop grosses pour faire faillite » (*too big to fail*). En effet, elles sont assurées d'être secourues par les pouvoirs publics car leur effondrement pénaliserait trop l'activité économique. L'exemple de la banque d'affaires Lehman Brothers, cité par le document 3, montre d'ailleurs que la faillite d'un tel établissement peut créer des phénomènes de panique sur les marchés financiers. Dès la fin des années 1980, des ratios de solvabilité ont été instaurés afin d'imposer aux banques un certain volume de fonds propres (terme comptable qui figure au passif de leurs bilans) en lien avec les risques encourus. Ces ratios de solvabilité sont censés rendre la réglementation bancaire plus restrictive et inciter les banques à limiter les crédits et surtout les risques (ratio Cooke en 1988, puis ratio McDonough en 2007), sans toutefois les rationner excessivement, ni freiner la croissance économique. La nouvelle réglementation dite de Bâle III, pilotée par le Comité de Bâle (le comité de supervision bancaire abrité par la Banque des règlements internationaux située à Bâle), s'applique à toutes les banques internationales afin de réguler le niveau de fonds propres que les banques doivent détenir en fonction des risques qu'elles encourent, ainsi que le niveau de liquidités qu'elles doivent détenir pour faire face à leurs engagements.

B. Les efforts en matière de supervision des banques

La supervision des banques par les banques centrales correspond aux principes dits de macroéconomie prudentielle. Elle consiste à prévenir les crises bancaires en s'assurant du respect par les banques d'un certain nombre de règles. Pour établir la confiance dans la stabilité du système financier, les banques sont contrôlées par des institutions : en France, l'ACPR (Autorité de contrôle prudentiel et de résolution) bénéficie des moyens fournis par la Banque de France pour assurer cette mission de supervision et de protection de la clientèle des banques. Elle le fait dans le cadre européen de l'Union bancaire et du mécanisme de surveillance unique (MSU), tout en exerçant parallèlement des missions nationales. Elle participe à l'élaboration des règles de prudence et de sécurité destinées à mesurer et limiter les risques, afin d'éviter les faillites de banques (montant de capital par rapport aux risques, disponibilité des liquidités). Mais le contrôle des banques ne s'effectue plus seulement à l'échelle d'un pays : l'expérience a montré que les risques pris par une banque ne s'arrêtent pas aux frontières. Il est donc important d'organiser la supervision à l'échelle européenne, afin de protéger les clients et les systèmes financiers et économiques des pays. Le MSU a été mis en place fin 2014 pour harmoniser les règles et

Citer les institutions de la régulation financière.

Montrer l'aspect international de la supervision bancaire.

renforcer l'efficacité de la surveillance des banques en Europe. Dans le cadre du MSU, la BCE contrôle les 118 plus grands groupes bancaires de la zone euro, en collaboration avec chaque autorité nationale.

Conclusion

La crise financière a démontré les failles en matière de régulation du système financier mondial, notamment en ce qui concerne le contrôle des risques encourus par les banques dans le cadre des innovations financières et de leur intervention croissante sur les marchés financiers.

Répondre à la question centrale du sujet.

La question de la régulation financière s'inscrit aujourd'hui dans le problème plus vaste de la gouvernance mondiale : la finance est globalisée mais la réglementation financière ne l'est toujours pas.

Ouvrir le sujet sur des perspectives plus larges.

SUJET 9

Quelles politiques économiques dans le cadre européen ?

DISSERTATION

Quelles sont les difficultés des pays membres de la zone euro pour coordonner leurs politiques budgétaires avec la politique monétaire unique de la Banque centrale européenne (BCE) ?

DOCUMENT 1 • *L'évolution des taux d'intérêt directeurs des grandes banques centrales*

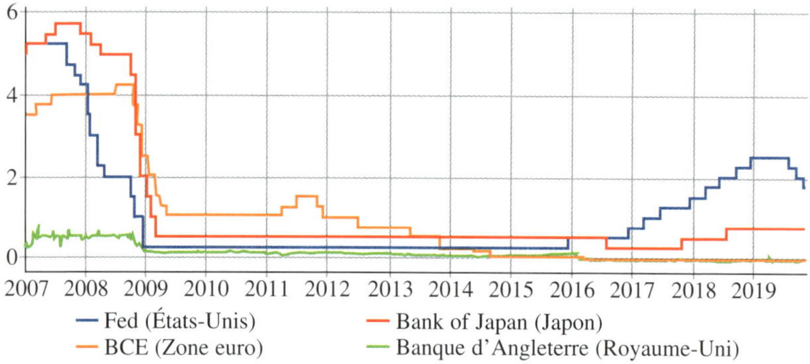

Sources : Fed, BCE, Bank of Japan, Banque d'Angleterre.

DOCUMENT 2 • *De la crise sanitaire à la récession mondiale*

Après un recul d'une ampleur sans précédent depuis la Seconde Guerre mondiale (– 3,4 %), l'activité mondiale rebondirait nettement en 2021 (+ 5,3 %), sous l'effet principalement d'une amélioration progressive de la situation sanitaire, le tissu productif ayant été largement préservé grâce aux mesures de soutien conséquentes mises en place. Toutefois, de fortes disparités existeraient entre pays. Les économies émergentes rattraperaient globalement dès 2021 leur niveau d'activité de 2019, tout comme les États-Unis, tandis que les économies avancées dans leur ensemble ne le retrouveraient qu'en 2022.

L'activité de la zone euro retrouverait son niveau d'avant-crise en 2022 et la reprise serait hétérogène. L'activité de l'Allemagne se redresserait rapidement (+ 1,8 % en 2022 par rapport à 2019) tandis que l'Espagne et l'Italie ne retrouveraient pas leurs niveaux d'avant-crise à cet horizon (respectivement – 0,9 % et – 1,6 %).

Le choc économique a été de moindre intensité en 2020 aux États-Unis qu'en Europe et la reprise rapide (+ 4,9 % en 2022 par rapport à 2019) devrait être portée par un soutien budgétaire conséquent d'autant plus efficace que l'avancée de la vaccination permettrait la levée des restrictions pénalisant la consommation. Le Royaume-Uni, lourdement affecté par l'épidémie en 2020 et pénalisé en sus par les effets du Brexit, resterait en 2022 en-deçà de son niveau de 2019 (– 1,5 %).

Après une chute violente, le commerce mondial en biens s'est vite redressé au 2e semestre 2020. Il rebondirait nettement en 2021 (+ 8,7 % après – 6,3 %), soutenu par la normalisation de la production industrielle, les échanges progresseraient en 2022 (+ 4,8 %) avec l'activité mondiale.

Les aléas demeurent importants. Le principal est l'évolution de la situation sanitaire. La reprise dépendra également de l'évolution du marché du travail et de la situation des entreprises, ainsi que du maintien d'un environnement financier favorable.

Source : Direction générale du Trésor, 2021.

DOCUMENT 3 • *Le taux de chômage dans l'Union européenne (UE) et dans la zone euro*

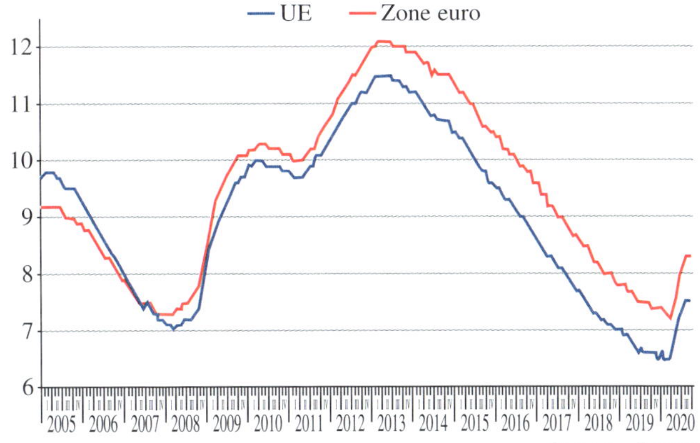

Source : Eurostat, 2021.

DOCUMENT 4 • *La croissance de la demande mondiale adressée à la France*

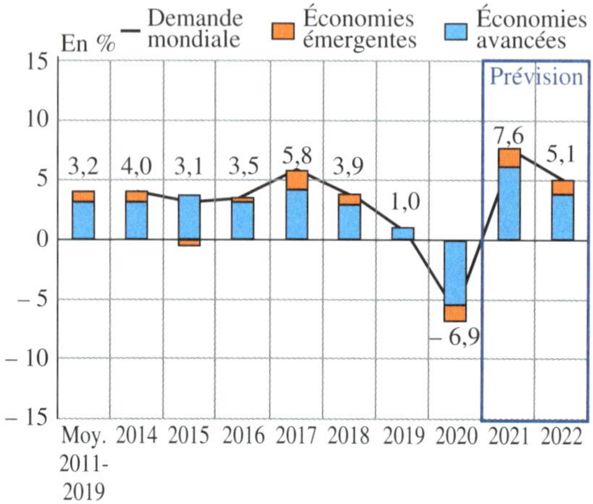

Source : Direction générale du Trésor, septembre 2020.

Travail préparatoire

Analyser le sujet

Le sujet proposé s'inscrit dans le thème intitulé « Quelles politiques économiques dans le cadre européen ? » consacré à la zone euro dans le programme de spécialité SES en terminale. Il est explicitement attendu du candidat qu'il maîtrise les difficultés de coordination de la politique économique dans le cadre de l'Union économique et monétaire (UEM).

Après avoir soigneusement défini les notions-clés du sujet, comme celles de zone euro et d'Union économique et monétaire (UEM), et celles de politique monétaire et de politique budgétaire, il convient d'évoquer l'organisation institutionnelle spécifique de la zone euro et de faire référence aux obstacles qui peuvent perturber le fonctionnement de la politique économique conjoncturelle. Le candidat pourra s'appuyer sur les différentes crises que la zone euro a connues depuis 2007, de l'éclatement de la crise financière internationale jusqu'à la crise des dettes souveraines qui a menacé la survie de la monnaie unique à partir de 2009.

Analyser les documents

Document 1

Ce graphique représente l'évolution des taux d'intérêt directeurs des grandes banques centrales depuis 2007, avec les politiques monétaires expansionnistes engagées qui se sont traduites par une baisse sensible des taux à partir de 2007 pour soutenir le crédit bancaire et la demande globale. On peut s'appuyer sur ce document pour montrer que la politique monétaire unique de la BCE reste nécessaire depuis début 2020 pour créer les conditions de la reprise économique à l'heure actuelle face aux effets macroéconomiques délétères de la crise sanitaire.

Document 2

Ce texte évoque les perspectives de reprise économique depuis la crise du Covid-19 et détaille les chiffres selon les grandes régions du monde. Les informations données sur la zone euro peuvent être exploitées : on note que « l'activité de la zone euro retrouverait son niveau d'avant-crise en 2022 et [que] la reprise serait hétérogène ». On peut ainsi s'appuyer sur ce document pour montrer que la politique monétaire unique peut soutenir la croissance de la zone euro, mais que les politiques budgétaires nationales demeurent efficaces pour faire face à la situation conjoncturelle de chaque pays de la zone euro qui peut être différente.

Document 3

Ce graphique retrace les évolutions du taux de chômage dans la zone euro et l'Union européenne depuis 2005 et permet de justifier les politiques monétaire et budgétaire expansionnistes mises en place dans la zone euro : la lutte contre le chômage constitue en effet un objectif majeur de la politique économique. On voit ainsi le taux de chômage progresser sous l'effet de la crise financière à partir de 2007, puis de la crise des dettes souveraines dans la zone euro. Il passe de 7,3 % en 2007 à 12,1 % en 2013 dans la zone euro (hausse de 4,8 points). On perçoit également dans ce graphique la remontée du taux de chômage en 2020 sous l'effet de la pandémie de Covid-19.

Document 4

Ce graphique décrit l'évolution de la demande mondiale adressée à la France et permet notamment d'observer la chute due à la crise sanitaire en 2020 (de près de 7 %). Ce document peut être mobilisé pour montrer que face à cette situation, la stimulation de la demande globale grâce à une politique budgétaire de soutien puis de relance, peut être efficace et nécessaire, en particulier pour lutter contre les chocs asymétriques, puisque les effets de la crise peuvent être différents selon les pays de la zone euro.

Problématiser le sujet

Le cœur du sujet réside dans le fait de montrer que, dans la zone euro, l'architecture de la politique économique est originale et peut entraîner des défauts de coordination entre la politique monétaire unique de la Banque centrale européenne (BCE) et les 20 politiques budgétaires des pays membres. Dès lors, quels sont les obstacles à la mise en œuvre d'une meilleure coordination de la politique monétaire et budgétaire dans la zone euro ?

Proposition de plan

I. La zone euro est fondée sur une organisation complexe de la politique conjoncturelle
   A. Une politique monétaire unique et des politiques budgétaires nationales
   B. Une politique conjoncturelle encadrée par des normes au sein de la zone euro

II. L'hétérogénéité des économies de la zone euro crée des défauts de coordination et la mise en œuvre de la politique conjoncturelle demeure difficile
   A. Depuis la création de la zone euro, les déséquilibres macroéconomiques se sont creusés
   B. L'inachèvement de la zone euro perturbe le fonctionnement de la politique conjoncturelle

Corrigé

Les textes en bleu apparaissant dans ce corrigé ne doivent pas figurer dans votre devoir. Nous les avons insérés pour vous guider et vous conseiller.

Les conseils du professeur

Introduction

Face à la crise du Covid-19, la Banque centrale européenne (BCE) a mis en œuvre une stratégie de relance monétaire pour soutenir la demande globale dans la zone euro. La zone euro résulte d'un accord entre les pays membres de l'Union européenne en 1992 visant à créer une monnaie unique (l'euro) avant le 1er janvier 2002 et à transférer leur souveraineté monétaire à une banque centrale unique : la Banque centrale européenne (BCE), entrée en action au 1er juin 1998. L'union monétaire de l'Europe s'inscrit dans un vaste processus d'intégration économique et commerciale historique qui caractérise la construction européenne. La zone euro, qui regroupe les pays de l'Union européenne (UE) ayant adopté l'euro, compte aujourd'hui 20 membres.

Accroche : ouvrir le sujet sur les enjeux de l'actualité.

Définir l'espace pertinent du sujet.

Cette union monétaire demeure une construction institutionnelle originale qui rend délicate la mise en œuvre de la politique conjoncturelle, soit la combinaison de la politique monétaire et de la politique budgétaire afin de réguler la demande globale et stimuler la croissance sans accélération de l'inflation. La politique monétaire est l'ensemble des décisions de la banque centrale visant à agir sur la situation économique via la quantité de monnaie en circulation et/ou l'évolution des taux d'intérêt directeurs. La politique budgétaire influe sur le solde budgétaire pour influencer l'activité économique par le biais des finances publiques (dépenses publiques, recettes fiscales, solde budgétaire).

Définir et distinguer la politique monétaire et la politique budgétaire.

Dans la zone euro, cette politique conjoncturelle est caractérisée par une politique monétaire unique, fédérale et indépendante des États membres, tandis que

Science économique

les politiques budgétaires restent décidées à l'échelon national. Quels sont les obstacles à la mise en œuvre de cette politique conjoncturelle dans la zone euro ?

Poser la problématique.

Après avoir montré que l'organisation de cette politique conjoncturelle est originale et complexe dans le cadre de l'architecture de l'union économique et monétaire (UEM), il s'agira de préciser les difficultés institutionnelles de sa mise en œuvre lors des périodes de crise.

Annoncer le plan.

I. La zone euro est fondée sur une organisation complexe de la politique conjoncturelle

A. Une politique monétaire unique et des politiques budgétaires nationales

Dans la zone euro, la politique monétaire est définie et mise en œuvre par la Banque centrale européenne (BCE) : elle peut créer les conditions d'une demande dynamique car la monnaie exerce une influence sur la production réelle. En effet, la réduction du taux d'intérêt directeur incite normalement les banques commerciales à répercuter cette décision sur leurs propres taux d'intérêt, ce qui favorise la consommation des ménages et l'investissement productif. La politique monétaire de la BCE, par son impact sur les taux d'intérêt, influence la demande dans l'économie et peut contribuer à la croissance et au plein emploi. Le document 1 montre ainsi que depuis 2015 et la crise de l'euro, la BCE mène une politique monétaire expansionniste avec son principal taux d'intérêt directeur porté à 0 %. Cette politique a été poursuivie pour faire face à la pandémie de Covid-19 qui a eu notamment comme conséquence une augmentation du taux de chômage dans la zone euro qui est passé de 7,2 % à 8,3 % (document 3).

Utiliser les documents du dossier.

La crise financière de 2008 a montré que la Banque centrale doit agir rapidement et fortement pour empêcher une crise de confiance sur le marché monétaire et prévenir un effondrement du crédit susceptible de paralyser l'économie. En cas de crise de liquidité (crise de refinancement entre banques), la Banque centrale doit augmenter ses prêts aux banques, dans des délais très brefs, sans discriminations ni limites de montant. C'est ce qu'on appelle la fonction de prêteur en dernier ressort. Sur le plan monétaire, la BCE est dotée d'une forte indépendance statutaire dans la zone euro et se voit confier un objectif prioritaire : maintenir le taux d'inflation à des niveaux proches de 2 % à moyen terme, donc assurer la stabilité des prix. Cependant, sans préjudice sur la stabilité des prix, la BCE peut contribuer au soutien de la croissance et de l'emploi.

De son côté, la politique budgétaire de relance peut stimuler la demande globale en période de récession. La politique macroéconomique des États membres de la zone euro peut permettre de soutenir la consommation des ménages et l'investissement des entreprises. La politique conjoncturelle permet alors de rapprocher la croissance du PIB effectif de son niveau potentiel. Le document 4 montre ainsi les effets de la crise sanitaire du Covid-19 sur la demande mondiale adressée à la France, en forte baisse de près de 7 % en 2020, ce qui justifie la mise en œuvre d'un plan de relance budgétaire.

Donner du sens aux données chiffrées.

La combinaison de la politique monétaire et de la politique budgétaire dans la zone euro s'avère donc compliquée du fait des interdépendances ainsi créées qui peuvent générer des effets déstabilisants : la politique monétaire unique s'impose dans la zone euro, mais les conjonctures économiques sont différentes dans chaque État membre et les choix budgétaires restent souverains. Ces derniers peuvent donc diverger entre les pays avec des évolutions contrastées de la demande globale. C'est donc la politique budgétaire qui est mobilisée pour lutter contre les chocs asymétriques, c'est-à-dire des événements imprévus qui touchent l'offre ou la demande dans une région spécifique d'une union monétaire comme la zone euro. Les chocs asymétriques posent un problème majeur dans une union monétaire puisque deux pays de cet ensemble peuvent être affectés de manière divergente par ce type de chocs, alors qu'ils ont renoncé à la souveraineté de leur politique monétaire.

Expliciter les notions du programme de SES.

B. Une politique conjoncturelle encadrée par des normes au sein de la zone euro

Les traités européens ont encadré la politique conjoncturelle par des normes strictes, à la fois sur le plan monétaire et sur le plan budgétaire, pour limiter les effets négatifs dus à l'interdépendance de la politique monétaire unique et des 20 politiques budgétaires dans l'UEM. Sur le plan monétaire, la Banque centrale européenne a un objectif de stabilité des prix prioritaire dans le cadre de ses statuts, tandis que son indépendance implique que les États membres de l'UEM ne peuvent pas lui donner d'ordres (comme créer de la monnaie pour financer les déficits publics).

Dans le domaine budgétaire, au moment de la création de l'euro, les États membres ont sévèrement encadré la politique budgétaire par des règles strictes et une surveillance mutuelle. Dès 1997, le traité d'Amsterdam instaure le Pacte de stabilité et de croissance (PSC) qui limite le déficit des administrations publiques à 3 % du PIB et la dette publique à 60 % du PIB pour éviter les dérives traditionnelles de la relance budgétaire parmi lesquelles l'accélération de l'inflation, le gonflement de la dette publique et ses effets néfastes sur les autres États membres. En 2012, le traité sur la stabilité, la coopération et la gouvernance (TSCG) en Europe a renforcé les règles de la discipline budgétaire afin d'éviter de nouvelles crises comme celle des dettes publiques en 2009-2010.

> Détailler l'organisation institutionnelle de la zone euro.

À l'heure actuelle, les États empruntent des capitaux sur les marchés financiers qui surveillent les politiques conjoncturelles mises en œuvre, ainsi que les capacités de remboursement de chaque État et les risques de défaut de paiement qui pourraient survenir.

Les politiques conjoncturelles sont donc nécessaires pour faciliter la sortie de crise, mais elles se heurtent à un dilemme dans la zone euro, où la politique monétaire est unique mais où les États ont conservé l'autonomie de leur politique budgétaire (même si celle-ci est encadrée par des textes limitant les déficits publics). Il s'agit dès lors de

> Rédiger une transition entre les deux grandes parties du plan.

faire face au double objectif de maîtriser l'endettement public des États sans compromettre le retour de la croissance, afin de permettre une sortie durable de crise.

II. L'hétérogénéité des économies de la zone euro crée des défauts de coordination et la mise en œuvre de la politique conjoncturelle demeure difficile

A. Depuis la création de la zone euro, les déséquilibres macroéconomiques se sont creusés

Poser quelques repères historiques sur l'économie de la zone euro.

Depuis la création de l'euro en 1999, les déséquilibres macroéconomiques entre les États membres se sont creusés au sein de la zone euro : la Banque centrale européenne a mené une politique monétaire expansionniste de baisse des taux d'intérêt qui a favorisé l'expansion du crédit. Comme l'inflation n'est pas la même dans les différents pays de la zone euro mais qu'il n'y a qu'un seul taux d'intérêt de la BCE, les pays où l'inflation était plus forte ont connu une baisse de leurs taux d'intérêt réels (taux d'intérêt nominal moins taux d'inflation), ce qui a fortement incité les agents économiques à s'endetter facilement (notamment dans les pays du sud de la zone euro). Cette situation a créé une phase d'expansion du cycle du crédit et de croissance au début des années 2000, avant la crise financière, le krach, puis le rationnement du crédit et la récession en 2009. Inversement, dans les pays à taux d'inflation plus bas, la baisse des taux d'intérêt n'a pas entraîné le même emballement du crédit et de l'endettement.

Par ailleurs, en l'absence de véritables sanctions prononcées à l'encontre des pays fautifs en cas de non-respect du Pacte de stabilité et de croissance (PSC), les défaillances de la surveillance multilatérale des États membres ont pu laisser certains pays pratiquer des politiques budgétaires laxistes et laisser filer leurs déficits et leur dette publique : c'est ce que les économistes appellent la « stratégie du passager clandestin ».

Le problème est que cette stratégie d'un ou plusieurs États membres peut entraîner des externalités négatives et pénaliser les autres pays : si la Banque centrale européenne craint une accélération de l'inflation, elle peut réagir et relever son taux d'intérêt directeur, ce qui va augmenter le coût du crédit pour toute la zone euro et freiner la demande globale, y compris pour ceux qui auront fait des efforts de réduction des dettes et des déficits. Le document 2 évoque les perspectives d'une forte reprise après la crise du Covid-19, mais à des niveaux divers dans les différents États membres, puisque selon la Direction générale du Trésor, « l'activité de la zone euro retrouverait son niveau d'avant-crise en 2022 et la reprise serait hétérogène » (ce qui signifie que l'accélération de la croissance ne se ferait pas au même rythme dans les pays membres de la zone euro).

Citer brièvement les documents.

B. L'inachèvement de la zone euro perturbe le fonctionnement de la politique conjoncturelle

L'organisation de la politique conjoncturelle dans la zone euro est originale au regard de celle que l'on peut observer dans d'autres États (comme aux États-Unis), où la politique monétaire et la politique budgétaire sont plus aisément synchronisées. Or, la zone euro demeure incomplète au sens où elle ne constitue pas une véritable fédération d'États. Ce constat explique l'aggravation des difficultés en cas de crises et d'incertitudes diverses.

Pointer la spécificité de la politique économique dans la zone euro.

Pour lutter contre les effets de la crise sanitaire, les États membres de la zone euro ont mis en œuvre de vastes plans de relance budgétaire. Ces mesures ont toutefois entraîné une hausse très importante des déficits et des dettes publiques dans la plupart des pays.

Les dettes privées ont en quelque sorte été transférées aux États puisque la dépense publique s'est substituée à la dépense privée (en chute en raison notamment de la montée de l'épargne de précaution) pour soutenir l'activité économique. À ces politiques discrétionnaires se sont ajoutés les effets mécaniques (stabilisateurs automatiques) du ralentissement de la croissance sur les finances publiques : les recettes fiscales ont baissé alors que certaines dépenses se sont accrues (comme les allocations chômage).

En effet, puisque la zone euro n'est pas véritablement un ensemble politique intégré, il n'existe pas de fédéralisme budgétaire, c'est-à-dire de mécanisme permanent et centralisé de solidarité financière avec un budget commun suffisamment important pour transférer des revenus vers les régions en difficulté, comme il en existe aux États-Unis, du budget fédéral vers les États fédérés.

Insister sur les défauts de coordination dans la zone euro.

La crise des dettes publiques et la situation financière de la Grèce dans les années 2010 ont toutefois justifié la création dans l'urgence de nouveaux mécanismes de solidarité comme le mécanisme européen de stabilité (MES) et le fonds européen de stabilité financière (FESF). Mais la politique monétaire de la BCE peut difficilement s'adapter aux conjonctures économiques spécifiques de chaque pays de la zone euro, et les mécanismes de solidarité financière entre les pays membres restent encore trop limités et ponctuels en l'absence d'un véritable gouvernement économique de la zone euro. Ces contradictions institutionnelles suscitent l'inquiétude des marchés financiers et des agences de notation sur la solidité future de la zone euro.

Conclusion

En définitive, la zone euro reste confrontée à d'importantes difficultés dans la mise en œuvre de la politique conjoncturelle, qui tiennent à une organisation qui est le fruit de compromis politiques : les États membres conservent leur souveraineté sur la politique budgétaire mais acceptent de transférer le pouvoir monétaire à une institution fédérale, la Banque centrale européenne.

Courte synthèse.

Pour certains économistes, la crise sanitaire a démontré la nécessité de poursuivre les réformes de la zone euro pour préserver l'intégrité de la monnaie unique si de nouvelles crises monétaires et financières surviennent, notamment en mettant en place un budget commun d'une importance significative dans l'union économique et monétaire.

Ouvrir sur des perspectives plus larges.

SUJET 10

BAC 2022
Amérique du Nord

Quelles politiques économiques dans le cadre européen ?

ÉPREUVE COMPOSÉE (PARTIE 1)

Expliquez un effet du marché unique sur la croissance économique dans l'Union européenne.

Travail préparatoire

Analyser le sujet

Le sujet implique de présenter et d'expliciter l'un des mécanismes économiques qui permet de justifier, légitimer la construction européenne. En effet, la mise en place du marché unique s'inscrit dans une logique d'intégration économique croissante fondée sur le développement du libre-échange. Chaque étape du processus d'intégration économique est justifiée par l'existence d'avantages supplémentaires relativement à l'étape précédente. Ces effets positifs, pour l'économie dans son ensemble et pour les agents économiques en particulier, rendent acceptable ce processus d'intégration économique.

Corrigé

Les textes en bleu apparaissant dans ce corrigé ne doivent pas figurer dans votre devoir. Nous les avons insérés pour vous guider et vous conseiller.

Les conseils du professeur

L'Union européenne est le résultat de choix politiques et d'un processus progressif d'intégration régionale qui se sont traduits par la signature de traités par les chefs d'État des différents pays. Ce processus remonte à 1951

Rappeler les origines du processus d'intégration européen.

(Traité de Paris de la CECA), et surtout au 25 mars 1957 avec la signature du traité de Rome instituant la CEE. L'intégration régionale ne doit pas être confondue avec la régionalisation qui correspond à une tendance naturelle des échanges à s'intensifier autour de pôles régionaux.

Rappeler brièvement les logiques fondamentales du processus d'intégration.

L'intégration économique est un processus par lequel plusieurs États s'accordent pour abaisser ou supprimer les barrières aux échanges entre leurs économies respectives, afin d'unifier progressivement leurs marchés et d'en tirer des avantages mutuels.

Préciser ce qu'est un marché unique.

Le Marché commun est une union douanière avec libre circulation des facteurs de production (capital, travail, brevets...). Par exemple, la fixation de règles communes concernant les diplômes et l'accès à des professions protégées par leur statut permet l'émergence d'un marché unique du travail. Le « marché unique européen », entré en vigueur en 1993, en est l'exemple typique et la référence historique.

Expliciter un effet du marché unique sur la croissance.

L'existence d'un marché unique élargit la taille du marché dans le sens où le nombre d'offreurs augmente. Conformément au mécanisme de croissance décrit par A. Smith (1776), cet élargissement intensifie la concurrence entre les entreprises, et stimule de leur part la recherche des gains de productivité.

Par ailleurs, la mise en place d'un marché unique élargit la taille du marché dans le sens où le nombre de demandeurs augmente, ce qui permet aux producteurs de réaliser des économies d'échelle favorables à la baisse des coûts et à celle des prix.

Il résulte de ces deux effets une meilleure compétitivité des entreprises sur les marchés extérieurs (permettant une amélioration du solde de la balance commerciale), et une hausse des revenus réels des ménages.

L'amélioration du solde commercial et l'augmentation de la consommation des ménages contribuent à la hausse du PIB, donc à la croissance économique. Celle-ci permet d'augmenter les créations d'emplois et les recettes fiscales qui, à leur tour, alimentent la croissance, notamment par la distribution de revenus primaires et secondaires supplémentaires. On assiste par conséquent à un cercle vertueux.

Ces avantages escomptés du marché unique justifient l'élargissement progressif de l'Union européenne à d'autres pays, accentuant encore la dynamique de compétitivité et d'efficacité des entreprises.

Ainsi, cette conception de l'économie de marché et de la concurrence dite « libre et non faussée », qui inspire largement la construction européenne, sous-tend cette logique : la liberté des échanges et des prix sur les marchés est le meilleur moyen d'atteindre l'optimum économique, et l'État peut contenir le creusement des inégalités qui en résultent par des systèmes de redistribution, prélèvements puis versements de prestations, dont le financement est facilité par une croissance économique plus forte.

Rappeler que l'effet de cercle vertueux sur la croissance a justifié l'élargissement progressif du marché unique.

SUJET 11

Quelles politiques économiques dans le cadre européen ?

ÉPREUVE COMPOSÉE (PARTIE 2)

La politique budgétaire en France : l'évolution du déficit public et de la dette publique

Questions

1. Décrivez les évolutions du déficit public, de la dette publique, des recettes publiques, des prélèvements obligatoires et des dépenses publiques entre 2019 et 2020 en France.

2. À l'aide du document et de vos connaissances, vous préciserez quelle a été l'orientation de la politique budgétaire entre 2019 et 2020 en France et vous expliquerez cette orientation.

DOCUMENT • *L'évolution des finances publiques : montants, ratios et variations (en %)*

En 2020, le déficit public s'élève à 9,2 % du PIB, la dette notifiée à 115,7 % du PIB.

	2017	2018	2019	2020
(En % du PIB)				
Déficit public	– 3,0	– 2,3	– 3,1	– 9,2
Dette publique (brute)*	98,3	98,0	97,6	115,7
Recettes publiques	53,5	53,4	52,3	52,9
Dépenses publiques	56,5	55,6	55,4	62,1
Prélèvements obligatoires	45,1	44,7	43,8	44,7
(Évolution en %)				
Dépenses publiques	2,5	1,3	2,6	5,5
Recettes publiques	3,8	2,5	1,1	– 5,0

	2019 (en Mds €)	2020 (en Mds €)	2020-2019 (TV en %)	2020-2019 (en Mds €)
Intérêts	38,8	33,2	– 14,4	– 5,6
Prestations sociales	616,4	665,5	8,0	49,2
Total des dépenses des administrations publiques	1 349,3	1 422,9	+ 5,5	+ 73,6
Impôts	740,8	709,3	– 4,2	– 31,5
Cotisations sociales effectives	363,8	348,8	– 4,1	– 15,0
Total des recettes des administrations publiques	1 274,6	1 211,4	– 5,0	– 63,1
Besoin de financement	– 74,7	– 211,5		– 136,8

* La dette publique brute est égale à la dette publique nette à laquelle on ajoute les dépôts, les crédits et les titres de créance négociables détenus par les administrations publiques sur les autres secteurs.

Sources : Insee, DGFiP, DGTrésor, *Notification de mars 2021*.

Travail préparatoire

Analyser le sujet

Ce sujet porte sur l'évolution des finances des administrations publiques provoquée par la crise sanitaire du Covid-19 et sur la crise économique qui en a résulté. Le candidat devra mobiliser ses connaissances relatives aux principaux concepts et ses compétences en matière de lecture des données statistiques.

Corrigé

Les textes en bleu apparaissant dans ce corrigé ne doivent pas figurer dans votre devoir. Nous les avons insérés pour vous guider et vous conseiller.

Les conseils du professeur

1. Décrivez les évolutions du déficit public, de la dette publique, des recettes publiques, des prélèvements obligatoires et des dépenses publiques entre 2019 et 2020 en France.

En France, en 2020, le déficit public s'élève à 211,5 milliards d'euros, soit 9,2 % du produit intérieur brut (PIB), soit une augmentation de 6,1 points par rapport à 2019, où il représentait 3,1 % du PIB.

Citer des données chiffrées pour 2020 et présenter les évolutions sur 2019-2020.

La dette publique brute, au sens de Maastricht, atteint 115,7 % du PIB en 2020. Cela correspond à une hausse de 18,1 points par rapport à 2019, où elle s'établissait à 97,6 % du PIB.

En France, en 2020, les recettes publiques baissent de 63,1 milliards d'euros, soit une baisse de 5 %. Cependant, en proportion du PIB, elles augmentent de 0,6 point, passant de 52,3 % en 2019 à 52,9 % en 2020.

En 2020, les dépenses publiques augmentent de 5,5 %. Les dépenses des administrations publiques augmentent de 73,6 milliards d'euros pour atteindre 62,1 % du PIB, après 55,4 % en 2019, soit une hausse de 6,7 points.

2. À l'aide du document et de vos connaissances, vous préciserez quelle a été l'orientation de la politique budgétaire entre 2019 et 2020 en France et vous expliquerez cette orientation.

Les administrations publiques sont composées de l'État, des administrations publiques locales (territoriales) et des administrations de sécurité sociale. Le budget des administrations publiques remplit à la fois les fonctions d'allocation, de redistribution et de stabilisation.

Définir les principales notions pour éclairer le propos.

La politique budgétaire est le résultat de la volonté délibérée du gouvernement de modifier les dépenses publiques et la fiscalité pour agir sur la situation macroéconomique du pays. La politique budgétaire agit dans le cadre de sa fonction de stabilisation.
Le déficit budgétaire correspond à un solde budgétaire négatif. Son montant résulte de l'écart entre les dépenses et les recettes qui sont présentées dans la loi de finances. La dette publique est constituée de l'encours total des titres d'emprunt public. Elle résulte du financement des dépenses publiques par l'emprunt.

Rappeler les principaux mécanismes.

En période de récession, la politique budgétaire est utile et indispensable car les consommateurs et les entreprises réduisent leurs dépenses, tandis que l'épargne augmente. La baisse de la consommation et de l'investissement provoque une baisse de la production et une hausse du chômage. L'État peut alors décider de lutter contre ce cercle vicieux, où le pessimisme des acteurs de l'économie s'autoentretient, en augmentant ses propres dépenses ou en diminuant les taux d'imposition, quitte à provoquer un déficit budgétaire momentané : c'est la politique budgétaire expansionniste, où la dépense publique compense la faiblesse de la dépense privée pour réduire la baisse de la demande globale.

Distinguer les stabilisateurs automatiques de la politique budgétaire.

Certains effets stimulants de l'activité se développent en partie spontanément, par la seule présence de l'État et de son budget, et en l'absence de toute volonté politique de tolérer un déficit budgétaire. C'est ce qu'on appelle les stabilisateurs automatiques. Ainsi, automatiquement, le budget public exerce un effet de stabilisation automatique de l'économie.
Début 2020, la crise sanitaire du Covid-19 et les mesures de restriction provoquent une récession. Le PIB baisse et le chômage augmente en raison de la chute de la demande globale et de l'offre globale. Pour faire face à cette situation, l'État mène une politique budgétaire très expansionniste. En 2020, les dépenses publiques augmentent de 5,5 %. En pourcentage du PIB, le déficit public augmente de 6,1 points par rapport à 2019

et atteint 9,2 % du PIB, soit 211,5 milliards d'euros. La dette publique brute, au sens de Maastricht, atteint 115,7 % du PIB, après une hausse de 18,1 points par rapport à 2019.

Dans le même temps, les effets des stabilisateurs automatiques se font sentir. En effet, les recettes fiscales baissent de 31,5 milliards d'euros, soit – 4,2 %. Les recettes de cotisations sociales baissent de 15 milliards d'euros, soit – 4,1 %, alors que les prestations sociales augmentent de 49,1 milliards d'euros, soit une hausse de 8 %.

Enfin, on observe que le montant des intérêts à verser par l'État est en nette baisse : 38,8 milliards d'euros en 2019 et 33,2 milliards d'euros en 2020, soit une baisse de 5,6 milliards d'euros et donc de – 14,4 %.

Citer quelques données du document pour illustrer.

En 2020, on a donc observé une dégradation des finances publiques et sociales, logiquement attendue avec la récession. Ceci étant, il est moins coûteux pour l'État de s'endetter et de mener une politique budgétaire expansionniste dans cette période de taux d'intérêt très bas.

Conclure par une courte phrase.

SUJET 12

Quelles politiques économiques dans le cadre européen ?

ÉPREUVE COMPOSÉE (PARTIE 3)

À l'aide de vos connaissances et du dossier documentaire, vous montrerez comment la politique de la concurrence peut s'exercer à l'égard des entreprises.

DOCUMENT 1 • *Interview de Bruno Lasserre, président de l'Autorité de la concurrence*

Après la série d'amendes infligées ces derniers mois à l'industrie agroalimentaire, le président de l'Autorité de la concurrence explique [...] *sa logique de protection du consommateur. Les ententes sur les prix sont sources de hausses importantes, pouvant atteindre 25 %, dit-il. Quant aux concentrations excessives, elles nuisent à la libre concurrence.*

Les endives, la farine, les croquettes pour animaux... Pourquoi cette avalanche de sanctions contre l'industrie agroalimentaire ?

Nous veillons au respect du droit de la concurrence dans tous les secteurs. Pas plus dans celui de l'agroalimentaire que dans les autres.

Vous avez aussi lancé des perquisitions dans l'industrie laitière et au marché au cadran[1] du porc. Cela fait beaucoup...

[...] Notre objectif est de protéger le consommateur contre l'impact des ententes sur les prix. Certainement pas de mettre des bâtons dans les roues des entreprises. Mais vous conviendrez que nous ne puissions pas tolérer des ententes qui, selon les études dont nous disposons, peuvent se traduire par des hausses de 25 %. C'est énorme.

La meunerie[2], que vous avez condamnée à une amende de 242 millions d'euros, la juge très excessive pour un secteur où les marges sont extrêmement étroites. Pourquoi cette sévérité ?

Tout d'abord parce que les pratiques que nous avons condamnées ont duré cinquante ans. Ensuite parce qu'elles impliquent deux cartels, l'un franco-allemand et l'autre national. Les meuniers allemands et français s'étaient en l'occurrence entendus pour limiter les importations afin de protéger leur marché national. Quant aux meuniers français, ils se sont notamment entendus sur les prix et se sont partagé le marché national. Enfin, je tiens à faire remarquer que dans le cas des farines et des endives nous avons réduit les sanctions jusqu'à 87 % pour toutes les entreprises ayant prouvé qu'elles étaient en difficultés économiques.

[...] Avez-vous constaté une baisse des prix des produits après avoir sanctionné des ententes ?

Nous ne sommes pas en charge du contrôle des prix. Mais l'impact des ententes sur les prix n'est plus à démontrer.

1. Marché au cadran : système de vente dans lequel les informations nécessaires à la transaction sont retransmises sur un grand écran.
2. Meunerie : industrie de la transformation des grains en farine.

Source : Marie-Josée Cougard, *Les Echos*, le 23 mai 2012.

DOCUMENT 2 • *Les fusions-acquisitions concernant des entreprises françaises, en milliards de dollars, entre 2007 et 2017*

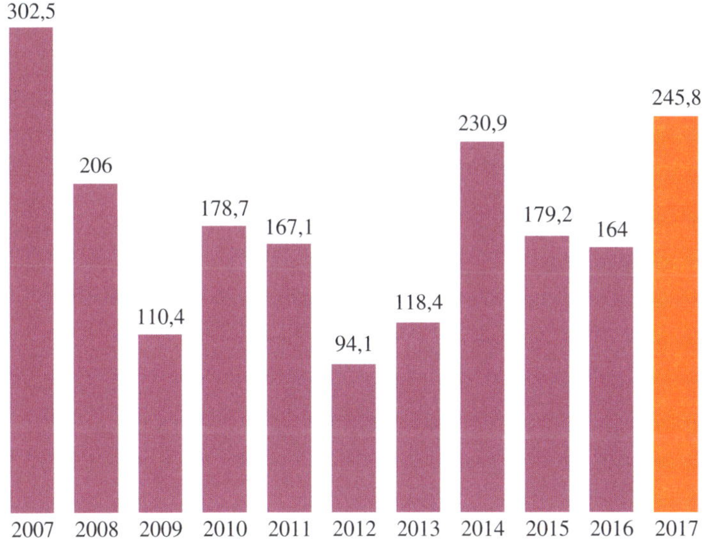

Source : *Le Monde Économie*, janvier 2018.

DOCUMENT 3 • *Les barrières techniques à l'entrée dans le secteur de l'après-vente automobile*

En France, le secteur de l'après-vente automobile totalise un chiffre d'affaires de 30 milliards d'euros hors taxes par an. [...] Le fonctionnement concurrentiel de ce secteur est très spécifique, notamment en comparaison de celui de la vente de véhicules. En effet, alors que le marché « primaire » de la vente de véhicules fait l'objet d'une forte concurrence entre constructeurs automobiles, sur le marché « secondaire » de l'après-vente, c'est-à-dire une fois le véhicule acheté, les constructeurs ne sont plus en concurrence directe. [...] Plusieurs facteurs sont *a priori* susceptibles de limiter la concurrence [...]. Du fait de leur qualité d'assembleur, les constructeurs sont les seuls à détenir de façon complète et actualisée l'ensemble des « informations techniques » sur les véhicules. Or, la part accrue de l'électronique embarquée complexifie de plus en plus les véhicules, et rend d'autant plus stratégique l'accès aux informations techniques liées à la réparation et à l'entretien des véhicules. Les informations techniques servent par exemple à faire un diagnostic de la défectuosité constatée, à identifier les pièces de rechange à remplacer, à connaître les temps de montage ou encore à lire les schémas électriques. [...] En France, les pièces visibles présentes sur les véhicules (pièces de carrosserie, vitrages, feux, rétroviseurs, etc.) peuvent être protégées au titre du droit des dessins et modèles ou du droit d'auteur. Ces droits de propriété intellectuelle, appliqués aux pièces de rechange, empêchent que soient fabriquées et/ou commercialisées sur le territoire français des pièces concurrentes de celles vendues par le constructeur. Ils confèrent donc au constructeur un monopole de droit effectivement appliqué sur environ 70 % du marché des pièces visibles [...], sur un marché estimé en 2010 entre 1,8 et 2,6 milliards d'euros hors taxes.

Source : Autorité de la concurrence, *Avis relatif au fonctionnement concurrentiel des secteurs de la réparation et de l'entretien de véhicules et de la fabrication et de la distribution de pièces de rechange*, 2012.

Travail préparatoire

Analyser le sujet

Le sujet invite le candidat à définir le concept de politique de la concurrence et l'importance de sa mise en œuvre dans les économies où les mécanismes de marché dominent. Le sujet ne porte pas sur les raisons de l'existence d'une politique de la concurrence (pourquoi ?), mais il conviendra de rappeler en introduction que la concurrence ne s'établit pas et ne se maintient pas d'elle-même car les entreprises ont intérêt à l'éviter, au minimum à la réduire. Il sera temps, ensuite, de montrer comment la politique de la concurrence permet d'encadrer et de contraindre les entreprises. Il faudra mobiliser le vocabulaire adéquat pour bien expliciter l'utilité de ce type d'intervention des pouvoirs publics. Il pourra être important de s'appuyer sur des exemples concrets de marchés pour alimenter la réflexion.

Analyser les documents

Document 1

Dans ce texte, le président de l'Autorité de la concurrence, instance chargée de veiller au respect des règles de concurrence et de sanctionner les tricheurs, explique pourquoi et comment l'Autorité sanctionne divers comportements anticoncurrentiels sur différents marchés. Des amendes ont été infligées dans de nombreux secteurs car les ententes illégales se traduisent par des prix bien plus élevés qu'en situation de réelle concurrence. C'est le cas dans l'industrie agroalimentaire (endives, farine, croquettes pour animaux). L'industrie de la transformation des grains en farine (la meunerie) a été condamnée à une amende de 242 millions d'euros ! Le document rappelle aussi qu'une concentration excessive facilite les ententes.

Document 2

Sur ce graphique publié par *Le Monde Économie* en janvier 2018, on peut observer l'évolution du montant global (en milliards de dollars) des fusions-acquisitions concernant des entreprises françaises entre 2007 et 2017. On peut voir une baisse très nette entre 2007 et 2009 liée à la « grande récession », puis une reprise rapide en 2010 avant une nouvelle phase de baisse entre 2010 et 2012, liée à la crise de la dette souveraine, et enfin une très forte remontée entre 2012 et 2014, liée à la crise de la zone euro, suivie d'une nouvelle baisse entre 2014 et 2016. La hausse du montant des fusions-acquisitions peut traduire une réduction de la concurrence sur les marchés.

Document 3

Le document permet de montrer, à travers l'exemple du marché de l'automobile, comment des entreprises peuvent dresser diverses barrières à l'entrée de potentiels concurrents sur un marché pour réduire les pertes probables de clients, de chiffre d'affaires et finalement de bénéfices. Le texte s'intéresse en particulier au secteur de l'après-vente automobile. Alors que le marché « primaire », celui de la vente de véhicules, est très concurrentiel, le marché « secondaire », celui de l'après-vente, est fort peu concurrentiel car les constructeurs mettent en place de nombreuses barrières empêchant de potentiels concurrents de devenir des concurrents effectifs, afin de garder le contrôle de la réparation et de l'entretien des véhicules.

Problématiser le sujet

Comment la politique de la concurrence peut-elle s'exercer à l'égard des entreprises ? De quels moyens disposent les autorités de la concurrence pour établir, maintenir et renforcer le degré de concurrence nécessaire pour sauvegarder les bienfaits de la concurrence ?

Proposition de plan

I. La régulation par des interventions en amont pour favoriser la concurrence
   A. Le contrôle de la concentration et des fusions
   B. La réglementation et les interdictions pour réduire les barrières à l'entrée

II. La régulation de la concurrence passe aussi par des sanctions en aval (*ex post*)
   A. Le monopole et l'abus de position dominante
   B. L'oligopole et l'abus de position dominante

Corrigé

Les textes en bleu apparaissant dans ce corrigé ne doivent pas figurer dans votre devoir. Nous les avons insérés pour vous guider et vous conseiller.

Les conseils du professeur

Introduction

Dans l'économie réelle, la concurrence imparfaite domine sur les marchés. Autrement dit, des entreprises peuvent détenir un pouvoir de marché et mettre au point de nombreuses stratégies pour conforter celui-ci afin de réduire les chances d'entrée de concurrents potentiels et/ou d'éliminer des concurrents déjà présents.

Rédiger une accroche dans l'introduction.

Les pratiques anticoncurrentielles sont nombreuses et consistent à accroître ce pouvoir de marché même si cela se fait aux dépens des bienfaits potentiels de la concurrence, parmi lesquels des prix plus faibles et une meilleure qualité pour les consommateurs.

Définir les termes du sujet.

Étant donné l'existence de ces comportements anticoncurrentiels, la politique de la concurrence, qui relève des politiques structurelles, vise à établir, maintenir et renforcer cette concurrence.

Dans ces conditions, quels sont les moyens à la disposition des autorités de la concurrence ? Comment les pouvoirs publics peuvent-ils réguler la concurrence ?

Problématiser le sujet.

On montrera que les autorités chargées de veiller au respect de la concurrence interviennent en amont par le contrôle et la réglementation puis, en aval, via des sanctions.

Annoncer le plan.

I. La régulation par des interventions en amont pour favoriser la concurrence

La politique de la concurrence permet de lutter en amont (*ex ante*), c'est-à-dire avant que les fautes soient commises, contre les abus potentiels et probables de position dominante liés à des concentrations excessives sur différents marchés via des fusions-acquisitions.

Courte introduction.

A. Le contrôle de la concentration et des fusions

Définir les notions.

Les opérations de fusions-acquisitions aboutissent à réduire la concurrence, car le nombre d'entreprises sur le marché diminue et celles qui restent augmentent en taille. Potentiellement, leur pouvoir de marché est plus grand et leur capacité à former un cartel (une entente) efficace est également plus forte.

Utiliser les documents.

Dans le document 2, on peut observer une nette hausse du montant global (en milliards de dollars) des fusions-acquisitions concernant des entreprises françaises entre 2012 et 2014, et entre 2016 et 2017. L'augmentation du montant des fusions-acquisitions peut traduire, toutes choses étant égales par ailleurs, une réduction de la concurrence sur les marchés concernés.

Illustrer par un exemple.

En février 2019, la Commission européenne a rejeté le projet de fusion entre Alstom et Siemens qui devait donner naissance à un champion européen du ferroviaire face à la concurrence internationale, et surtout chinoise. Cette fusion aurait nui à la concurrence sur les marchés des systèmes de signalisation et des trains à très grande vitesse (TGV). L'entité née de la fusion serait devenue le leader incontesté sur les marchés de la signalisation des grandes lignes et des lignes urbaines. Cela aurait réduit significativement la concurrence pour le matériel roulant TGV, au préjudice des clients européens via une dégradation du rapport qualité-prix.

B. La réglementation et les interdictions pour réduire les barrières à l'entrée

Définir les notions.

Toujours en amont, par le biais des diverses réglementations et interdictions, la politique de la concurrence peut agir principalement sur les pratiques des entreprises. En effet, celles-ci peuvent nuire à la concurrence en élaborant différentes stratégies pour construire des barrières à l'entrée. Par exemple, les réglementations relatives aux brevets et aux droits d'auteur permettent de réguler la concurrence. Il s'agit de protéger temporairement les innovateurs contre l'imitation pour maintenir le caractère incitatif de ces opérations plus ou moins risquées, et ainsi d'éviter la concurrence déloyale.

Le document 3 permet d'observer que sur le marché de l'automobile, des entreprises peuvent dresser des barrières à l'entrée de potentiels concurrents pour réduire les pertes de clients, de chiffre d'affaires et de bénéfices. En effet, dans le secteur automobile, alors que le marché « primaire », celui de la vente de véhicules, est très concurrentiel, le marché « secondaire », celui de l'après-vente, est fort peu concurrentiel car les constructeurs mettent en place de nombreuses barrières empêchant de potentiels concurrents de devenir des concurrents effectifs, afin de garder le contrôle de la réparation et de l'entretien des véhicules. Ils utilisent pour cela des barrières techniques liées à l'électronique, à la visibilité et à l'accessibilité des pièces… en se protégeant encore par des brevets. Ces droits de propriété intellectuelle empêchent la fabrication et la commercialisation sur le territoire français de pièces concurrentes de celles vendues par le constructeur. L'intervention des autorités de la concurrence se révèle logiquement indispensable dans ce type de cas.

Utiliser les documents et illustrer par un exemple.

II. La régulation de la concurrence passe aussi par des sanctions en aval (*ex post*)

La politique de la concurrence permet aussi de lutter contre les abus de position dominante constatés.

Courte introduction.

A. Le monopole et l'abus de position dominante

De fait, une entreprise en situation de monopole dispose d'un pouvoir de marché maximum si elle n'est pas indirectement menacée par l'arrivée de nouveaux entrants potentiels (marché de monopole non contestable). La théorie du marché contestable proposée au début des années 1980 a permis de comprendre qu'il suffisait que la concurrence soit potentielle pour que les entreprises présentes sur un marché se comportent comme si cette concurrence était effective.

Définir les notions.

Si elle n'a pas à craindre la concurrence, l'entreprise en situation de monopole peut profiter de sa position pour imposer des prix plus élevés aux consommateurs, tout en réduisant la qualité et augmenter ainsi ses profits en tirant avantage de sa rente de situation. En revanche, si elle se sent potentiellement menacée par l'entrée d'un concurrent, elle réduira ses prix et ses bénéfices pour désinciter et rendre plus difficile l'entrée de concurrents. Un exemple courant est celui des anciens monopoles publics. Selon la jurisprudence (arrêt du 12 décembre 2006 de la cour d'appel de Paris), « si toute entreprise en situation de position dominante doit veiller à ne pas abuser de son pouvoir de marché, cette responsabilité est plus importante lorsque cette position est héritée d'un ancien monopole légal et que la pratique en cause est en lien avec cet ancien statut. » En effet, dans le secteur de la fourniture d'électricité, la notoriété des anciens monopoles peut constituer un facteur de nature à renforcer leur position dominante.

Illustrer par un exemple.

B. L'oligopole et l'abus de position dominante

Dans un oligopole, les offreurs présents vont pouvoir s'entendre assez facilement pour éviter de se livrer une concurrence destructrice. Quand les concurrents d'un oligopole s'entendent, ils forment un cartel. Plus faible est le nombre d'entreprises sur un marché en situation d'oligopole, plus les ententes sont faciles et rentables. Ainsi, le duopole dans la construction d'avions Airbus/Boeing était une situation de marché très favorable à une entente afin d'éviter une concurrence pouvant être mutuellement destructrice. Le « cartel du yaourt » a été condamné à une amende totale de 192,7 millions d'euros en 2015 pour une entente sur les prix. Les membres de l'oligopole peuvent s'entendre tacitement, mais ils ne peuvent pas le faire légalement. Il existe de nombreux exemples d'oligopoles cachant des cartels : les eaux minérales, les eaux pétillantes, les lessives... Chaque année, l'Autorité de la concurrence publie un rapport sur ce thème.

Définir les notions.

Dans le document 1, le président de l'Autorité de la concurrence, instance chargée de veiller au respect des règles de concurrence et de sanctionner les tricheurs, explique pourquoi et comment l'Autorité sanctionne divers comportements anticoncurrentiels sur différents marchés. Des amendes ont été infligées dans de nombreux secteurs car les ententes illégales se traduisent par des prix bien plus élevés (jusqu'à des hausses de 25 %) qu'en situation de réelle concurrence. C'est le cas dans l'industrie agroalimentaire (endives, farine, croquettes pour animaux). L'industrie de la transformation des grains en farine (la meunerie) a donc été condamnée à une amende de 242 millions d'euros ! Le document rappelle aussi une vérité élémentaire : la concentration excessive facilite les ententes. Moins il y a d'entreprises concurrentes sur un marché, plus il est facile pour elles de s'entendre de manière efficace. Le président de l'Autorité de la concurrence précise que l'objectif est de « protéger le consommateur contre l'impact des ententes sur les prix. Certainement pas de mettre des bâtons dans les roues des entreprises. »

Utiliser les documents et illustrer par un exemple.

De manière générale, le document insiste sur l'importance de maintenir une pression concurrentielle sur les marchés et de lutter contre les ententes, monopoles et cartels, et tout abus de position dominante susceptibles de réduire le surplus du consommateur, soit l'écart entre ce que le consommateur est disposé à payer et ce qu'il paye effectivement.

Conclusion

Sans prétendre à l'exhaustivité, nous avons pu montrer comment, et même pourquoi, la politique de la concurrence intervient en amont et en aval pour établir, maintenir, voire renforcer la concurrence pour protéger l'utilisateur final sans pour autant nuire aux entreprises.

Synthétiser la réponse à l'enjeu central du sujet.

Cependant, il convient de mentionner que la politique de la concurrence s'applique aussi aux interventions étatiques nationales qui peuvent biaiser la concurrence par des subventions et des aides aux entreprises. Ainsi, l'Union européenne lutte contre les monopoles publics et les aides publiques.

Élargir les enjeux du sujet.

Sociologie et science politique

SUJET 13

Comment est structurée la société française actuelle ?

DISSERTATION

Pourquoi les frontières entre les classes sociales ont-elles tendance à se brouiller ?

DOCUMENT 1 • *Le sentiment d'appartenance à une classe sociale (en %)*

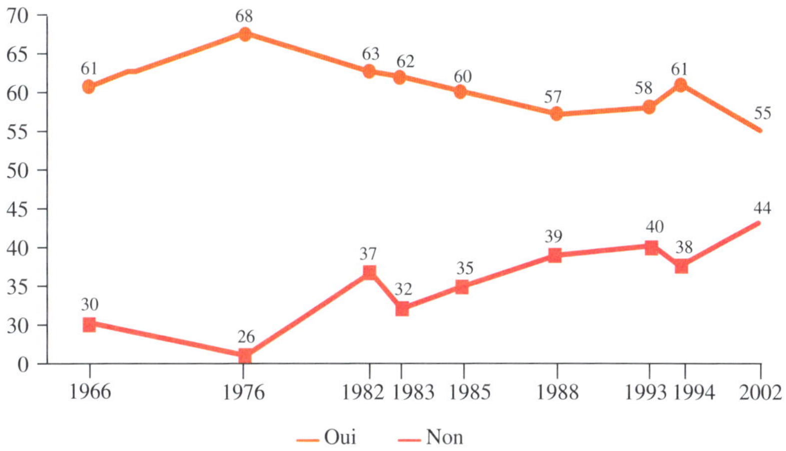

Source : Serge Bosc, *Stratification et classes sociales*, © Éditions Armand Colin, 2013.

Lecture : En 2002, 55 % des personnes interrogées ont déclaré avoir le sentiment d'appartenir à une classe sociale.

Remarque : Le total ne fait pas 100 % car certaines personnes interrogées ne se prononcent pas.

DOCUMENT 2 • *Le temps hebdomadaire consacré aux écrans selon le sexe, l'âge, le niveau de diplôme*[1] *et le milieu social, sur 100 personnes de chaque groupe*

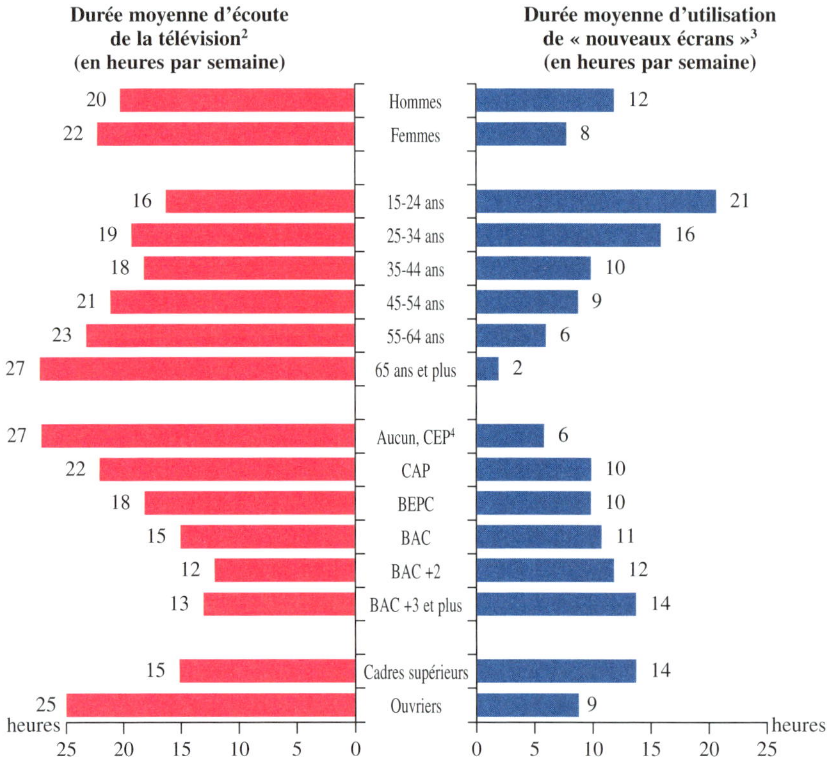

Source : Département des études, de la prospective et des statistiques, ministère de la Culture et de la Communication, *Pratiques culturelles* 2009.

1. Élèves et étudiants exclus.
2. Temps passé devant les programmes télévisés en direct.
3. Temps passé devant un ordinateur ou une console de jeux et à regarder des vidéos, quel que soit l'écran.
4. CEP : certificat d'études primaires ; CAP : certificat d'aptitude professionnelle ; BEPC : brevet d'études du premier cycle remplacé par le diplôme national du brevet.

DOCUMENT 3 • *La répartition de l'emploi par catégorie socioprofessionnelle de 1962 à 2007 (en %)*

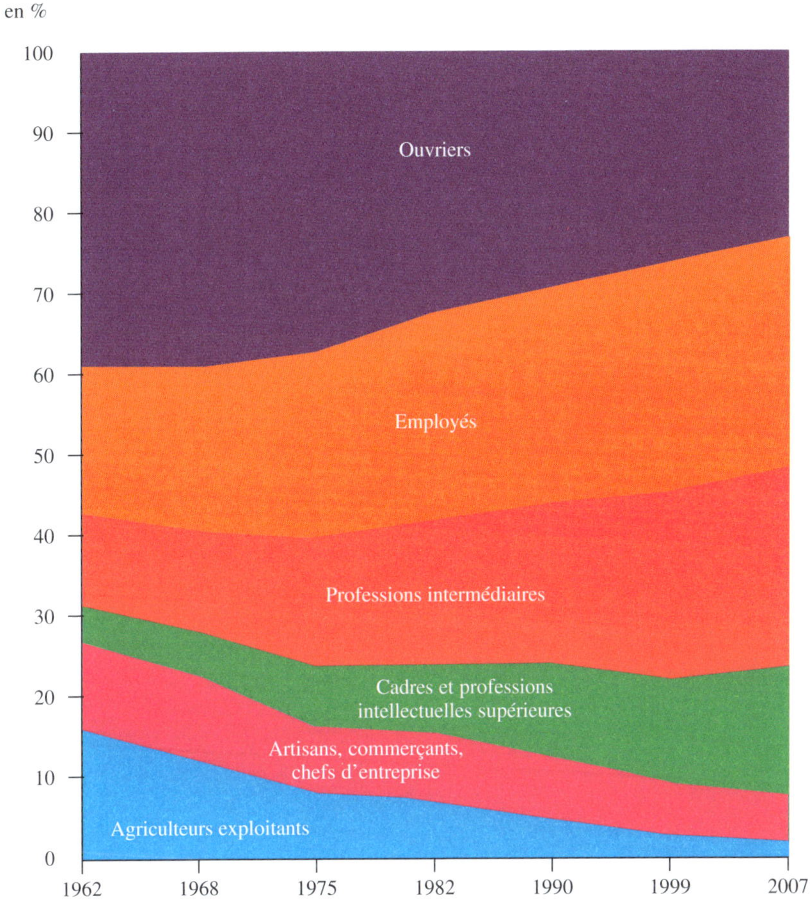

Source : Insee Première, *50 ans de mutations de l'emploi*, septembre 2010.

Champ : actifs ayant un emploi, France métropolitaine.

Lecture : En 1962, la part des agriculteurs exploitants dans l'emploi était de 16 % ; en 2007, elle n'est plus que de 2 %.

DOCUMENT 4 • *Le taux de chômage au sens du BIT[1] par sexe et par âge et part des chômeurs de longue durée*

En %	1990	2003	2006	2007	2008	2009
Ensemble	**7,9**	**8,5**	**8,8**	**8,0**	**7,4**	**9,1**
dont moins de 25 ans	15,4	18,8	22,3	19,5	19,1	23,7
25 à 49 ans	7,0	7,9	8,0	7,3	6,6	8,2
50 ans ou plus	5,6	5,9	5,9	5,3	4,9	6,1
Hommes	**6,2**	**7,6**	**8,1**	**7,5**	**6,9**	**8,9**
dont moins de 25 ans	13,1	18,1	21,0	18,8	19,1	24,6
25 à 49 ans	5,2	6,8	7,0	6,6	5,8	7,6
50 ans ou plus	4,8	5,5	5,7	5,2	4,9	5,9
Femmes	**10,2**	**9,5**	**9,7**	**8,6**	**7,9**	**9,4**
dont moins de 25 ans	18,3	19,8	23,9	20,4	19,1	22,5
25 à 49 ans	9,4	9,2	9,0	8,1	7,5	8,8
50 ans ou plus	6,8	6,4	6,2	5,5	5,0	6,2
Part des chômeurs de longue durée dans le chômage	–	**41,0**	**42,2**	**40,4**	**37,9**	**35,4**

Source : *Emploi, chômage, population active : bilan de l'année 2009*, DARES Analyses, n° 50, juillet 2010.

1. BIT : Bureau international du travail.

Champ : population des ménages de France métropolitaine.

Travail préparatoire

Analyser le sujet

Le sujet conduit à s'interroger sur la stratification sociale et sur les causes qui ont entraîné un certain effacement des différences entre les classes sociales dans les sociétés où domine le primat de l'individu. Il ne s'agit donc pas de présenter un débat mais d'analyser des mécanismes qui ont conduit à un brouillage des frontières entre les groupes sociaux aux intérêts divergents. La montée des classes moyennes salariées au XXe siècle a fait éclater le vieux schéma marxiste d'un conflit de classes entre la bourgeoisie et le prolétariat, alors que le sentiment d'appartenance à une classe sociale a reflué. Il s'agit ici d'envisager en détail, grâce à vos connaissances et au dossier documentaire, et en mobilisant les différentes notions du programme, les causes économiques (transformation du système productif et du salariat) et sociales (mouvement de « moyennisation ») de cette difficulté à comprendre la société française contemporaine en termes de classes sociales.

Analyser les documents

Document 1

Le document 1 montre, dans le cadre d'une enquête, une diminution du sentiment d'appartenance à une classe sociale des personnes interrogées. Il constitue donc une référence intéressante pour illustrer par des chiffres le constat d'un certain effacement des frontières entre les classes sociales, et ce sur une longue période (1966-2002).

Document 2

Le document 2 met en évidence les écarts de temps hebdomadaire consacré aux écrans selon différentes caractéristiques sociales. Ce document statistique peut être mobilisé pour illustrer l'argument des différences sociales entre les groupes sociaux en termes de styles de vie, d'âge, de niveau de diplôme atteint (qui accompagne la montée des classes moyennes salariées), ainsi que la persistance de certaines inégalités entre les milieux sociaux (comme ici entre les cadres et les ouvriers) dans ce domaine.

Document 3

Le document 3 illustre les transformations de l'emploi et invite à mobiliser la notion de professions et catégories socioprofessionnelles (PCS) de l'Insee pour décrire les évolutions sur une longue période, de 1962 à 2007, dues aux transformations de l'appareil productif. On pourra citer quelques évolutions en s'appuyant sur les chiffres du document pour montrer que la hausse de la part de certaines PCS durant cette période (en particulier les professions intermédiaires et les employés) a puissamment contribué au mouvement de « moyennisation » de la société.

Document 4

Le document 4 indique les différences de taux de chômage entre les catégories sociales et pourra être utilisé pour montrer les différences sociales d'exposition des groupes sociaux au chômage (selon l'âge, le genre), en citant des chiffres pertinents (ou des écarts exprimés en points).

Problématiser le sujet

Dans le cadre de ce sujet, le choix de la problématique peut se focaliser sur la pluralité des causes (nécessairement économiques et sociales) d'un certain brouillage des frontières entre les classes sociales dans la société française contemporaine : quelles sont les causes économiques et sociales de l'affaiblissement relatif des clivages entre les classes sociales ?

Proposition de plan

I. La société française a connu une phase de « moyennisation » sociale par la modification de la structure sociale

A. La montée des « classes moyennes » salariées contredit l'analyse marxiste des classes sociales

B. L'analyse en termes de « moyennisation » de la société française

II. La société française a connu un brouillage des frontières des classes sociales en raison des transformations économiques et sociales

A. D'importantes transformations économiques ont complexifié la structure sociale

B. Les facteurs socio-culturels à l'origine du brouillage des frontières entre les classes sociales

Corrigé

Les textes en bleu apparaissant dans ce corrigé ne doivent pas figurer dans votre devoir. Nous les avons insérés pour vous guider et vous conseiller.

Les conseils du professeur

Introduction

La société française reste marquée par un certain nombre d'inégalités entre les groupes sociaux. Pourtant, après 1945, avec le développement économique et la croissance, de profondes transformations économiques et sociales ont entraîné une montée en puissance des classes moyennes salariées ainsi qu'une complexification de la structure sociale.

Faire une accroche à dominante historique pour ancrer le sujet.

Dès lors, l'analyse bipolaire de Marx entre les classes sociales en conflit, la bourgeoisie et la classe ouvrière, semble contredite puisque les classes sociales sont nettement moins marquées aujourd'hui et plus difficilement repérables par l'analyse sociologique. Quelles sont les causes économiques et sociales de l'affaiblissement relatif des clivages entre les classes sociales ?

Définir la notion-clé du sujet.

Reformuler l'intitulé pour le rendre plus clair.

Il s'agira de montrer, dans un premier temps, que la société française a été profondément transformée par un processus de « moyennisation », avant d'évoquer, dans un second temps, les principaux déterminants économiques et sociaux qui expliquent ce phénomène.

Annoncer l'argumentation et le plan.

I. La société française a connu une phase de « moyennisation » sociale par la modification de la structure sociale

A. La montée des « classes moyennes » salariées contredit l'analyse marxiste des classes sociales

Concernant les classes sociales, dans la pensée sociologique marxiste traditionnelle, la société est censée évoluer vers un conflit central entre une classe dominante qui détient les moyens de production, et une classe dominée qui ne possède que sa force de travail pour s'intégrer dans le salariat, dans le cadre de la loi de la bipolarisation de Karl Marx. L'analyse multidimensionnelle de Max Weber (groupes de statut, partis politiques) conçoit la stratification sociale sur la base de différents ordres : l'ordre économique (les chances d'avoir des conditions matérielles d'existence similaires), l'ordre social (échelle de prestige et de reconnaissance sociale) et l'ordre politique (échelle de détention d'un pouvoir politique dans les sociétés démocratiques). Cette théorie a enrichi la vision bipolaire et a longtemps constitué la référence en matière d'intelligibilité des sociétés. Mais, au XXe siècle, la croissance économique a entraîné un mouvement de progression du niveau de vie moyen et de réduction des inégalités (jusqu'aux années 1980). Cette tendance, anticipée par Alexis de Tocqueville dès le XIXe siècle, a entraîné une démocratisation des sociétés portée par la « passion pour l'égalité » et la montée des classes moyennes salariées. Après 1945, la structure sociale se modifie avec la montée de la part de certaines professions et catégories socioprofessionnelles (cadres, professions intermédiaires, employés) et la baisse de la part d'autres professions et catégories socioprofessionnelles (ouvriers, professions indépendantes). On constate en particulier une forte progression du salariat, c'est-à-dire de la part des travailleurs salariés dans la population active.

Présenter les théories fondatrices de Marx et Weber et mettre en évidence les différences fondamentales.

Rappeler les grands mouvements structurels à l'origine des mutations de la structure socioprofessionnelle.

B. L'analyse en termes de « moyennisation » de la société française

L'analyse de nombreux sociologues montre une complexification des sociétés contemporaines et une difficulté plus grande à « lire » la stratification sociale, avec des individus plus libres et autonomes. L'appartenance des individus à une classe sociale se construit sur la base de critères multiples ou sur le sentiment d'appartenance, comme dans le cadre de l'analyse de William LLoyd Warner menée à Yankee City (États-Unis). Le « modèle cosmographique » d'Henri Mendras montre que la constellation centrale a progressé aux côtés d'une constellation populaire : les individus se positionnent dans des constellations qui sont juxtaposées les unes aux autres et ne constituent plus des classes sociales structurées au sens marxiste du terme. La conscience des intérêts en commun et la position dans les rapports sociaux de production s'estompent, tandis que les conflits sociaux deviennent moins nombreux entre les classes sociales et surtout s'institutionnalisent dans le cadre de négociations collectives sur les enjeux matériels (temps de travail, salaires).

Mise en perspective de la tendance à la « moyennisation ».

Présenter la théorie fondatrice de la « moyennisation » de Mendras.

Les analyses de Louis Chauvel et d'autres études sociologiques ont montré que le sentiment d'appartenance à une classe sociale bien déterminée a eu tendance à s'estomper depuis les années 1970. Le document 1 montre ainsi que ce sentiment d'appartenance s'est affaibli entre 1966 (61 %) et 2002 (55 %). Les mutations du système productif et de l'emploi ont également entraîné la montée en puissance de certaines professions et catégories socioprofessionnelles (PCS) comme les cadres, les professions intermédiaires, les employés, en termes d'effectifs et de part dans la population active. Le document 3 permet de constater la croissance très forte de la part des professions intermédiaires et des employés entre 1962 et 2007, alors que les parts des ouvriers et des agriculteurs exploitants diminuent sur la même période.

Évoquer les autres théories relatives à la « moyennisation ».

Exploiter les documents pour illustrer les arguments théoriques en donnant du sens aux statistiques.

Si la société française contemporaine a connu un incontestable mouvement de « moyennisation », surtout perceptible durant la période de croissance des Trente Glorieuses, les facteurs explicatifs de ce phénomène sont à la fois économiques, sociaux et culturels.

Transition pour annoncer la partie II.

II. La société française a connu un brouillage des frontières des classes sociales en raison des transformations économiques et sociales

A. D'importantes transformations économiques ont complexifié la structure sociale

Après 1945, la croissance économique s'est accompagnée d'un mouvement de tertiarisation de l'économie française, avec l'émergence de nombreux métiers liés aux classes moyennes salariées, dans le cadre de ce que certains analystes appellent une « société de services ». Malgré la persistance de nombreuses inégalités économiques et sociales (inter et intra-catégorielles), les métiers de services se sont développés et ont brouillé le clivage entre la bourgeoisie qui détient le capital et les travailleurs qui ne posséderaient que leur force de travail dans la grande industrie. La montée du niveau de vie a conduit à une uniformisation des modes de consommation.

Poursuivre l'analyse du sujet dans une perspective historique.

Mettre en évidence la tendance au brouillage des frontières entre « classes » malgré la multiplication des inégalités économiques.

En effet, si des inégalités subsistent, les individus ont tendance, à l'heure actuelle, à consommer des biens et des services très proches, de telle manière qu'on évoque parfois un « standard de consommation » (automobile, appareils électroménagers, hifi, vidéo, téléphone portable, ordinateur personnel...). Cette hausse du pouvoir d'achat depuis 1945 a conduit à une croissance de la quantité de biens et de services consommés par toutes les classes sociales, certes à des degrés variables. On peut noter que les inégalités de consommation persistent aujourd'hui en termes de qualité des produits notamment.

B. Les facteurs socio-culturels à l'origine du brouillage des frontières entre les classes sociales

La société contemporaine se caractérise par divers facteurs de différenciation sociale, davantage que par des critères d'inégalités économiques, comme les styles de vie, les différences d'âge et de génération, les inégalités de genre, etc. Ces différences sociales se développent dans une société où les écarts entre les classes sociales traditionnelles sont moins importants. Par ailleurs, la démocratisation scolaire a entraîné une élévation du niveau de diplôme moyen et un allongement de la durée moyenne des études. À partir des années 1970, l'enseignement secondaire et universitaire s'est ouvert aux enfants issus de toutes les classes sociales. Ainsi, davantage d'enfants d'ouvriers et d'employés ont pu avoir accès au lycée et à l'université notamment, même si l'inégalité des chances scolaires persiste.

Mettre en évidence la multiplication des formes d'inégalités sociales.

Les pratiques culturelles ont également connu un mouvement de rapprochement dans certains domaines (notamment les biens culturels) malgré la persistance de certaines inégalités entre les classes sociales comme le montre le document 2. Celui-ci révèle des écarts importants entre les ouvriers et les cadres supérieurs, ou entre les non diplômés et les titulaires d'un bac + 3 et plus, en termes de temps passé devant un écran de télévision.

Illustration de l'aspect cumulatif des inégalités sociales.

Conclusion

En conclusion, la société française est toujours caractérisée par une grande stabilité de sa structure sociale, avec un poids très important des classes populaires mais également des classes moyennes salariées. Dans une société fondée sur les services, les frontières entre les classes sociales sont néanmoins plus difficiles à percevoir car un rapprochement s'est opéré entre les groupes sociaux dans différents domaines (la culture, la consommation, etc.). De nombreuses inégalités économiques et sociales (lesquelles ont tendance à se cumuler) subsistent toutefois, encore aggravées par la crise depuis 2008.

Courte synthèse et ouverture.

SUJET 14

BAC 2022
Amérique du Nord

Comment est structurée la société française actuelle ?

ÉPREUVE COMPOSÉE (PARTIE 1)

Comparez les théories des classes sociales de Karl Marx et Max Weber.

Travail préparatoire

Analyser le sujet

Le sujet nécessite de bien connaître les théories des classes sociales des deux auteurs cités explicitement par le programme sur cette question, et de préciser, en mobilisant leurs concepts, en quoi l'apport de Max Weber a complété, contredit ou nuancé l'éclairage de Karl Marx sur le thème des rapports sociaux et des inégalités dans les sociétés.

Corrigé

Les textes en bleu apparaissant dans ce corrigé ne doivent pas figurer dans votre devoir. Nous les avons insérés pour vous guider et vous conseiller.

Les conseils du professeur

Définir le concept central du sujet.

Au sens général, une classe sociale constitue un groupe social de grande taille dont les membres partagent des positions similaires dans le système productif et qui ont des conditions de vie, des comportements et des valeurs proches, mais qui n'ont pas d'existence officielle ou légale.

Karl Marx (1818-1883) évoque les classes sociales dans le cadre de sa conception des sociétés humaines traversées par des rapports de domination, d'aliénation et d'exploitation, et notamment dans la société capitaliste : elles ont une consistance réelle et un conflit central oppose les détenteurs des moyens de production (la bourgeoisie) et les travailleurs qui ne disposent que de leur force de travail (le prolétariat).

Sans nier l'existence des classes sociales, il faut montrer que Max Weber (1864-1920) propose une analyse nominaliste et multidimensionnelle, où la structure sociale est établie par le chercheur en sciences sociales, qui propose un découpage de la société entre différents ordres (économique, social et politique).

Karl Marx comme Max Weber ont défini les classes sociales à partir de critères économiques, mais leurs analyses divergent sur un certain nombre de points.

Définir la notion de classe sociale selon Marx.

Selon Karl Marx, les classes sociales sont de vastes groupes d'individus occupant la même place dans les rapports de production, cette place étant définie essentiellement par la possession ou la non-possession des moyens de production.

Dans le mode de production capitaliste, les deux classes inévitablement opposées sont la bourgeoisie et le prolétariat.

Selon Marx, ces classes existent réellement : il a une conception réaliste des classes sociales. Le critère de distinction entre classes est économique ; les classes sont au nombre de deux, car ce critère est binaire (être propriétaire ou ne pas être propriétaire des moyens de production).

Marx distingue la classe en soi, qui réunit des individus ayant des conditions d'existence communes, et la classe pour soi, qui réunit des individus éprouvant un sentiment d'appartenir à une même classe.

Cette conscience de classe – les ouvriers ont pris conscience de leurs intérêts et les défendent dans la lutte – entraîne *ipso facto* la lutte des classes.

Dans l'approche de Max Weber, les classes sont une construction du sociologue (approche nominaliste). Les critères de distinction sont divers, et le nombre de classes est en théorie illimité.

Définir la notion de classe sociale selon Weber.

Max Weber défend donc une approche « nominaliste » des classes sociales qui résulte d'une construction élaborée par le sociologue, comme outil de classement. Celui-ci décide arbitrairement de poser, par exemple, des critères de revenus afin de définir des classes sociales, telles que la classe populaire, la classe moyenne et la classe supérieure.

Pour Weber, les classes sociales sont de vastes ensembles d'individus qui ont des chances égales d'accéder à un certain niveau de revenu et de biens et services.

Pourtant, comme l'a noté Weber, la dimension économique n'est pas la seule à structurer la vie sociale. Max Weber distingue trois dimensions de stratification sociale dans une approche multidimensionnelle : les classes sociales fondées sur les bases d'une hiérarchie économique, les groupes de statut fondés sur le prestige social, et enfin la hiérarchie des partis politiques.

Cette théorie d'un espace social multidimensionnel a enrichi la vision bipolaire de la structure sociale et a longtemps constitué la référence en matière de compréhension des sociétés.

Faire une comparaison rapide des deux approches.

SUJET 15

Comment est structurée la société française actuelle ?

ÉPREUVE COMPOSÉE (PARTIE 2)

L'évolution des professions et catégories socioprofessionnelles (PCS) depuis les années 1960

Questions

1. Quels sont les critères de construction de la nomenclature des professions et catégories socioprofessionnelles (PCS) ?

2. Comment les PCS ont-elles évolué en termes de parts dans la population active depuis 1962 ?

DOCUMENT • *L'évolution des professions et catégories socioprofessionnelles dans la population active de 1962 à 2016 (en %)*

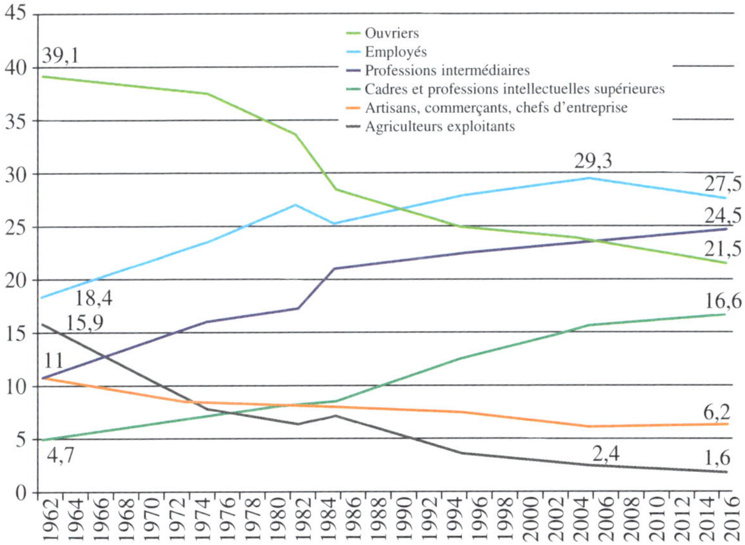

Source : Insee.

Travail préparatoire

Analyser le sujet

Le sujet nécessite de mobiliser la grille de lecture des professions et catégories socioprofessionnelles de l'Insee présente dans le document 1, qui permet de comprendre l'évolution de la structure sociale et de réaliser des enquêtes sociologiques sur différents sujets. L'unité du graphique (en termes de parts en pourcentage) nécessite de distinguer les évolutions en valeurs absolues et en valeurs relatives, et de s'y tenir dans le cadre des réponses aux questions.

Corrigé

Les textes en bleu apparaissant dans ce corrigé ne doivent pas figurer dans votre devoir. Nous les avons insérés pour vous guider et vous conseiller.

Les conseils du professeur

1. Quels sont les critères de construction de la nomenclature des professions et catégories socioprofessionnelles (PCS) ?

Rappeler l'origine historique et l'importance de la grille des PCS.

Insister sur la logique de construction de la grille des PCS en lien avec la structure de l'emploi et du système productif.

Une classification souvent retenue comme référence pour comprendre la structure sociale est celle des professions et catégories socioprofessionnelles (PCS) de l'Insee, créée par cet institut en 1954 et modifiée en 1982. C'est une classification multidimensionnelle et hiérarchisée, qui est fondée sur la profession individuelle, le statut juridique et économique (différence entre salarié et indépendant), la qualification des salariés, la position hiérarchique, la taille de l'entreprise, le secteur d'activité (de l'entreprise et non de l'individu) et l'opposition entre le secteur public et le secteur privé. Certains critères sont hiérarchiques (avoir plus ou moins de qualification), d'autres ne le sont pas (travailler dans le public ou le privé). Dans la grille des PCS de l'Insee, on distingue 8 grands groupes : les agriculteurs exploitants ; les artisans, commerçants et chefs d'entreprise ; les cadres et professions intellectuelles supérieures (CPIS) ; les professions intermédiaires (PI) ; les employés ; les ouvriers ; les retraités ; les autres personnes sans activité professionnelle.

Rappeler les grandes PCS traditionnelles.

2. Comment les PCS ont-elles évolué en termes de parts dans la population active depuis 1962 ?

Le document de l'Insee retrace les évolutions des PCS en termes d'évolution des parts que représente chaque PCS dans la population active. Si l'on utilise cette nomenclature pour « lire » ces transformations sociales, on observe :

Insister sur les évolutions les plus marquantes.

– une baisse considérable et continue de la part des « agriculteurs exploitants ». Ils représentent 16 % de la population active en 1962 contre seulement 1,6 % en 2016. Contrairement à certaines idées reçues, cette diminution n'est pas vraiment nouvelle : commencée dès la fin de la Première Guerre mondiale, elle s'est fortement accélérée après la Seconde Guerre mondiale ;

Exploiter les données chiffrées du document.

– une diminution de la part des « artisans, commerçants, chefs d'entreprise » qui passe de 11 % en 1962 à 6,2 % en 2016. Leur nombre baisse régulièrement jusqu'en 1975, avant de diminuer plus lentement, voire de s'accroître dans certains cas ;

– une très nette diminution de la part des « ouvriers » : 39,1 % de la population active au début de la période, ils n'en constituent plus que 21,5 % en fin de période. Leur nombre a baissé substantiellement dans un contexte de désindustrialisation et de révolution technologique ;

– une augmentation considérable de la part des « cadres et professions intellectuelles supérieures » (qui passe de 4,7 % à 16,6 %), de celle des « professions intermédiaires » (de 11 % à 24,5 %), ainsi que de celle des « employés » (avec le passage des « cols bleus » peu qualifiés aux « cols blancs » qualifiés). C'est le signe d'un passage d'une économie industrielle à une économie de services.

Ces mutations de la structure sociale se sont accompagnées d'une montée des « classes moyennes » et d'un « glissement vers le haut » de la pyramide sociale, avec la réduction de la part des ouvriers et des employés, et la montée de la part des cadres et des professions intermédiaires. Le statut social moyen de la population s'est amélioré et la pyramide sociale s'est comprimée.

Conclure par une phrase courte.

SUJET 16

BAC 2021
France métropolitaine

Comment est structurée la société française actuelle ?

ÉPREUVE COMPOSÉE (PARTIE 3)

À l'aide de vos connaissances et du dossier documentaire, vous montrerez que la structure socioprofessionnelle a évolué en France depuis la seconde moitié du XXe siècle.

DOCUMENT 1 • *Part dans l'emploi selon la catégorie socioprofessionnelle, par sexe, en moyenne annuelle*

	1982			2019		
	Homme	Femme	Ensemble	Homme	Femme	Ensemble
Agriculteurs exploitants	7,3	6,7	7,1	2,1	0,8	1,5
Artisans, commerçants, chefs d'entreprise	9,1	7,2	8,3	9,3	3,9	6,7
Cadres et professions intellectuelles supérieures	10,3	4	7,8	21,6	16,8	19,3
Professions intermédiaires	19,2	19,8	19,5	23,1	28,3	25,6
Employés qualifiés	6,9	27,4	15,2	6,9	21,4	13,9
Employés non qualifiés	3,8	19,4	10,1	6	20,3	12,9
Ouvriers qualifiés	24,5	3,8	16,1	21,7	3,5	12,9
Ouvriers non qualifiés	16,1	11,3	14,2	8,8	4,6	6,8
Autres	2,8	0,3	1,8	0,4	0,4	0,4
Ensemble	100	100	100	100	100	100
Effectifs (en milliers)	13 600	9 243	22 842	13 992	13 184	27 176

Note : données de 1982 à 2019, corrigées pour les ruptures de série.

Champ : France hors Mayotte, population des ménages, personnes de 15 ans et plus.

Source : d'après *INSEE Résultats*, juin 2020.

DOCUMENT 2 • *Emploi salarié par secteur d'activité de 1989 à 2019*

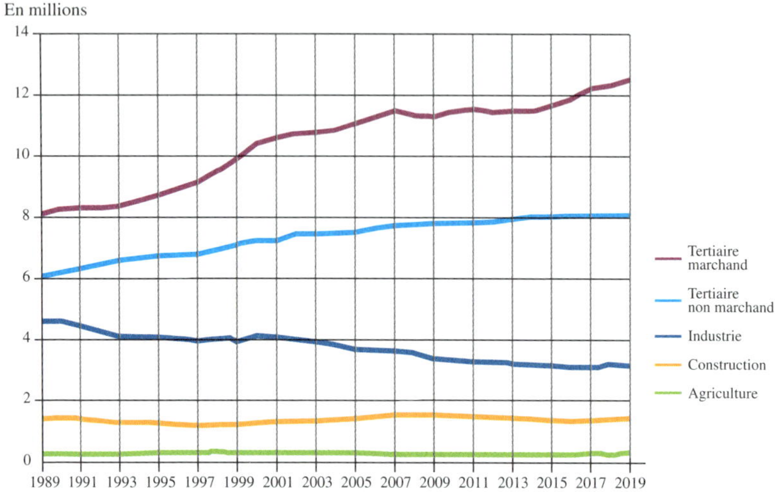

Champ : France hors Mayotte, personnes de 15 ans ou plus.

Source : « Emploi, chômage, revenus du travail », *INSEE Références*, juillet 2020.

DOCUMENT 3

Quels que soient les chiffres, les taux, les indicateurs que l'on utilise, les faits sont là : depuis le début des années 1960, la montée de l'activité féminine est l'élément moteur de la croissance de la population active. Dans la période récente, ce sont les femmes qui ont assuré l'essentiel de l'augmentation des forces de travail. [...]
Les faits étant établis, comment peut-on expliquer ce mouvement [...] ? Il serait bien commode, ici, de pouvoir parler d'un « changement de mentalités », de l'émergence de nouveaux courants socioculturels : les femmes en veulent plus, comme on dit, elles s'accrochent à leur travail, elles affirment leur désir d'indépendance économique, etc. Tout cela est juste, mais n'explique rien. [...] On pourrait, bien sûr, renvoyer à des mutations socioculturelles d'un autre ordre : c'est la même génération de femmes qui a inauguré, à la fin des années 1960, la liberté de la contraception et de l'avortement, l'apparition d'un mouvement féministe radical, l'émergence de nouveaux modèles familiaux et la poussée de l'activité féminine. La coïncidence est trop belle pour n'être pas mentionnée. Mais au fond, qu'est-ce qui explique quoi ? Est-ce la

maîtrise de la conception qui pousse au développement du travail féminin ou l'inverse ? Est-ce le renouveau du féminisme qui est à l'origine de la volonté d'autonomie économique des femmes, ou l'inverse ? La prudence, ici, s'impose. Ne parlons pas d'explication, mais de corrélation. Ces phénomènes forment un tout. Ils sont le signe des temps, ils sont concomitants, mais c'est tout ce que l'on peut dire. À défaut de pouvoir expliquer, on peut tenter de caractériser cette mutation sociale, d'en identifier les acteurs. Qui sont les femmes qui, depuis le début des années 1960, ont afflué sur le marché du travail ? Ce sont pour l'essentiel des mères de famille, des salariées du tertiaire, des femmes instruites et qualifiées.

Depuis la fin des années 1950, deux tendances ont caractérisé l'évolution de la structure des emplois : la tertiarisation et la salarisation du marché du travail. Au cœur de ces mutations, les femmes n'ont pas accompagné le mouvement, elles ont très fortement contribué à le produire. Et inversement : c'est parce que l'emploi devenait de plus en plus tertiaire et salarié que les femmes y ont accédé nombreuses.

Source : Margaret MARUANI, *Travail et emploi des femmes*, La Découverte, 2017.

Travail préparatoire

Analyser le sujet

Afin de mettre en évidence l'évolution de la structure socioprofessionnelle en France depuis la Seconde Guerre mondiale, le candidat devra mobiliser certains outils statistiques, en particulier la nomenclature des professions et catégories socioprofessionnelles (PCS) de l'INSEE.

Il pourra ainsi proposer une analyse, sur une longue période, des transformations de la structure de l'emploi, des catégories sociales et donc de la structure sociale.

Il conviendra de décrire ces mutations structurelles aussi précisément que possible afin d'en situer la portée dans le cadre des grandes transformations de l'appareil productif et des variations du rythme de la croissance depuis la seconde moitié du XXe siècle. Cela permettra de mettre en lumière l'impact de la dégradation du marché du travail sur la structure socioprofessionnelle.

Analyser les documents

Document 1

Le document 1 présente l'évolution de la part (pourcentage de répartition) dans l'emploi selon la catégorie socioprofessionnelle, par sexe, en moyenne annuelle entre 1982 et 2019 en France. On note que la part de l'emploi des agriculteurs exploitants (secteur primaire) baisse de 7,1 % à 1,5 % : – 5,6 points de pourcentage. La part des ouvriers (secteur secondaire) passe globalement de 30,3 % à 19,7 % : – 10,6 points de pourcentage. Logiquement, la part de l'emploi dans le secteur tertiaire augmente globalement de 52,6 % à 72,6 % : + 20 points de pourcentage. Cela illustre clairement la tertiarisation de l'emploi. De plus, la part dans l'emploi de la principale catégorie d'indépendants (non-salariés) baisse de 8,3 % à 6,7 % : – 1,6 point de pourcentage. Cela illustre la salarisation accrue de l'emploi. Enfin, on observe que la part des femmes est plus importante que celle des hommes dans les catégories de population active les moins qualifiées, et qu'elle est moins importante parmi les cadres, même si les écarts se réduisent.

Document 2

Le document 2 permet de visualiser la tertiarisation croissante de l'économie au regard de l'évolution du nombre (valeur absolue) d'emplois par secteur d'activité. En effet, en France, entre 1989 et 2019, on observe que le nombre d'emplois dans le secteur tertiaire passe d'environ 14 millions à 20,5 millions, soit une hausse d'environ 50 %. Symétriquement, le nombre d'emplois baisse dans le secondaire, passant d'environ 6,1 millions à 4,7 millions, soit une baisse d'environ 23 %. Enfin, le nombre d'emplois reste stable à un niveau faible dans le primaire à environ 0,2-0,3 million. Les évolutions des gains de productivité (liés aux innovations) et de la demande permettront d'expliquer ces évolutions de long terme.

Document 3

Le texte vise à montrer que la féminisation de la population active, en général, et active occupée, en particulier, a été un élément moteur de la croissance économique depuis le début des années 1960. En effet, logiquement et toutes choses égales par ailleurs, si le nombre de femmes et le pourcentage de femmes qui travaillent et produisent augmentent, alors, *ipso facto*, la capacité de production augmente.

La sociologue insiste sur le fait qu'il existe une forte corrélation positive, bien plus que des causalités difficiles à démontrer, entre différents phénomènes simultanés : « changement de mentalités », mutations socioculturelles, liberté de contraception et d'avortement, apparition d'un mouvement féministe radical, émergence de nouveaux modèles familiaux...
Elle montre que ce sont, pour l'essentiel, des mères de famille, des salariées du tertiaire, des femmes instruites et qualifiées qui ont afflué sur le marché du travail. Et globalement, la féminisation de la population active a alimenté la tertiarisation et la salarisation de l'économie et de la société.

Problématiser le sujet

Le sujet, qui s'inscrit dans une perspective historique, invite le candidat à analyser l'impact des transformations économiques sur la structure sociale depuis la fin de la Seconde Guerre mondiale. Il sera pertinent, en particulier, de prendre en compte le rythme annuel moyen rapide de la croissance économique de 1945 à 1973, dans un contexte de montée des catégories moyennes, et son ralentissement après 1973, car ce changement de tendance s'est accompagné d'une dégradation de la situation du marché du travail et d'une transformation profonde de la structure sociale.

Proposition de plan

I. Les mutations de la structure socioprofessionnelle dans un contexte de forte croissance après la Seconde Guerre mondiale
 A. Les mutations de la structure de l'emploi : salarisation, tertiarisation, féminisation, élévation du niveau des qualifications
 B. La « moyennisation » de la société française : croissance relative des catégories moyennes

II. Les mutations de la structure socioprofessionnelle dans un contexte de croissance ralentie (depuis la fin des années 1970)
 A. La poursuite des mouvements antérieurs de tertiarisation, salarisation, féminisation
 B. Dégradation du marché du travail : polarisation des emplois et creusement des inégalités

Corrigé

Les textes en bleu apparaissant dans ce corrigé ne doivent pas figurer dans votre devoir. Nous les avons insérés pour vous guider et vous conseiller.

Les conseils du professeur

Introduction

En 1945, en France, on constate de graves dommages sur le territoire : l'appareil de production et les infrastructures sont en partie détruits, la capacité de production est très réduite, l'économie est affectée par des pénuries. Cependant, le pays va connaître une période de prospérité, portée par des phénomènes de reconstruction et de rattrapage, qui va bouleverser l'économie et la société. La croissance économique va notamment transformer la structure socioprofessionnelle sous l'impulsion du progrès technique et de puissantes mutations de l'appareil productif.

Rédiger une accroche à dominante historique pour ancrer le sujet.

La structure socioprofessionnelle correspond à la composition de la société en catégories socioprofessionnelles. Chacune d'elles est un groupe d'individus socialement homogène selon plusieurs critères : la profession (manuelle, intellectuelle), la position hiérarchique (dirigeant, dirigé), le statut (salarié, indépendant), les niveaux de revenu et de qualification et le secteur d'activité.

Définir la notion-clé du sujet.

Après avoir présenté l'impact de la croissance économique accélérée sur la structure socio-professionnelle en France après la Seconde Guerre mondiale, il conviendra de montrer l'évolution de cette structure dans un contexte de croissance ralentie (depuis la fin des années 1970).

Annoncer le plan de la réponse argumentée.

I. Les mutations de la structure socio-professionnelle dans un contexte de forte croissance après la Seconde Guerre mondiale

La forte croissance d'après-guerre s'accompagne de changements structurels dans l'économie et la société.

Rédiger une phrase introductive.

A. Les mutations de la structure de l'emploi

Présenter les principales mutations de la structure de l'emploi.

Avec la croissance économique soutenue des Trente Glorieuses (1945-1973), la société française a subi de profondes mutations. On a assisté à la salarisation de la population active, à une expansion du salariat, marquant le déclin de la part des professions indépendantes (agriculteurs, artisans et commerçants) et la croissance continue de la part des salariés dans la population active (aujourd'hui 9 actifs sur 10), à la féminisation de la population active (avec la montée du travail des femmes à partir des années 1960) et à la tertiarisation des emplois (avec une augmentation de la part des activités de services dans le total des emplois et dans le PIB).

Évoquer l'interaction entre féminisation et tertiarisation.

Ce mouvement long de féminisation est porté par des facteurs durables : une volonté croissante d'émancipation de la part des femmes, la montée des divorces (en cas de séparation, l'absence d'activité professionnelle peut constituer un lourd handicap pour une femme), le désir d'accroître le revenu du couple…

À ces éléments, il convient d'ajouter la montée en puissance du secteur tertiaire, qui offre des emplois dans des domaines d'activité recherchés par la main-d'œuvre féminine : la santé, l'éducation, le commerce, l'administration… La tertiarisation est un des facteurs de la féminisation de la population active et de l'emploi.

Utiliser les explications proposées dans le document 3.

Le texte du document 3 permet de corroborer cette corrélation positive entre féminisation et tertiarisation. En effet, depuis le début des années 1960, la féminisation de la population active a été un élément moteur de la croissance économique. Logiquement, toutes choses égales par ailleurs, si le nombre de femmes et le pourcentage de femmes qui travaillent et produisent augmentent alors, *ipso facto*, la capacité de production augmente.

La sociologue montre que ce sont pour l'essentiel des mères de famille, des salariées du tertiaire, des femmes instruites et qualifiées qui ont afflué sur le marché du travail. Ainsi, globalement, la féminisation de la population active a accompagné et alimenté la tertiarisation et la salarisation de l'économie et de la société.

Ces changements structurels se sont accompagnés de ce que les observateurs nomment la « moyennisation ».

Rédiger une phrase de transition

B. La « moyennisation » de la société française

Féminisation et tertiarisation se sont accompagnées, dans un premier temps, de la formation d'une grande catégorie moyenne salariée. Constatant ces évolutions structurelles, certains sociologues ont parlé de la « moyennisation » de la société française de 1945 à 1973.

Présenter la mutation structurelle qui en résulte.

La moyennisation exprime la concentration des salariés dans des « catégories moyennes » (employés les plus « qualifiés », professions intermédiaires et cadres les moins « qualifiés ») dont les effectifs ont été en forte croissance, une montée continue des niveaux de vie et une forte mobilité sociale. Cette nouvelle structure de l'emploi est donc tirée vers le haut par l'élévation du niveau moyen des qualifications.

Ainsi, des années 1960 au début des années 1980, les disparités de niveaux de vie entre catégories sociales se sont atténuées avec le partage des fruits de la croissance. Le niveau de vie des cadres et des professions libérales a progressé, mais moins vite que celui des catégories les moins aisées (les ouvriers et les agriculteurs).

Cette moyennisation peut être considérée comme une tendance à la réduction d'inégalités d'emploi, de revenu, de consommation. Pourtant, à partir de la fin des années 1970 et du début des années 1980, le ralentissement de la croissance va s'accompagner de l'approfondissement de certaines évolutions structurelles, mais aussi de changements liés à la dégradation du marché du travail.

Rédiger une phrase de transition.

II. Les mutations de la structure socio-professionnelle dans un contexte de croissance ralentie (depuis la fin des années 1970)

Le ralentissement tendanciel de la croissance économique va s'accompagner de l'approfondissement de certaines évolutions structurelles et entraîner d'autres changements structurels dans l'économie et la société.

Rédiger une phrase introductive.

A. La poursuite des mouvements antérieurs de tertiarisation, salarisation, féminisation

Exploiter les données statistiques des documents.

Le document 1 permet d'observer la poursuite du mouvement de tertiarisation et de salarisation. En effet, pour la France entre 1982 et 2019, la part de l'emploi dans les catégories du secteur tertiaire continue de croître : elle passe de 52,6 % à 72,6 % soit + 20 points de pourcentage. Cela illustre clairement la tertiarisation de l'emploi. De plus, sur la même période, la part dans l'emploi de la principale catégorie d'indépendants (non-salariés) baisse de 8,3 % à 6,7 % soit 1,6 point de pourcentage. Cela illustre la salarisation accrue de l'emploi.

Le document 2 permet de visualiser cette tertiarisation croissante de l'économie au regard de l'évolution du nombre (valeur absolue) d'emplois par secteur d'activité. En effet, en France entre 1989 et 2019, on observe que le nombre d'emplois dans le secteur tertiaire passe d'environ 14 millions à 20,5 millions, soit une hausse d'environ 46 %. Symétriquement, le nombre d'emplois baisse dans le secondaire, passant d'environ 6,1 millions à 4,7 millions, soit une baisse d'environ 23 %. Enfin, le nombre d'emplois reste stable à un niveau faible dans le primaire à environ 0,2-0,3 million.

Dans la lignée des tendances antérieures, le taux d'activité des femmes continue de progresser en France : en 1975, selon l'INSEE, 59 % des femmes âgées de 25 à 49 ans étaient actives et 83 % en 2018 ; la féminisation de la population active et de l'emploi reste une tendance de long terme.

Rédiger une phrase de transition.

Même si certaines tendances structurelles antérieures se poursuivent, des changements structurels d'une autre nature se manifestent avec le ralentissement durable du rythme annuel de la croissance.

B. Dégradation du marché du travail : polarisation des emplois et creusement des inégalités

Le ralentissement de la croissance et la dégradation du marché du travail à partir des années 1980 sont allés de pair avec un mouvement de polarisation des emplois et une fragmentation des catégories populaires.

Le ralentissement de la croissance dans les années 1970, dont le rythme annuel a été divisé par deux, a marqué la fin du processus de moyennisation de la structure sociale. *A contrario*, on observe, depuis cette période, une polarisation des emplois et des revenus qui s'accompagne d'un retour du creusement des inégalités.

Présenter la mutation structurelle qui en résulte.

Au cours des dernières décennies, le niveau de qualification des emplois a connu un double mouvement. D'une part, les emplois très qualifiés ont vu leur part augmenter, notamment sous l'impact des nouveaux processus de production faisant appel aux technologies de pointe. D'autre part, le nombre d'emplois peu qualifiés a également progressé du fait du développement des services à la personne, de l'économie collaborative (exemple des chauffeurs Uber...), ou de la simplification des processus de production.

Expliquer cette mutation structurelle.

Ce mouvement de polarisation de l'emploi s'accompagne de la raréfaction des emplois de niveaux intermédiaires (secrétaire, contremaître...). Quant à la qualification moyenne de la population active, elle n'a cessé de s'élever, sous l'effet de la massification de l'enseignement secondaire et supérieur : de plus en plus de personnes obtiennent le baccalauréat, et surtout une plus grande proportion d'enfants de milieux populaires. Toutefois, l'ouverture de l'accès au baccalauréat pour les classes sociales les moins aisées n'a pas augmenté leurs chances de mobilité ascendante : on ne peut donc pas vraiment parler de démocratisation qualitative.

Pour illustrer ceci, on constate, dans le document 1, que la part des ouvriers non qualifiés au sein de l'emploi est passée de 14,2 % en 1982 à 6,8 % en 2019, tandis que celle des employés qualifiés est passée de 15,2 % à 13,9 % sur la même période. Depuis la fin des années 2000, la part des ouvriers et des employés qualifiés baisse.

Mobiliser les données statistiques des documents.

De surcroît, la part des cadres et professions intellectuelles supérieures parmi les emplois a plus que doublé entre 1982 et 2019, passant de 7,8 % à 19,3 %. Celle des professions intermédiaires a également augmenté, passant de 19,5 % à 25,6 %. Elle a même dépassé la part des ouvriers qui est passée de 30,3 % à 20,7 %. Rassemblés, les cadres et professions intellectuelles supérieures et les professions intermédiaires représentent désormais 44,9 % des emplois contre 27,3 % au début des années 1980.

L'évolution par le haut des emplois, à travers une montée en qualification progressive, n'est pas un processus inéluctable comme on pouvait le croire jusque dans les années 1980-1990. La progression des emplois peu qualifiés répond aux besoins d'une société de services, dans laquelle il existe une polarisation des emplois entre les travailleurs très qualifiés et les travailleurs peu qualifiés. Comme l'a expliqué Jean Tirole, Prix Nobel d'économie 2014, le mouvement de polarisation est un enjeu central dans nos sociétés car les écarts sociaux risquent de se creuser encore davantage et de créer une société à deux vitesses. Quand les inégalités, qui se cumulent, sont vécues comme injustes, elles deviennent illégitimes et peuvent se traduire par des conflits sociaux récurrents et violents. D'un côté, la hausse des écarts de revenus fait que les catégories aisées ont les moyens de recourir à une main-d'œuvre faiblement rémunérée, tandis que ceux qui pouvaient espérer s'élever dans la hiérarchie sociale, notamment au vu de leur parcours scolaire, se retrouvent à des postes peu qualifiés et mal rémunérés.

Proposer une explication des conséquences du mouvement de polarisation.

Conclusion

Pour résumer, les mutations de la structure socioprofessionnelle en France ont répondu à des facteurs conjoncturels (rythme de la croissance économique) et structurels (progrès technique, désindustrialisation et tertiarisation). L'évolution des gains de productivité, liés aux innovations, et de la demande permettra d'expliquer ces évolutions à long terme.

Répondre à la problématique.

Les mutations de la structure de l'emploi et des métiers posent en particulier la question de la qualité de l'emploi et des inégalités à l'œuvre sur le marché du travail.

Ouvrir sur des perspectives plus larges.

SUJET 17

Quelle est l'action de l'école sur les destins individuels et sur l'évolution de la société ?

DISSERTATION

Dans quelle mesure l'école détermine-t-elle l'égalité des chances ?

DOCUMENT 1 • *Les diplômes de l'enseignement supérieur des jeunes âgés de 25 à 29 ans en fonction du milieu social (en 2003-2005 et 2013-2015)*

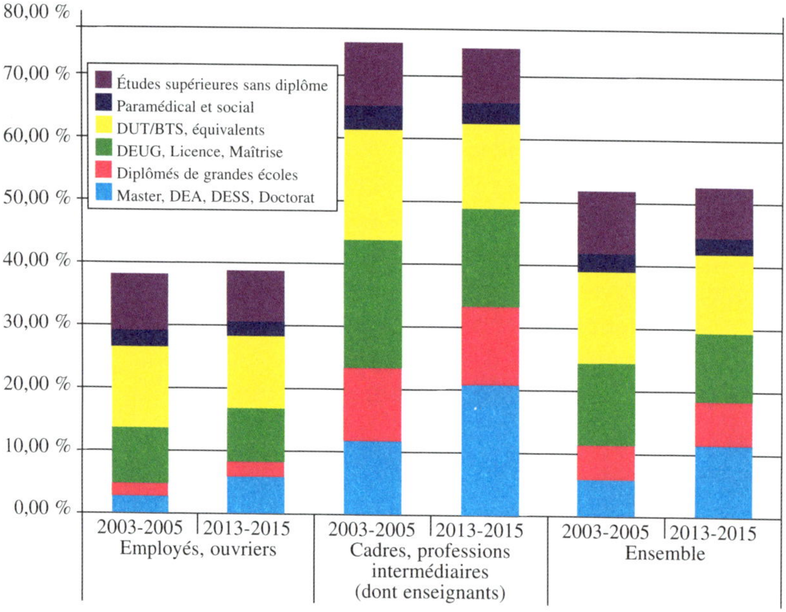

Source : d'après Insee, *Enquête Emploi*, 2017.

Champ : France métropolitaine.

Lecture : En moyenne sur 2013, 2014 et 2015, 30 % des enfants d'employés et d'ouvriers âgés de 25 à 29 ans, déclarent détenir un diplôme de l'enseignement supérieur, contre 65 % des enfants de cadres et de professions intermédiaires (dont enseignants) ; 3 % des premiers déclarent un diplôme d'une grande école contre 13 % des seconds.

DOCUMENT 2 • *La catégorie socioprofessionnelle des personnes en 2014-2015 et de leurs parents en France (en %)*

	Ensemble	Femmes	Hommes	Mère	Père
Agriculteurs exploitants	1,7	0,9	2,5	5,5	7,8
Artisans et commerçants	6,0	3,7	8,4	5,9	11,1
Cadres et assimilés[1]	16,5	13,5	19,7	3,8	14,4
Professions intermédiaires	24,5	24,7	24,2	10,6	14,5
Employés et ouvriers qualifiés	31,1	29,0	33,3	22,8	33,9
Employés et ouvriers non qualifiés	18,9	25,7	11,6	25,2	13,0
N'a jamais travaillé ou profession inconnue	1,5	2,5	0,3	26,1	5,3
Ensemble	100,0	100,0	100,0	100,0	100,0

Source : Insee, *Enquête sur la formation et la qualification professionnelle*, 2014-2015.

1. Cadres et assimilés : il s'agit des cadres, des professions intellectuelles supérieures et des chefs d'entreprise de 10 salariés ou plus.

Champ : France métropolitaine, personnes de 30 à 59 ans.

Lecture : En 2014-2015, 24,5 % des personnes de France métropolitaine âgées de 30 à 59 ans sont ou étaient professions intermédiaires, alors que ce n'était le cas que pour 14,5 % de leurs pères.

DOCUMENT 3 • *Le niveau de diplôme selon la catégorie sociale en 2014 (en %)*

	Diplôme supérieur à bac + 2	Bac + 2	Bac ou brevet professionnel ou autre diplôme de ce niveau	CAP[1], BEP[2] ou autre diplôme de ce niveau	Brevet des collèges	Aucun diplôme ou CEP[3]	Total
Agriculteurs exploitants	4	13	24	39	6	14	100
Artisans, commerçants, chefs d'entreprise	14	12	22	33	6	13	100
Cadres supérieurs	68	15	10	5	2	1	100
Professions intermédiaires	25	32	21	14	3	4	100
Employés	8	12	26	31	7	16	100
Ouvriers	2	4	17	42	7	28	100
Ensemble	21	16	20	25	5	13	100

Source : Insee, Observatoire des inégalités, 2016.

1. Certificat d'aptitude professionnelle.
2. Brevet d'études professionnelles.
3. Certificat d'études primaires.

Champ : population active de 15 ans et plus, France entière.

Travail préparatoire

Analyser le sujet

Dans les sociétés démocratiques, où le changement de position dans la structure sociale devient possible, et ce quel que soit son milieu social d'origine, l'école est l'instrument privilégié de la mobilité sociale. Le système éducatif est fondé sur le principe de l'égalité des chances et contribue, en fonction du travail et du mérite de chacun, à légitimer le statut social des individus dans la hiérarchie sociale. Le sujet suppose donc de montrer que l'école est incontestablement un déterminant majeur de la mobilité sociale dans la société française contemporaine, mais qu'il n'est en aucun cas le seul, dans la mesure où des déterminants économiques et des déterminants liés au milieu social d'origine jouent également un rôle fondamental.

Analyser les documents

Document 1

Ce document est tiré de l'*Enquête emploi* de l'Insee publiée en 2017. Il détaille les diplômes de l'enseignement supérieur des jeunes âgés de 25 à 29 ans en fonction du milieu social, pour deux périodes : en 2003-2005 et en 2013-2015. L'intérêt est de mesurer le poids de l'origine sociale dans la réussite scolaire des enfants. On voit ainsi que la part des diplômés des grandes écoles en France est nettement plus élevée chez les enfants de cadres supérieurs et professions intermédiaires, à la fois en 2003-2005 et en 2013-2015. Cette part a même eu tendance à augmenter. La part des diplômés des grandes écoles reste très faible dans la catégorie des enfants d'employés et d'ouvriers. On constate également que les écarts restent très importants en termes de parts des diplômés de Master, DEA, DESS, Doctorat entre les enfants de cadres supérieurs et de professions intermédiaires (21 % en 2013-2015) et les enfants d'employés et d'ouvriers (5 % en 2013-2015).

Document 2

Ce tableau statistique publié par l'Insee en 2014-2015 est tiré de l'*Enquête sur la formation et la qualification professionnelle*. Il permet de mesurer la mobilité sociale des personnes par rapport à leurs parents selon leur profession et catégorie socioprofessionnelle. Ainsi, on peut lire qu'en 2014-2015, 24,5 % des personnes de France métropolitaine âgées de 30 à 59 ans sont ou étaient professions intermédiaires, alors que ce n'était le cas que pour 14,5 % de leurs pères et 10,6 % de leurs mères. Ce document permet de mesurer le phénomène de reproduction sociale, ainsi que la répartition des professions et catégories socioprofessionnelles (PCS) selon le genre (hommes/femmes). Il pourra ainsi être utilisé pour illustrer les raisonnements sur la mobilité intergénérationnelle, soit pour constater l'évolution de la part des PCS occupées par les individus par rapport à l'époque de leurs parents.

Document 3

Ce document est un tableau statistique publié en 2016, issu des travaux de l'Insee et de l'Observatoire des inégalités. Il montre le niveau de diplôme selon la PCS en 2014. On pourra y puiser des éléments pour montrer par exemple que la PCS « cadres et assimilés » compte une très forte proportion de diplômés bac + 2 et plus, tandis que cette part est extrêmement faible pour les employés (8 %) et pour les ouvriers (2 %). À l'inverse, on constate que la part des personnes n'ayant aucun diplôme ou le CEP est extrêmement forte chez les ouvriers (28 %), tandis qu'elle est très faible chez les cadres supérieurs (1 %). Ce document peut être utile pour appuyer le fait que le diplôme reste indispensable pour acquérir le statut de cadre supérieur, le bac n'étant plus suffisant (seuls 10 % des cadres supérieurs ont le niveau bac ou un brevet professionnel ou un autre diplôme de ce niveau).

Problématiser le sujet

Le sujet nécessite de s'interroger sur le rôle de l'école dans la mobilité sociale, soit le passage d'un individu ou d'un groupe social d'une catégorie sociale à une autre. Il s'agit de construire une problématique qui permette d'englober à la fois les facteurs explicatifs multiples de la mobilité sociale et les déterminants liés à la démocratisation de l'école, mais aussi la persistance des inégalités scolaires et l'impact des autres déterminants, qu'ils soient économiques ou liés à la socialisation familiale. Dès lors, on peut retenir la problématique suivante : quels sont les facteurs explicatifs de la mobilité sociale dans une société démocratique ?

Proposition de plan

I. L'école est un déterminant majeur de l'égalité des chances de réussite dans une société fondée sur le principe du mérite

A. L'école est l'instrument privilégié de l'égalité des chances dans une société démocratique

B. La démocratisation scolaire vise à favoriser la mobilité sociale ascendante malgré une persistance du poids de l'origine sociale dans la réussite scolaire

II. Le rôle crucial de l'école est difficilement séparable des autres déterminants de l'égalité des chances de réussite

A. Les transformations structurelles du système productif et de l'emploi modifient les conditions de l'égalité des chances de mobilité sociale

B. L'institution familiale demeure incontournable pour améliorer l'égalité des chances de réussite scolaire, professionnelle et sociale

Corrigé

Les textes en bleu apparaissant dans ce corrigé ne doivent pas figurer dans votre devoir. Nous les avons insérés pour vous guider et vous conseiller.

Les conseils du professeur

Introduction

Dans l'analyse sociologique, l'école est traditionnellement considérée comme un des principaux déterminants de l'égalité des chances de réussite professionnelle et sociale, et donc de la mobilité sociale, soit la possibilité pour un individu de s'affranchir de sa situation sociale

Rédiger une accroche.

d'origine. Dans nos sociétés contemporaines, le statut social n'est plus transmis mais acquis, et l'institution scolaire, en délivrant des diplômes, joue un rôle central dans cette acquisition des diverses positions sociales.

Cependant, il existe en réalité une pluralité de déterminants de l'égalité des chances de réussite et de la mobilité sociale. Cette dernière n'est pas un phénomène purement individuel, car elle dépend aussi des transformations du système économique, parmi lesquelles les changements historiques de la structure socio-professionnelle et les mutations permanentes de la composition de l'emploi. On sait aussi que la famille joue également un rôle central dans la transmission des différentes formes de capitaux indispensables à l'ascension sociale.

Définir les termes principaux du sujet.

Dès lors, quels sont les facteurs explicatifs de la mobilité sociale dans une société démocratique ?

Reformuler l'intitulé du sujet pour le rendre plus clair.

Il s'agira, dans un premier temps, de montrer par quels mécanismes l'école constitue un déterminant majeur de la mobilité sociale, avant d'étudier, dans un second temps, en quoi ce phénomène complexe doit être cerné en faisant intervenir de multiples facteurs explicatifs.

Annoncer la structure de l'argumentation et le plan.

I. L'école est un déterminant majeur de l'égalité des chances de réussite dans une société fondée sur le principe du mérite

L'école est un déterminant essentiel de l'égalité des chances de réussite professionnelle et sociale, donc de la mobilité sociale, dans une société fondée sur le principe du mérite.

Courte phrase introductive.

A. L'école est l'instrument privilégié de l'égalité des chances dans une société démocratique

Proposer des titres et des sous-titres qui donnent du sens et éviter les titres courts.

Dans les sociétés à stratification sociale rigide, la mobilité sociale est quasiment impossible. Ce fut le cas en France avant 1789, puisque la hiérarchie sociale était fondée sur des ordres héréditaires, alors que l'école et la transmission du savoir étaient réservées à une élite bourgeoise. Dans les sociétés à stratification sociale fluide, c'est l'école, accessible au plus grand nombre, qui a pour fonction de rendre possible la mobilité ascendante des enfants issus de milieux défavorisés en permettant une plus grande égalité des chances de réussite professionnelle et sociale. Une brève histoire de l'école explique la contradiction que vit l'institution entre son objectif de démocratisation et le maintien des inégalités scolaires : au XIXe siècle, à l'époque des lois Ferry, l'école cherche à donner une instruction minimale aux classes populaires. Seule une minorité d'élèves accèdent au bac, et jusqu'à la fin des années 1960, à peine un cinquième des élèves environ obtient le bac. Dans les décennies 1970 et 1980, l'école connaît une augmentation forte et continue des effectifs scolarisés, notamment au lycée.

Poursuivre l'analyse du sujet dans une perspective historique.

La possibilité de faire des études ne garantit pas automatiquement d'obtenir un statut social gratifiant et un emploi stable, mais être dépourvu de diplôme interdit quasiment *de facto* toute mobilité sociale. Dans les sociétés contemporaines, le diplôme est souvent le sésame pour s'intégrer sur le marché du travail et connaître une promotion dans le monde de l'entreprise. Pendant la période de l'après-guerre, marquée par un certain dynamisme de la mobilité sociale, dans un contexte d'intenses changements dans la structure des emplois, c'est en grande partie l'école qui a permis de sélectionner, parmi les enfants d'ouvriers ou d'employés, ceux qui étaient les plus aptes à exercer ces nouveaux emplois qualifiés et qui a donc permis une ascension sociale.

Mise en évidence de la contribution de l'école à la réduction de l'inégalité des chances de réussite et de mobilité sociale.

Le nombre de bacheliers augmente alors rapidement et la population étudiante augmente fortement : on parle d'une période de « massification scolaire » où l'école n'est plus réservée à une élite. Mais ce processus s'accompagne toutefois d'un maintien (paradoxal) des inégalités scolaires. Les variations de la fluidité sociale apparaissent faibles au regard de cette explosion scolaire. En réalité, la démocratisation « égalisatrice » selon laquelle les moins favorisés rattrapent les taux de scolarisation des plus favorisés, cache une démocratisation « ségrégative ». Cela signifie que les inégalités d'accès aux diplômes sont en fait déplacées mais n'ont pas disparu.

Distinction des concepts-clés : massification, démocratisation et fluidité sociale.

Le document 1 montre ainsi qu'en moyenne sur 2013, 2014 et 2015, 30 % des enfants d'employés et d'ouvriers (âgés de 25 à 29 ans) obtiennent un diplôme d'enseignement supérieur, contre 65 % des enfants de cadres et de professions intermédiaires (dont les enseignants).

Exploitation du document pour illustrer les arguments théoriques.

B. La démocratisation scolaire vise à favoriser la mobilité sociale ascendante malgré une persistance du poids de l'origine sociale dans la réussite scolaire

Tout au long du XXe siècle, le nombre d'enfants scolarisés a augmenté. La proportion de bacheliers a fortement progressé mais le nombre de postes de cadres ou de professions intermédiaires n'ayant pas augmenté dans le même temps au même rythme, une partie des nouveaux diplômés n'ont pas pu trouver un emploi à un niveau auquel ils auraient dû pouvoir prétendre.

Poursuivre l'analyse du sujet dans une perspective historique.

Les sociologues appellent « paradoxe d'Anderson » (car identifié par le sociologue Charles Anderson en 1961) le phénomène selon lequel les enfants qui ont des diplômes plus élevés que leurs parents n'ont pas nécessairement une position sociale plus favorable. La baisse de la valeur relative des diplômes sur le marché du travail ne doit pas conduire à penser que la massification scolaire était une erreur d'un point de vue économique, car elle a permis d'accroître le stock de capital humain et le niveau de formation de la main-d'œuvre, la rendant ainsi plus productive. Mais elle a entraîné une certaine désillusion face aux capacités du système scolaire à permettre une mobilité sociale ascendante. Le niveau général d'instruction s'élève mais les inégalités ne se réduisent pas pour autant. Tout se passe comme si les inégalités s'étaient déplacées « vers le haut » : l'étude du système scolaire fait apparaître le maintien d'inégalités car la réussite et l'échec scolaire sont inégalement partagés. Au fur et à mesure que les études s'allongent, les enfants de cadres supérieurs sont surreprésentés alors que les enfants d'ouvriers sont sous-représentés. Malgré l'idéal de l'égalité des chances et le principe méritocratique qui

Présentation du « paradoxe d'Anderson » et des effets limités de l'école en matière d'égalité des chances.

la fondent, l'école n'a guère pu empêcher la persistance de l'inégalité des chances scolaires et les phénomènes de reproduction sociale.

Pour le sociologue Pierre Bourdieu, l'école transforme les inégalités sociales en inégalités scolaires et a une fonction de sélection sociale. Cette sélection sociale est naturalisée (rendue légitime) à travers une domination symbolique qui transforme les jugements sociaux en jugements scolaires. Ainsi, l'école impose un arbitraire culturel et les enfants des classes défavorisées sont doublement exclus : par l'échec scolaire et par le sentiment que leur échec est dû au manque de don et de mérite. L'école légitime en réalité la reproduction de la domination culturelle des classes favorisées.

Présentation de l'approche théorique de Bourdieu de l'importance de la reproduction sociale et du poids du capital culturel.

Le sociologue Raymond Boudon s'attaque lui aussi à la question de l'inégalité des chances scolaires : selon lui, la plus faible réussite scolaire des classes défavorisées tient à un calcul économique rationnel. Il explique que la décision de poursuivre ou non des études tient à un calcul d'investissement (calcul coût/avantage) purement individualiste. Les études ont un coût (en temps et en argent) et une rentabilité (le diplôme). Or Boudon explique que dans les classes populaires, on surestime le coût des études et on en sous-estime les avantages. Les classes populaires valorisent peu les études longues et demandent une forte rentabilité de l'investissement scolaire (incitant les jeunes à suivre des filières plus courtes, plus professionnelles). Raymond Boudon pense que depuis la Seconde Guerre mondiale, on assiste à une incontestable réduction de l'inégalité des chances scolaires (il s'oppose à Bourdieu). Pourtant, il reconnaît que la mobilité sociale a peu augmenté et que les progrès de la scolarisation affectent très peu la hiérarchie sociale. La réduction de l'inégalité des chances scolaires ne s'accompagne pas d'une réduction des inégalités sociales.

Présentation de l'approche théorique de Boudon et du poids des choix des familles.

Ainsi, l'école, en valorisant le mérite et l'égalité des chances, est incontestablement un déterminant majeur de la mobilité sociale et de la légitimité des positions dans la hiérarchie sociale. Mais pour cerner réellement

Transition pour annoncer la partie II.

les mécanismes de la mobilité sociale, il convient d'intégrer dans le raisonnement d'autres déterminants, et de comprendre que l'école interagit avec le système économique et le milieu familial qui apportent plus ou moins de ressources favorables.

II. Le rôle crucial de l'école est difficilement séparable des autres déterminants de l'égalité des chances de réussite

Le rôle majeur de l'école est difficilement séparable des autres déterminants de la mobilité sociale, c'est-à-dire des chances de réussite professionnelle et sociale.

Courte phrase introductive.

A. Les transformations structurelles du système productif et de l'emploi modifient les conditions de l'égalité des chances de mobilité sociale

Depuis l'après-guerre, les structures socio-professionnelles et les emplois ont profondément évolué : une partie de la mobilité sociale s'explique donc par les modifications de la structure des emplois entre deux générations. On note, durant cette période des Trente Glorieuses (1945-1973), le développement de la catégorie des cadres et professions intellectuelles supérieures et de celle des professions intermédiaires, parallèlement au déclin des catégories des agriculteurs, des artisans, commerçants et chefs d'entreprise, et des ouvriers. L'expansion des classes moyennes salariées et le déclin des catégories populaires engendrent mécaniquement de la mobilité sociale ascendante. Il s'agit donc ici d'une mobilité largement imposée par l'évolution des structures économiques et sociales.

Poursuivre l'analyse du sujet dans une perspective historique.

On parle de mobilité structurelle lorsque le changement de position sociale est dû aux changements des structures économiques et sociales. Cette mobilité structurelle représente une part importante de la mobilité. Lorsque certains secteurs détruisent massivement des emplois, de nouveaux secteurs se développent, et ce sont eux qui favorisent la mobilité sociale ascendante. Cette

Présentation du concept-clé de mobilité structurelle.

mobilité est donc forcée, poussée par les transformations des structures économiques, même si l'on remarque la persistance d'une certaine immobilité sociale.

Exploitation des documents.

Le document 2 montre qu'en 2014-2015, 16,5 % des personnes de France métropolitaine âgées de 30 à 59 ans sont « cadres et assimilés », alors que c'était le cas pour 14,4 % de leurs pères, tandis que 18,9 % des individus sont « employés et ouvriers non qualifiés », alors que c'était le cas pour 13 % de leurs pères.

À partir des années 1970, le ralentissement économique et la dégradation du marché du travail ont entraîné un accroissement de la mobilité sociale descendante. On a pu évoquer alors une « panne de l'ascenseur social ». Les difficultés croissantes des jeunes diplômés et la persistance d'un chômage de masse ont aggravé les inégalités entre les générations et alimenté un sentiment de frustration face à des espoirs d'ascension sociale déçus.

Présentation du concept-clé de déclassement.

Selon le sociologue Camille Peugny, est déclassé tout individu qui ne parvient pas à maintenir la position sociale de ses parents. L'analyse sociologique retient donc l'angle de la mobilité intergénérationnelle : devenir employé ou ouvrier lorsque son père est cadre constitue une mobilité sociale descendante et une forme de déclassement social. Si l'augmentation de la mobilité intergénérationnelle descendante est au final assez limitée, elle alimente les angoisses collectives des familles, qui surestiment en partie le risque encouru de voir leur enfant déclassé. Cette crainte est liée au risque de la perte d'un emploi dans le secteur privé, à la dégradation des conditions de travail dans le secteur public et aux difficultés d'insertion professionnelle rencontrées par les jeunes.

Présentation de l'actualisation du concept de déclassement.

Le terme de déclassement a aussi été utilisé pour désigner le fait que certains individus sont surdiplômés par rapport au niveau de qualification requis pour le poste qu'ils occupent (déclassement à l'embauche). Si le diplôme reste le meilleur rempart contre le chômage, la valeur économique des diplômes a, quant à elle, diminué : être bachelier ne suffit plus pour accéder à des emplois de cadres ou même à des professions intermédiaires.

Toutefois, le document 3 montre qu'en 2014, les cadres supérieurs étaient 68 % à disposer d'un diplôme supérieur à bac + 2, tandis que les ouvriers n'étaient que 2 % dans ce cas.

Exploitation des documents.

B. L'institution familiale demeure incontournable pour améliorer l'égalité des chances de réussite scolaire, professionnelle et sociale

Présentation de l'interaction entre famille et école en matière d'égalité des chances.

L'analyse sociologique montre aussi que l'amélioration de l'égalité des chances et la mobilité sociale résultent de l'interaction de deux instances de socialisation fondamentales : l'école et la famille. Selon Bourdieu, les étudiants sont avant tout les héritiers d'un capital culturel (connaissances, maîtrise de la langue, diplômes) : depuis leur plus tendre enfance, les jeunes des milieux favorisés ont baigné dans un milieu cultivé, où la pratique de la langue est très proche du français enseigné à l'école. Dans la famille « cultivée », le jeune apprend la maîtrise de la parole, il est ouvert à l'art, à la lecture, à la musique, bref il acquiert lentement un capital culturel. Or, l'habitus des classes dominantes est très proche de la culture scolaire : les enfants de ces classes vont baigner dans la culture scolaire de manière très naturelle. Ils n'auront pas de peine à suivre à l'école puisque celle-ci va valider leurs dispositions acquises dans le milieu familial. Donc, pour Bourdieu, les aptitudes scolaires d'un jeune ne dépendent pas de ses dons naturels mais de l'affinité des habitudes culturelles de son milieu social avec les exigences de l'école. Les enfants des autres catégories sociales doivent faire plus d'efforts que les autres. L'échec scolaire n'est rien d'autre que l'exclusion progressive des classes sociales à faible capital culturel. On voit donc que la famille, par le fait qu'elle transmet des normes, des valeurs, mais aussi des capitaux, est d'abord reproductrice. Elle contribue donc à l'immobilité sociale. Mais elle peut aussi rendre possible la mobilité sociale : elle peut être le lieu de comportements rationnels et stratégiques, à la fois pour favoriser la réussite scolaire des enfants, mais aussi pour transmettre des capitaux indispensables à l'intégration économique et sociale.

Rappel de l'approche théorique de Bourdieu et du poids du capital culturel.

De plus, à résultats scolaires équivalents, l'origine sociale a une influence sur les vœux d'orientation. Certains sociologues mettent en avant le retour du rôle de l'héritage du capital économique dans la réussite scolaire, en raison du coût des études, et du rôle du capital social, soit schématiquement l'ensemble des relations sociales et donc la capacité de pouvoir faire intervenir ces « relations » et un carnet d'adresses pour bénéficier d'avantages divers (emplois, stages, etc.). En effet, on sait que les réseaux sociaux jouent un rôle important dans la rentabilité des diplômes acquis. Dès lors, on « hérite » d'un capital social ou d'un capital culturel comme d'un capital économique, et cet ensemble de capitaux peut s'accumuler au fil des générations et garantir (ou non) une ascension sociale. Les individus disposent donc d'une quantité inégale de ressources pour espérer une mobilité sociale (verticale) ascendante.

Présentation des approches théoriques qui insistent sur l'impact du capital économique et du capital social.

Conclusion

Pour résumer, l'école est bien une institution centrale au sein de nos sociétés, où la légitimité des positions sociales est fondée sur le diplôme plutôt que sur l'hérédité comme sous l'Ancien Régime. À l'heure où l'angoisse du déclassement social s'empare du cœur des classes moyennes, la persistance de l'inégalité des chances scolaires constitue une question politique-clé pour préserver les chances d'ascension sociale des enfants des classes les plus défavorisées.

Courte synthèse des principaux développements du devoir.

Le confinement et la continuité pédagogique, liés à la pandémie de Covid-19, ont mis en lumière les différents aspects, aux effets cumulatifs, des inégalités de chance de réussite scolaire selon les milieux d'origine. La question posée est plus que jamais d'actualité et actualisée.

Ouvrir sur des perspectives plus larges.

SUJET 18

BAC 2021
France métropolitaine

Quelle est l'action de l'école sur les destins individuels et sur l'évolution de la société ?

ÉPREUVE COMPOSÉE (PARTIE 1)

Vous distinguerez les processus de massification scolaire et de démocratisation scolaire.

Travail préparatoire

Analyser le sujet

Le sujet proposé s'inscrit dans le cadre du chapitre sur « l'action de l'école sur les destins individuels et sur l'évolution de la société ». La question posée dans ce chapitre porte sur la capacité de l'école à réduire les inégalités de chances de réussites scolaire, professionnelle et sociale des individus compte tenu des différentes dimensions de leur origine sociale.

Explicitement, le sujet invite à établir une distinction claire entre les effets de la massification scolaire (ou « démocratisation scolaire quantitative ») et la démocratisation scolaire (ou « démocratisation scolaire qualitative »).

Cette distinction permet de voir si l'objectif de réduction des inégalités de chances de réussites scolaire, professionnelle et sociale peut être atteint par une combinaison de mesures quantitatives et qualitatives.

Corrigé

Les textes en bleu apparaissant dans ce corrigé ne doivent pas figurer dans votre devoir. Nous les avons insérés pour vous guider et vous conseiller.

Les conseils du professeur

L'école peut être définie comme l'ensemble des institutions chargées de la formation des individus : écoles primaires, collèges, lycées, universités, etc.

Rappeler ce qu'est l'école.

L'école a pour finalité première la transmission des savoirs, savoir-faire et savoir-être. Elle a également pour mission de favoriser l'égalité des chances de réussites scolaire, professionnelle et sociale. L'école doit permettre qu'un individu puisse accéder à n'importe quelle position sociale, quels que soient son genre, sa catégorie sociale d'origine, sa religion, son origine ethnique… Concrètement, chaque élève devrait avoir les mêmes chances d'obtenir un diplôme valorisé et un emploi correspondant à ce diplôme.

Rappeler ce que sont les grands enjeux de l'école.

La massification scolaire désigne l'accès progressif au système d'enseignement des enfants qui en étaient autrefois exclus, car ils étaient issus de catégories sociales défavorisées.

Définir la notion de massification scolaire.

Concrètement, la massification scolaire se traduit par la hausse du nombre et du pourcentage d'individus en âge d'aller à l'école qui y accèdent effectivement.

Avant la fin du XIXe siècle, toutes les communes ne disposaient pas d'une école ; l'enseignement primaire était facultatif et le plus souvent dispensé par des religieux. Les lois Jules Ferry créent la première massification, celle de l'école élémentaire. Les autres niveaux (secondaire et supérieur) étaient, de fait, réservés aux enfants des classes supérieures. À partir de la fin des années 1950, une série de mesures permet d'étendre l'accès à l'enseignement secondaire.

Toutes ces réformes contribuent à allonger la scolarité et à conduire de plus en plus d'élèves au baccalauréat et vers l'enseignement supérieur. En particulier, la diversification des diplômes délivrés a permis l'accès des plus défavorisés au statut de bachelier.

Il s'agit d'une massification du système scolaire

secondaire et supérieur, appelée aussi « démocratisation scolaire quantitative ».

La démocratisation scolaire, appelée aussi « démocratisation scolaire qualitative » fait référence à une réduction des inégalités de chances de réussites scolaire et, *in fine*, professionnelle et sociale. Ce n'est pas seulement l'accès élargi à l'enseignement qui doit permettre de réduire ces inégalités de chances de réussite liées à l'origine sociale, c'est aussi la capacité du système scolaire à compenser les dotations initiales en connaissances, compétences et savoir-être.

Définir la notion de démocratisation scolaire.

Les études tendent à montrer que l'école ne supprime pas les inégalités, elle ne fait que les déplacer. En effet, les enfants de milieux populaires accèdent plus facilement au bac, mais ils sont en contrepartie massivement orientés vers les filières professionnelles, qui ne peuvent plus offrir les mêmes débouchés que les filières générales.

Commenter cette comparaison.

La démocratisation quantitative ne s'est donc pas accompagnée *ipso facto* d'une « démocratisation scolaire qualitative », susceptible de réduire les inégalités liées à l'origine sociale.

Le « paradoxe d'Anderson » permet d'illustrer les effets limités de l'école en matière d'égalisation des chances de réussites scolaire, professionnelle et sociale. Ce paradoxe, situation contraire à celle attendue, a été identifié par le sociologue Charles Anderson (1961). Le chercheur a montré que les enfants qui ont des diplômes plus élevés que leurs parents n'ont pas nécessairement une position sociale plus favorable. Malgré l'idéal de l'égalité des chances et le principe méritocratique qui la fonde, l'école n'a guère pu empêcher la persistance de l'inégalité des chances scolaires et les phénomènes de reproduction sociale.

Ouvrir la réponse à un champ d'analyse plus large.

Pour autant, la baisse de la valeur relative des diplômes sur le marché du travail ne doit pas conduire à penser que la massification scolaire était une erreur d'un point de vue économique, car elle a permis d'accroître le stock de capital humain et le niveau de formation de la main-d'œuvre, la rendant ainsi plus productive. Mais elle a entraîné une certaine désillusion face aux capacités du système scolaire à permettre une mobilité sociale ascendante.

SUJET 19

Quelle est l'action de l'école sur les destins individuels et sur l'évolution de la société ?

ÉPREUVE COMPOSÉE (PARTIE 2)

Le taux d'accès à un diplôme ou à un type de formation

Questions

1. Distinguez les processus de massification et de démocratisation scolaires.

2. En quoi le document montre-t-il la persistance d'inégalités dans l'accès à l'enseignement supérieur ?

DOCUMENT • *Le taux d'accès à l'enseignement supérieur selon l'origine sociale*

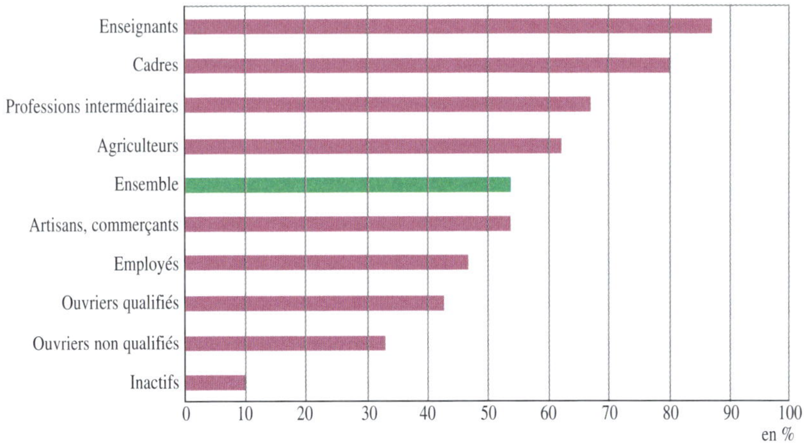

Source : DEPP, *Suivi après le baccalauréat des élèves entrés en sixième en 1995*.

Champ : France métropolitaine, personnes ayant réussi leur baccalauréat.

Lecture : 54 % des jeunes d'une génération accèdent à l'enseignement supérieur à la rentrée suivant leur réussite au baccalauréat, ou pour certains, un an plus tard. Ce taux est de plus de 80 % pour les enfants d'enseignants.

Travail préparatoire

Analyser le sujet

Le document est lié au thème de la démocratisation de l'école et permet d'observer des données statistiques sur les taux d'accès aux formations de l'enseignement supérieur en fonction du milieu social d'origine (la PCS ou certains métiers des parents). Il s'agit en particulier de raisonner par rapport à la donnée relative à l'ensemble de la population, afin de faire le constat précis d'un certain nombre d'inégalités liées à l'origine sociale des individus.

Corrigé

Les textes en bleu apparaissant dans ce corrigé ne doivent pas figurer dans votre devoir. Nous les avons insérés pour vous guider et vous conseiller.

Les conseils du professeur

1. Distinguez les processus de massification et de démocratisation scolaires.

La massification scolaire est l'expression employée pour désigner l'évolution quantitative des systèmes éducatifs dans lesquels un pourcentage très important de jeunes d'une génération accède à un niveau scolaire donné. En France, c'est l'ouverture du premier degré de l'enseignement secondaire à tous les élèves avec le « collège unique » dès les années 1970 qui a amorcé le phénomène. La démocratisation scolaire quant à elle peut se définir comme la réduction de l'effet de l'origine sociale sur la réussite scolaire : dans un système d'enseignement démocratique, l'accès aux niveaux les plus élevés ou aux filières les plus prestigieuses ne devrait dépendre que du talent ou des performances individuelles, en

Définir le phénomène et le situer dans le temps.

Distinguer la massification et la démocratisation.

vertu d'un principe méritocratique. Les sociologues distinguent généralement la démocratisation quantitative, lorsque la scolarité s'allonge et les inégalités se déplacent, et la démocratisation qualitative, lorsque la liaison entre l'origine sociale et la destinée scolaire s'affaiblit.

Distinguer les différentes formes de démocratisation scolaire.

2. En quoi le document montre-t-il la persistance d'inégalités dans l'accès à l'enseignement supérieur ?

Le document montre tout d'abord que le taux d'accès à l'enseignement supérieur est à un niveau relativement élevé : 54 %. Il précise aussi que le taux d'accès à l'enseignement supérieur des enfants de cadres est de 80 %, alors qu'il s'établit à seulement 32 % pour les enfants d'ouvriers non qualifiés, soit un écart de 48 points. On peut noter que les enfants de cadres, de professions intermédiaires et aussi d'agriculteurs, se situent au-dessus de la moyenne. On constate en particulier que le taux d'accès à l'enseignement supérieur des enfants d'enseignants est le plus élevé, à 87 %, tandis que celui des enfants d'employés n'est que de 47 %, et celui des enfants d'inactifs de seulement 10 %. On peut estimer, à travers ce document, que plus le niveau de diplôme des parents s'élève, plus le taux d'accès à l'enseignement supérieur des enfants est élevé. On peut remarquer également que les écarts peuvent être importants au sein d'une même catégorie : ainsi, le taux d'accès à l'enseignement supérieur présente un écart de 10 points entre les enfants des ouvriers qualifiés et les enfants des ouvriers non qualifiés, en faveur des premiers.

Analyser les données fournies par le document.

Insister sur les écarts les plus importants entre les catégories représentées.

SUJET 20

Quelle est l'action de l'école sur les destins individuels et sur l'évolution de la société ?

ÉPREUVE COMPOSÉE (PARTIE 3)

À l'aide de vos connaissances et du dossier documentaire, vous montrerez quels sont les différents facteurs explicatifs de l'inégalité des chances de réussite scolaire et sociale.

DOCUMENT 1 • *La proportion de bacheliers dans une génération selon la voie en France (en %)*

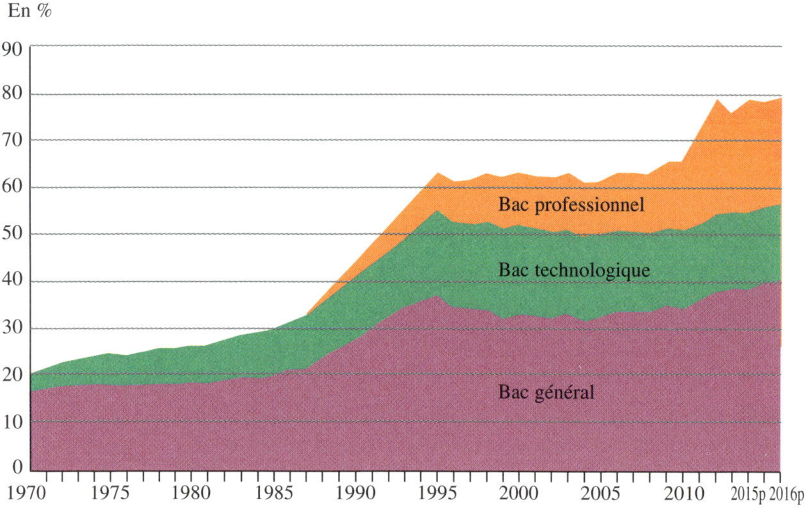

Source : ministère de l'Éducation nationale, *Repères et références statistiques*, 2016.

p : données provisoires.

Lecture : En 2016, la proportion de bacheliers dans une génération est de 78,8 %, avec 40,5 % de bacheliers généraux, 15,7 % de bacheliers technologiques et 22,6 % de bacheliers professionnels.

DOCUMENT 2

On peut poser que la position sociale visée pour son enfant est définie par référence à la position actuelle de la famille, l'ambition ayant un caractère fondamentalement relatif (thèse défendue par Boudon, 1973). Dans ce cas, des familles situées dans des positions inégales vont viser pour leur enfant des positions inégales. Ces visées inégales, les familles disposent de ressources inégales pour les faire aboutir. Elles sont de plus, dans leurs décisions, inégalement sensibles au risque et au coût attachés aux diverses alternatives. Le modèle de l'acteur rationnel formalisé par Boudon (1973), qui réalise un arbitrage entre un « bénéfice » escompté et des coûts (et des risques), s'est imposé depuis [...] pour comprendre les choix scolaires. Dans cette perspective, le principal facteur d'inégalité est donc la différenciation, en fonction de la position sociale, des champs de décision des acteurs.

Parmi les constats qui confortent ce modèle du stratège, il y a celui, régulièrement avéré, de l'existence, aux paliers d'orientation successifs, d'une auto-sélection socialement différenciée ; celle-ci résulterait de la valeur, inégale selon les milieux sociaux, de paramètres tels que le rendement des études (le niveau éducatif « suffisamment rentable » étant inégal selon les points de départ), le degré objectif de risque (inégal, dès lors que des inégalités sociales de réussite subsistent) ou encore la sensibilité plus ou moins grande aux coûts encourus dans les études envisagées.

Mais si, au vu des approches statistiques externes, « tout se passe comme si » les individus faisaient des choix rationnels, cela n'exclut pas qu'interviennent, dans les prises de décision concrètes, des différences dans le niveau d'information, les préférences, les visions du monde...

Source : Marie Duru-Bellat, « Les causes sociales des inégalités à l'école », *Comprendre*, octobre 2003.

DOCUMENT 3 • *La table de destinée : catégorie socioprofessionnelle du fils en fonction de la catégorie socioprofessionnelle du père (en %) en 2014-2015*

Catégorie socioprofessionnelle du père	Catégorie socioprofessionnelle du fils						
	Agriculteur	Artisan, commerçant, chef d'entreprise	Cadre et profession intellectuelle supérieure	Profession intermédiaire	Employé	Ouvrier	Ensemble
Agriculteur	25	8	8,8	18,6	7,1	32,5	100
Artisan, commerçant, chef d'entreprise	0,8	20,3	22,2	22,9	9,5	24,3	100
Cadre et profession intellectuelle supérieure	0,2	8	47	25,7	9,1	10	100
Profession intermédiaire	0,7	7,9	25,5	31,5	11,3	23,1	100
Employé	0,5	6,8	16,3	26,1	16,6	33,6	100
Ouvrier	0,5	7,4	9,4	22,9	12,3	47,6	100
Ensemble	2,6	9,2	19,3	24,5	11,3	33	100

Source : Insee, juillet 2017.

Champ : France métropolitaine, hommes âgés de 30 à 59 ans qui travaillent ou ont déjà travaillé à la date de l'enquête.

Travail préparatoire

Analyser le sujet

Le sujet invite le candidat à montrer que l'inégalité des chances de réussite scolaire, professionnelle et sociale s'explique par de nombreux facteurs complémentaires. Il conviendra également de rappeler que cette inégalité des chances a baissé, dans le long terme, avec la massification scolaire et l'accès obligatoire à l'école pour tous. Cependant, il ne faudra pas oublier de mentionner que des inégalités de chance persistent selon l'origine sociale et d'en présenter les principales explications. La massification scolaire ne se traduit pas automatiquement par une démocratisation scolaire. Enfin, le candidat ne devra pas omettre d'établir le lien logique qui existe entre la problématique de l'inégalité des chances et celle de la mobilité sociale.

Analyser les documents

Document 1

Le document 1 présente l'évolution de la proportion de bacheliers dans une génération selon la voie (série générale, série technologique ou cursus professionnel) en France (en pourcentage) entre 1970 et 2016. On peut observer que la proportion de bacheliers dans une génération a nettement augmenté, passant d'environ 20 % en 1970 à environ 80 % en 2016, soit une hausse de 60 points. Dans le détail, on peut noter que la proportion de bacheliers est passée de 16 % à environ 40 % pour l'enseignement général, de 4 % à environ 15 % pour l'enseignement technologique, de 0 % en 1985 (création du bac professionnel en décembre 1985) à environ 23 % pour l'enseignement professionnel en 2016. Le processus de massification scolaire est clairement validé par les évolutions statistiques. On peut distinguer trois grandes périodes :

– une hausse lente des proportions de bacheliers entre 1970 et 1985 ;
– une accélération très nette entre 1985 et 1995 ;
– une stabilisation entre 1995 et 2010.

Enfin, on peut noter une forte hausse de la part des bacheliers professionnels depuis 2010.
Le processus de massification scolaire est donc un processus non linéaire. Les changements de tendance dans ces évolutions s'expliquent par les différentes réformes de l'école qui ont été menées afin d'adapter l'offre scolaire à la demande de l'économie.

Document 2

Le document 2 est un extrait d'un texte rédigé par une sociologue spécialisée sur les questions relatives à l'école. Marie Duru-Bellat décrypte la théorie des choix rationnels de Raymond Boudon selon laquelle la persistance de l'inégalité des chances de réussite scolaire est due aux décisions des familles. En effet, lors des différents seuils d'orientation, les enfants effectuent des choix de poursuite d'études socialement différenciés en fonction d'un calcul coût/bénéfice de ces études, et de la valorisation plus ou moins grande des études en fonction de leur rendement escompté. Ainsi, selon l'analyse de Raymond Boudon, « des familles situées dans des positions inégales vont viser pour leurs enfants des positions inégales ». L'explication de ce phénomène de désillusion face à l'école et à sa promesse d'égalité des chances tient à la dévalorisation relative des diplômes et au paradoxe d'Anderson : la demande scolaire a fortement augmenté tandis que le nombre de postes de cadres sur le marché du travail n'a pas augmenté au même rythme. La compétition scolaire s'est par ailleurs intensifiée et les stratégies des familles se sont développées pour favoriser la réussite des enfants.

Document 3

Le document 3 est une table de destinée, un tableau à double entrée qui croise la catégorie socioprofessionnelle du fils en fonction de la catégorie socioprofessionnelle du père (en pourcentage) en 2014-2015. En France, la mobilité sociale est étudiée à partir des enquêtes FQP (formation, qualification professionnelle) de l'Insee, effectuées tous les 7 à 8 ans. L'étude porte sur un échantillon représentatif d'hommes actifs dont l'âge est compris entre 30 et 59 ans. Ceux-ci déclarent la position qu'occupaient leurs pères au moment de la fin de leurs propres études : on détermine ainsi leur origine sociale. La position des personnes interrogées au moment de l'enquête constitue leur position sociale (ou destinée sociale). Pour mesurer la mobilité sociale, on utilise des tables de mobilité : les tables d'origine ou de recrutement et les tables de destinée. Les tables mesurant les flux de mobilité intergénérationnelle sont des tableaux croisés à double entrée où sont représentés en colonne le groupe socioprofessionnel du fils et en ligne celui du père. Seuls les actifs occupés, c'est-à-dire les hommes âgés de 30 à 59 ans qui travaillent ou ont déjà travaillé à la date de l'enquête (ou plus récemment les femmes actives) classés par PCS (professions et catégories socioprofessionnelles), sont pris en compte. Les chômeurs, les retraités ou les préretraités (inactifs) sont classés dans leur dernière position d'activité.

La table de destinée du document 3 permet d'indiquer ce que deviennent, ou sont devenus, les fils des pères d'une catégorie donnée. Elle permet donc d'apporter une réponse à la question des chances des individus, issus d'un milieu social donné, d'accéder aux différentes positions sociales. Dans une table de destinée, la diagonale (appelée « diagonale de la reproduction ») mesure l'importance de l'hérédité sociale et l'immobilité sociale intergénérationnelle. Autrement dit, elle indique le pourcentage de fils qui appartiennent à la même PCS que leur père. Ainsi, on peut observer qu'en France en 2015 :
– 25 % des fils d'agriculteurs sont devenus ou restés agriculteurs ;
– 20,3 % des fils d'artisans, de commerçants et de chefs d'entreprise sont devenus ou restés artisans, commerçants et chefs d'entreprise ;
– 47 % des fils de cadres sont devenus ou restés cadres ;
– 31,5 % des fils des professions intermédiaires sont devenus ou restés des professions intermédiaires ;
– 16,6 % des fils d'employés sont devenus ou restés employés ;
– 47,6 % des fils d'ouvriers sont devenus ou restés ouvriers.

On peut donc constater que l'hérédité sociale est très élevée pour les fils de cadres (47 %) et d'ouvriers (47,6 %). Environ un fils de cadre sur deux reste cadre et un fils d'ouvrier sur deux reste ouvrier. Ce sont des PCS plutôt fermées du point de vue de la destinée. L'égalité des chances et la fluidité sociale y sont probablement faibles : leur destinée sociale dépend fortement de leur origine sociale. Par exemple,

seulement 10 % (1 sur 10) des fils de cadres deviennent ouvriers. Les « chances » de déclassement social sont faibles. De même, seulement 9,4 % (quasiment 1 sur 10) des fils d'ouvriers deviennent cadres. Les chances de promotion sociale sont faibles.
En revanche, les autres PCS sont beaucoup plus ouvertes : l'hérédité sociale y est beaucoup plus faible. Ainsi, environ un fils d'employé sur six (16,6 %) reste employé, un fils d'artisan, de commerçant ou de chef d'entreprise sur 5 (20,3 %) reste dans la même PCS, un fils d'agriculteur sur 4 (25 %) reste agriculteur et un fils de profession intermédiaire sur 3 (31,5 %) reste dans une profession intermédiaire. Dans ces PCS, l'égalité des chances et la fluidité sociale sont probablement plus fortes. Par exemple, 33,6 % (1 sur 3) des fils d'employés deviennent ouvriers, illustrant une mobilité plutôt horizontale. De plus, 26,1 % (1 sur 4) des fils d'employés deviennent des professions intermédiaires et 16,3 % (1 sur 6) deviennent cadres. Les chances de promotion sociale sont assez significatives.

Problématiser le sujet

Le sujet invite le candidat à s'interroger sur les déterminants qui expliquent la persistance des inégalités de réussite à l'école entre les groupes sociaux. Il s'agira de montrer que l'école a connu une phase de démocratisation avec un meilleur accès de tous les groupes sociaux aux études secondaires et supérieures, mais avec un poids toujours important du milieu social d'origine, dans l'accès aux filières les plus prestigieuses notamment.

Proposition de plan

I. La démocratisation scolaire permet d'améliorer l'égalité des chances de réussite scolaire

A. La démocratisation quantitative permet d'améliorer l'égalité des chances de réussite scolaire

B. La démocratisation qualitative permet d'améliorer l'égalité des chances de réussite scolaire

II. L'égalité des chances de réussite scolaire est limitée par l'hérédité sociale qui renforce les inégalités de chance de réussite professionnelle et sociale

A. Le « paradoxe d'Anderson » illustre le décalage entre massification et démocratisation scolaire

B. Le poids de l'origine sociale dans la réussite scolaire…

C. … réduit l'ampleur de la fluidité sociale

Corrigé

Les textes en bleu apparaissant dans ce corrigé ne doivent pas figurer dans votre devoir. Nous les avons insérés pour vous guider et vous conseiller.

Les conseils du professeur

Introduction

Les effets combinés de la pandémie de Covid-19 et du confinement qui en a découlé en France, entre le 17 mars et le 11 mai 2020, ont renvoyé chez eux professeurs et élèves. Cet arrêt des enseignements dans des conditions normales, dans les établissements, s'est accompagné de la mise en place d'une continuité pédagogique s'appuyant sur la mobilisation d'outils numériques divers. Logiquement, ce qu'il est convenu d'appeler la fracture numérique (les inégalités d'accès à un ordinateur, à Internet, aux différents supports proposés par les professeurs…) s'est manifestée avec force tant les inégalités sont grandes entre les élèves provenant de milieux sociaux si hétérogènes.

Rédiger une accroche à dominante historique pour ancrer le sujet.

L'école, entendue comme l'ensemble des systèmes de formation initiale, de la maternelle à l'enseignement supérieur, occupe une place centrale et joue un rôle majeur dans le fonctionnement de nos sociétés et de nos économies.

Définir les termes principaux du sujet.

Cette inégalité des chances de réussite scolaire, constatée et admise, entraîne des inégalités de chance de réussite professionnelle et sociale. Il est donc légitime de se demander quels sont les différents facteurs explicatifs de l'inégalité des chances de réussite scolaire.

Reformuler l'intitulé du sujet pour le rendre plus clair.

Dans une première partie, nous montrerons que les processus de massification et de démocratisation scolaires ont permis d'améliorer sensiblement l'égalité des chances de réussite scolaire. Puis, dans une seconde partie, nous verrons que cette égalisation des chances de réussite scolaire est limitée par l'hérédité sociale et qu'elle entraîne des inégalités de réussite professionnelle et sociale.

Annoncer la structure de l'argumentation et le plan.

I. La démocratisation scolaire permet d'améliorer l'égalité des chances de réussite scolaire

L'école est un déterminant majeur de l'égalité des chances de réussite professionnelle et sociale, donc de la mobilité sociale, dans une société fondée sur le principe du mérite.

Court paragraphe introductif.

A. La démocratisation quantitative permet d'améliorer l'égalité des chances de réussite scolaire

Au XIXe siècle, à l'époque des lois Ferry, l'école cherche à donner une instruction minimale aux classes populaires. Seule une minorité d'élèves accèdent au bac. Jusqu'à la fin des années 1960, à peine un cinquième des élèves environ obtient le bac. Dans les décennies 1970 et 1980, on assiste à une augmentation forte et continue des effectifs scolarisés, notamment au lycée. Le nombre de bacheliers augmente rapidement et la population étudiante progresse fortement : on parle de « massification scolaire » ou de « démocratisation quantitative », dans la mesure où l'école n'est plus réservée à une élite.

Placer l'analyse du sujet dans une perspective historique.

Définition du concept-clé de massification ou de démocratisation quantitative.

On peut observer, dans le document 1, l'évolution de la proportion (en pourcentage) de bacheliers dans une génération selon la voie suivie, en France, entre 1970 et 2016. La proportion de bacheliers dans une génération a nettement augmenté, passant d'environ 20 % en 1970 à

Exploitation du document en donnant du sens aux données statistiques.

environ 80 % en 2016 (soit une hausse de 60 points). Le processus de massification scolaire est clairement validé par les évolutions statistiques. Enfin, on peut noter une forte hausse de la part des bacheliers professionnels depuis 2010.

Ce processus de massification scolaire, ou de démocratisation quantitative, s'est accompagné d'un processus de démocratisation au sens qualitatif, c'est-à-dire de réduction des inégalités de chances de réussite scolaire.

Court paragraphe de transition.

B. La démocratisation qualitative permet d'améliorer l'égalité des chances de réussite scolaire

Au cours du xxe siècle, le nombre d'enfants scolarisés a été en augmentation. La proportion de bacheliers parmi les jeunes a fortement progressé mais le nombre de postes de cadres ou de professions intermédiaires n'ayant pas augmenté dans le même temps de la même façon, une partie des nouveaux diplômés n'a pas pu trouver d'emplois à des niveaux auxquels ils auraient pu prétendre. Ainsi, pendant la période de l'après-guerre, marquée par un certain dynamisme de la mobilité sociale dans un contexte d'intenses changements dans la structure des emplois, c'est en grande partie l'école qui a permis de sélectionner, parmi les enfants d'ouvriers ou d'employés, ceux qui étaient les plus aptes à exercer ces nouveaux emplois qualifiés et qui a donc permis une ascension sociale.

Poursuivre l'analyse du sujet dans une perspective historique.

Dans les sociétés contemporaines, le diplôme est souvent le sésame pour intégrer le marché du travail et connaître une promotion dans le monde de l'entreprise. La possibilité de faire des études et de décrocher un diplôme de niveau de plus en plus élevé facilite l'obtention d'un emploi plus qualifié et plus stable, et permet l'accession à un statut social plus élevé. En revanche, être dépourvu de diplôme réduit les chances de trouver un emploi qualifié et interdit de fait toutes les chances d'atteindre une position sociale plus favorable.

Évoquer la contribution de l'école et du diplôme à la réduction de l'inégalité des chances de réussite.

Pour autant, ce processus de démocratisation scolaire s'accompagne paradoxalement d'un maintien des inégalités de chances de réussite scolaire.

Courte phrase pour annoncer la partie II.

II. L'égalité des chances de réussite scolaire est limitée par l'hérédité sociale qui renforce les inégalités de chance de réussite professionnelle et sociale

Si les inégalités d'accès à l'école se sont réduites, les inégalités d'accès aux diplômes se sont déplacées mais elles n'ont pas disparu.

Courte phrase introductive.

A. Le « paradoxe d'Anderson » illustre le décalage entre massification et démocratisation scolaire

Le « paradoxe d'Anderson » est une situation identifiée par le sociologue Charles Anderson en 1961. Il désigne le phénomène selon lequel les enfants qui ont des diplômes plus élevés que leurs parents n'ont pas nécessairement une position sociale plus favorable. Le niveau général d'instruction s'élève mais les inégalités ne se réduisent pas pour autant. Cela signifie que les inégalités d'accès aux diplômes se sont en fait déplacées mais n'ont pas disparu. La possibilité de faire des études ne garantit pas automatiquement l'obtention d'un statut social gratifiant et d'un emploi stable, mais être dépourvu de diplôme interdit de fait toute mobilité sociale. La baisse de la valeur relative des diplômes sur le marché du travail a entraîné une certaine désillusion face aux capacités du système scolaire à permettre une mobilité sociale ascendante. Au fur et à mesure que les études s'allongent, les enfants de cadres supérieurs sont surreprésentés alors que les enfants d'ouvriers sont sous-représentés.

Présentation du « paradoxe d'Anderson » et des effets limités de l'école en matière d'égalité des chances.

B. Le poids de l'origine sociale dans la réussite scolaire...

Selon le sociologue Pierre Bourdieu, la famille est le lieu privilégié de la transmission d'un héritage à la fois économique, social et culturel. L'habitus, l'ensemble des manières de faire et de penser qui permet aux individus de se comporter « naturellement » dans l'espace social (et qui leur donne le « sens pratique »), transmis depuis la naissance, pèse lourd dans la réussite scolaire. L'habitus est générateur de pratiques, notamment culturelles. Si

Présentation de la thèse de Bourdieu : le rôle de l'habitus et du capital culturel pour expliquer les inégalités de chance de réussite scolaire.

cette transmission symbolique est cachée, elle n'en a pas moins des effets puissants. L'école transmet et légitime ainsi le capital culturel des familles favorisées, et les chances de réussite scolaire, qui légitiment la hiérarchie sociale, sont très inégalement réparties entre les classes sociales. La famille, par le biais de l'école, conduit de ce fait à reproduire les inégalités sociales. Les réseaux sociaux familiaux peuvent également jouer un rôle important en termes de capital social et d'insertion professionnelle, afin de garantir la rentabilité des diplômes.

Dans le document 2, Marie Duru-Bellat décrypte la théorie des choix rationnels de Raymond Boudon selon laquelle la persistance de l'inégalité des chances de réussite scolaire est due aux décisions des familles. En effet, lors des différents seuils d'orientation, les enfants effectuent des choix de poursuite d'études socialement différenciés en fonction d'un calcul coût/bénéfice de ces études, et de la valorisation plus ou moins grande des études en fonction de leur rendement escompté. L'explication de ce phénomène de désillusion face à l'école et à sa promesse d'égalité des chances tient à la dévalorisation relative des diplômes : la demande scolaire a fortement augmenté tandis que le nombre de postes de cadres sur le marché du travail n'a pas augmenté au même rythme. La compétition scolaire s'est par ailleurs intensifiée et les stratégies des familles se sont développées pour favoriser la réussite des enfants.

Présentation de la thèse de Boudon : le rôle des stratégies familiales et du calcul coût/bénéfice des études pour expliquer les inégalités de chance de réussite scolaire.

Ces inégalités de chances de réussite scolaire vont se traduire par des inégalités de chances de réussite professionnelle et sociale, qui s'observeront notamment dans les tables de mobilité, plus précisément de destinée sociale.

Courte phrase de transition.

C. ... réduit l'ampleur de la fluidité sociale

La table de destinée du document 3 indique ce que deviennent, ou sont devenus, les individus (fils de leur père) d'une profession et catégorie socioprofessionnelle (PCS) donnée. Cette table de mobilité permet de mesurer les chances des individus, issus d'un milieu social donné, d'accéder aux différentes positions sociales. On peut

Exploitation du document en donnant du sens aux données.

observer qu'en France, l'hérédité sociale est très élevée pour les fils de cadres (47 %) et d'ouvriers (47,6 %). Environ un fils de cadre sur deux reste cadre et un fils d'ouvrier sur deux reste ouvrier. Ce sont des PCS fermées du point de vue de la destinée. L'égalité des chances et la fluidité sociale y sont faibles. Seulement 10 % (1 sur 10) des fils de cadres deviennent ouvriers. Les « chances » de déclassement social sont faibles. De même, seulement 9,4 % (quasiment 1 sur 10) des fils d'ouvriers deviennent cadres. Les chances de promotion sociale sont faibles.
En revanche, les autres PCS sont plus ouvertes, et l'hérédité sociale y est plus faible. Ainsi, environ un fils d'employé sur six (16,6 %) reste employé, un fils d'artisan, de commerçant ou de chef d'entreprise sur 5 (20,3 %) reste dans la même PCS, un fils d'agriculteur sur 4 (25 %) reste agriculteur et un fils de profession intermédiaire sur 3 (31, 5%) reste dans une profession intermédiaire.
Mais, en définitive, la fluidité sociale apparaît bien faible au regard des processus de démocratisation scolaire.

Conclusion

Nous avons pu constater que l'école occupe une position centrale dans nos sociétés. Les impacts de la pandémie de Covid-19 et du confinement nous l'ont rappelé avec force. L'école est un facteur-clé du processus de détermination des positions professionnelles et sociales. Si les processus conjugués de massification et de démocratisation scolaires ont permis de réduire les inégalités de chances de réussite scolaire, celles-ci persistent et peuvent même se renforcer lors de graves crise économiques et sociales. Le poids de la famille et de l'hérédité sociale, déjà très lourd, s'est accru.

Courte synthèse des principaux développements du devoir.

Dans ces conditions, il semble impératif de repenser la place de l'école dans l'organisation de notre économie et de notre société, et de revoir en profondeur son fonctionnement pour réduire davantage les inégalités de chances de réussites scolaire, professionnelle et sociale.

Ouvrir sur des perspectives plus larges.

SUJET 21

Quelles mutations du travail et de l'emploi ?

DISSERTATION

Dans quelle mesure les formes post-tayloriennes d'organisation du travail ont-elles remis en cause les principes du taylorisme ?

DOCUMENT 1 • *Taylor et l'organisation scientifique du travail (OST)*

Pour Taylor, l'amélioration de la productivité passe par un meilleur contrôle sur l'activité réelle des ouvriers. Il énonce alors les grands principes de son organisation scientifique du travail (OST).

Le fondement de son système est l'analyse scientifique des gestes, des temps, des pauses. La suppression des gestes inutiles, la décomposition des opérations, l'analyse des outils employés doivent permettre de trouver la méthode de production la plus efficace pour chaque ouvrier, *the one best way*. Taylor propose ainsi une division horizontale du travail où chaque ouvrier se voit confier quelques tâches élémentaires bien délimitées.

Le second principe du taylorisme est la séparation entre le travail de conception et le travail d'exécution (division verticale du travail). Les travailleurs ne peuvent pas faire eux-mêmes l'analyse scientifique de leurs tâches, et seuls des experts en organisation ont les compétences pour préparer le travail (c'est le « bureau des méthodes »). Cette division entre exécutants et direction permet aussi une plus grande efficacité des ouvriers qui peuvent se concentrer au maximum sur la répétition de quelques gestes simples.

Jean Yves Capul, Olivier Garnier, *Dictionnaire d'économie et de sciences sociales*, Hatier, 1994.

DOCUMENT 2 • *L'évolution des contraintes physiques dans l'emploi en France entre 1984 et 2016 : les rythmes de travail (contrôles hiérarchiques, contrôle ou suivi informatisé)*

		Proportion (en %) de salariés qui déclarent que leur rythme de travail est imposé par :	
Années	**Effectifs (en milliers)**	**Un contrôle hiérarchique permanent**	**Un contrôle hiérarchique informatisé**
1984	17 602	17,4	*
1991	18 801	22,9	*
1998	19 517	29,1	*
2005	22 251	29,7	24,7
2013	22 859	31,5	35,6
2016	23 236	30,6	35,5

* Question non posée l'année *n* ou effectifs insuffisants.

Source : Dares, *Contraintes physiques et intensité du travail, Synthèse Stat'* n° 24, février 2019.

Champ : ensemble des salariés ; France métropolitaine.

Lecture : En 2016, 30,6 % des salariés déclarent que leur rythme de travail est imposé par un contrôle hiérarchique permanent.

DOCUMENT 3 • *L'évolution des contraintes physiques dans l'emploi en France entre 1984 et 2016 : le travail à la chaîne ou sous contrainte automatique (en %)*

Années	**Effectifs (en milliers)**	**Proportion (en %) de salariés qui déclarent travailler à la chaîne***
1984	17 602	2,8
1991	18 801	3,5
1998	19 517	3,5
2005	22 251	3,5
2013	22 859	4,1
2016	23 236	5,4

* Travail à la chaîne ou rythme de travail soumis à la cadence d'une machine ou rythme de travail dépendant du déplacement automatique d'un produit ou d'une pièce.

Source : Dares, *Contraintes physiques et intensité du travail, Synthèse Stat'* n° 24, février 2019.

Champ : ensemble des salariés ; France métropolitaine.

Lecture : En 2016, 5,4 % des salariés déclarent travailler à la chaîne.

DOCUMENT 4 • *Le néotaylorisme et le cas de l'entreprise McDonald's*

Un McDo est une véritable petite usine. Un restaurant compte en moyenne quarante salariés, chez McDo on dit des équipiers, pour la plupart employés à temps partiel. Il s'agit très souvent d'étudiants qui travaillent pour payer leurs études. [...] L'organisation est élaborée et invariable : à la tête du restaurant, on trouve un « store manager » avec, à ses côtés, un certain nombre de « managers », souvent quatre ou cinq, car il faut qu'au moins l'un d'entre eux soit présent en permanence pendant toute la durée d'ouverture du restaurant. Et cette durée peut dépasser 120 heures par semaine, de 7 h 30 à 1 h le lendemain matin. 7 jours sur 7. Les équipements ne chôment pas plus que les équipiers ! [...] En descendant la hiérarchie, on trouve ensuite les « swing managers », les responsables de zone. Chaque restaurant est en effet divisé en trois zones : la salle, les caisses et la cuisine. En caisse, les cadences sont définies par la demande des clients, mais en cuisine, la plupart des équipements, identiques partout, sont pourvus de minuteurs et sonnent pour réclamer l'intervention de l'équipier de service. Les différentes opérations sont minutieusement définies dans des manuels de procédures, identiques elles aussi pour tous les restaurants. Qui a dit que l'époque du travail taylorisé était terminée ?

Guillaume Duval, *L'Entreprise efficace à l'heure de Swatch et de McDonald's*, Syros, 2000.

Travail préparatoire

Analyser le sujet

Le sujet invite le candidat à s'interroger sur les principes fondamentaux des formes typiques d'organisation du travail qui sont habituellement distinguées, en particulier dans le programme de terminale en sciences économiques et sociales. L'intérêt, et l'impératif, est de présenter les principes de base du taylorisme-fordisme et leurs limites, afin de pouvoir expliquer le développement et la diffusion de nouvelles formes d'organisation du travail visant à dépasser ces limites en proposant d'autres logiques d'organisation du travail. Le candidat devra montrer que ces dernières, bien loin de se substituer aux premières, vont se développer parallèlement en imposant d'autres formes de contraintes et en rencontrant leurs propres limites.

Analyser les documents

Document 1

Le texte rappelle que le taylorisme repose sur une double division du travail : une division verticale du travail (DVT) avec le principe de la séparation entre la conception des tâches et leur exécution, et une division horizontale du travail (DHT) avec le principe de la parcellisation des tâches : un ouvrier et un seul se verra confier chacune des opérations élémentaires. Dans le cas de la DVT, les travailleurs du bureau des méthodes conçoivent les tâches que devront exécuter les travailleurs peu qualifiés et décident de la répartition de ces tâches (DHT, parcellisation des tâches).

Document 2

Le tableau permet d'observer certains aspects de l'évolution des contraintes physiques dans l'emploi en France entre 1984 et 2016 en s'appuyant sur les rythmes de travail en fonction de la nature du contrôle : contrôles hiérarchiques, contrôle ou suivi informatisé. On peut retenir qu'en France, en 2016, 30,6 % des salariés déclarent que leur rythme de travail est imposé par un contrôle hiérarchique permanent contre 17,4 % en 1984. De ce point de vue, le contrôle de type taylorien s'est donc renforcé. De surcroît, et simultanément, on observe l'apparition et le renforcement du contrôle informatisé entre 2005 et 2016. En 2005, 24,7 % des salariés déclarent que leur rythme de travail est imposé par un contrôle informatisé. Ce pourcentage monte à 35,5 % en 2016. De ce point de vue, le contrôle de type toyotiste s'est donc également accentué.

Document 3

Ce second tableau de la Dares permet d'observer d'autres aspects de l'évolution des contraintes physiques dans l'emploi en France entre

1984 et 2016 : le travail à la chaîne ou le travail sous contrainte automatique. On peut retenir qu'en France, en 2016, 5,4 % des salariés déclarent travailler à la chaîne ou sous contrainte automatique. Ils étaient 2,8 % en 1984. Ce pourcentage a donc nettement augmenté, même s'il reste relativement faible : environ un salarié sur 20. La contrainte, exercée par un contrôle de nature taylorienne (liée au travail à la chaîne) ou toyotiste (automatique), existe toujours, et elle est vécue comme telle par de nombreux salariés.

Document 4

Guillaume Duval montre comment le néotaylorisme s'applique dans les services en s'appuyant notamment sur le cas de l'entreprise McDonald's. La division verticale du travail et la standardisation taylorienne des procédures sont claires et nettes. Verticalement, il y a un « store manager », des « managers », les « swing managers » et le personnel de base. Chaque restaurant est en effet divisé en trois zones (la salle, les caisses et la cuisine) selon une forme de parcellisation des tâches (DHT). Les différentes opérations sont minutieusement définies dans des manuels de procédures, identiques elles aussi pour tous les restaurants.

Enfin, selon une logique toyotiste, en caisse, les cadences sont définies par la demande des clients, mais en cuisine, la plupart des équipements, identiques partout, sont pourvus de minuteurs et sonnent pour réclamer l'intervention de l'équipier de service.

Problématiser le sujet

L'intérêt du sujet est de conduire le candidat à réfléchir aux effets des changements majeurs observés dans l'organisation du travail afin de montrer que, même si les changements sont importants, tout ne change pas. Le « neuf » ne remplace pas complètement le « vieux » : les nouvelles formes d'organisation du travail (NFOT) ne suppriment pas les contraintes mais en changent la nature. En résumé, comme souvent en économie, la nuance est de rigueur, comme dans tout sujet de nature dialectique.

Proposition de plan

I. Les principes du toyotisme remettent en cause ceux du taylorisme-fordisme
   A. Les principes rigides du taylorisme-fordisme et leurs limites
   B. Les principes du toyotisme : adaptation à la demande et flexibilité de l'organisation productive

II. La persistance des logiques du taylorisme-fordisme
   A. L'amélioration des conditions de travail des salariés doit être relativisée
   B. Le néotaylorisme : la persistance du taylorisme

Corrigé

Les textes en bleu apparaissant dans ce corrigé ne doivent pas figurer dans votre devoir. Nous les avons insérés pour vous guider et vous conseiller.

Les conseils du professeur

Introduction

D'un point de vue historique, l'analyse de l'évolution de l'organisation du travail peut nous conduire à distinguer, d'une part, la période des Trente Glorieuses caractérisée, dans la plupart des pays développés, par un mode d'organisation du travail inspiré des principes du taylorisme et du fordisme, et d'autre part, la période qui aurait débuté à la fin des années 1960 et qui se caractériserait par l'émergence progressive de nouvelles formes d'organisation du travail (NFOT), ayant pour objectif de dépasser la double crise du « taylorisme-fordisme ». Ces NFOT, de type toyotiste, se seraient généralisées depuis le début des années 1980 dans l'ensemble des pays développés à économie de marché (PDEM).

Accroche : ouvrir le sujet sur une mise en perspective historique.

L'organisation du travail désigne la manière dont sont combinés les facteurs de production dans les entreprises qui souhaitent atteindre l'efficacité optimale en matière

Définir les concepts-clés.

d'utilisation de ces derniers. Un changement d'organisation du travail répond donc à un besoin fondamental que doit satisfaire toute entreprise dans une économie capitaliste de marché, qui consiste à mettre en œuvre tous les moyens possibles pour faire progresser la productivité par travailleur dans l'entreprise. Il pourrait alors en résulter une meilleure compétitivité de l'entreprise sur les différents marchés, cette compétitivité, quelle que soit sa nature, étant une condition de sa rentabilité et donc de sa survie.

Les nouvelles formes d'organisation du travail correspondent, au sens strict, aux mutations induites par le toyotisme à partir de la fin des années 1960 et initiées dans les usines Toyota par l'ingénieur japonais Taiichi Ohno.

La nature des changements observés nous invite à nous interroger sur l'ampleur des modifications apportées à l'organisation du travail dans les entreprises. Autrement dit, dans quelle mesure ces nouvelles formes d'organisation du travail se distinguent-elles du taylorisme-fordisme ? En quoi remettent-elles concrètement en cause les principes auparavant dominants dans ce domaine ? En quoi représentent-elles des solutions efficaces aux problèmes posés par le taylorisme-fordisme ?

Poser la problématique.

Pour répondre à ces questions, nous verrons, dans un premier temps, que les propriétés des nouvelles formes d'organisation du travail se traduisent par un dépassement des contradictions internes du taylorisme-fordisme. Cependant, dans une seconde partie, nous montrerons le caractère partiel des changements et des solutions apportées par ces mêmes nouvelles formes d'organisation du travail.

Annoncer le plan.

I. Les principes du toyotisme remettent en cause ceux du taylorisme-fordisme

Compte tenu des rigidités inhérentes à l'organisation taylorienne du travail, le toyotisme s'est développé en s'appuyant sur une exigence de flexibilité.

Courte introduction.

A. Les principes rigides du taylorisme-fordisme et leurs limites

Présenter les concepts-clés.

Utiliser les documents du dossier.

Les principes du taylorisme-fordisme engendrent un cercle vertueux. Le document 1 rappelle clairement que le taylorisme est fondé sur une double division du travail : une division verticale du travail avec le principe de la séparation entre la conception des tâches et leur exécution, et une division horizontale du travail avec le principe de la parcellisation des tâches : un ouvrier et un seul se verra confier chacune des opérations élémentaires. Dans le cas de la division verticale du travail, les travailleurs du bureau des méthodes conçoivent les tâches que devront exécuter les travailleurs peu qualifiés et décident de la répartition de ces tâches (division horizontale du travail, parcellisation des tâches).

La division horizontale du travail implique une parcellisation des tâches (qui sont décomposées en opérations élémentaires). La division verticale du travail, qui sépare la conception et l'exécution, débouche sur un système pyramidal quasi militaire où les services sont cloisonnés les uns par rapport aux autres ; les communications sont rares, notamment entre la base et le sommet. L'ouvrier spécialisé apparaît ici comme un salarié déqualifié et étroitement soumis à la direction (Taylor insistait sur l'obéissance que l'ouvrier doit manifester à tout instant et sur la prescription minutieuse de l'ensemble des tâches à accomplir). En contrepartie, le salarié est doté d'un emploi stable et travaille selon des horaires réguliers.

À ces principes fondamentaux, Ford ajoute en particulier le travail à la chaîne (avec l'introduction du convoyeur) et la standardisation du produit. Ces deux innovations sont liées : la production de masse de produits standardisés est cohérente avec la rigidité de la chaîne de montage. La production fordienne se caractérise par la primauté accordée à la quantité (aux dépens de la qualité du produit). L'offre détermine la demande et les goûts des consommateurs, plutôt homogènes et stables, ne font pas l'objet d'études spéciales.

Le taylorisme-fordisme est compatible avec une économie prospère dans laquelle la demande, en constante augmentation, n'est pas difficile à satisfaire. De ce fait, même si l'entreprise dispose momentanément de stocks importants, elle finit toujours par les écouler. En résumé, le taylorisme-fordisme est un système et une organisation productive rigides. Ce cumul de rigidités va progressivement conduire à de significatives remises en question.

Celles-ci se manifestent par une double crise. La crise sociale apparue au cours des années 1960 repose sur une montée de l'absentéisme, du turn-over, des grèves, du « coulage » (des malfaçons). Cette crise traduit la contradiction croissante entre, d'une part, le contenu du travail des ouvriers, et d'autre part l'élévation de leurs qualifications et la valorisation de l'épanouissement individuel diffusée par la société de consommation. La crise d'efficacité est due à l'évolution des goûts des consommateurs qui se traduit par la recherche de la qualité, de la diversification et du renouvellement des produits, d'une livraison rapide... Or, par nature, le taylorisme-fordisme n'est pas adapté à la demande.

Expliciter les limites du taylorisme-fordisme.

Cette double crise va entraîner en Occident l'adoption progressive d'un nouveau modèle d'organisation du travail : le toyotisme.

Courte transition entre les deux sous-parties.

B. Les principes du toyotisme : adaptation à la demande et flexibilité de l'organisation productive

Les principes fondamentaux du toyotisme sont ce qu'on appelle les « 5 zéros » : zéro défaut, zéro stock, zéro délai, zéro panne et zéro papier. Le principe zéro défaut traduit la primauté de la qualité et non plus de la quantité. Le zéro stock et les études de marché correspondent au souci de s'adapter à la demande : il faut certes produire, mais la vente devient une préoccupation majeure ; en outre, l'entreprise pratique le « juste-à-temps » : au lieu de produire à l'avance, elle ne commence à fabriquer un produit qu'au moment où la commande est reçue. Le principe du zéro stock (qui potentiellement peut allonger les délais d'obtention du produit) exige le zéro délai (production et livraison rapides) et le zéro panne

Présenter les concepts-clés.

(fiabilité des équipements). La diversification des produits, réalisés en séries limitées (« production par lots »), remet en cause la standardisation fordienne.

Dans l'entreprise, la division du travail sera beaucoup moins rigide. Pour le salarié, la polyvalence accrue remet en cause la division horizontale du travail car il gagne en autonomie, à la fois dans la discipline du travail et l'organisation de ce travail, ce qui atténue également la division verticale du travail. La discipline de type taylorien dans le travail s'est assouplie. À titre d'exemple, le pourcentage de salariés concernés par un contrôle des horaires par horloge pointeuse a diminué. De même, les salariés ont davantage d'autonomie dans le choix des pauses. De plus, les services et les niveaux différents (conception-exécution) sont amenés à communiquer davantage, remettant en cause le cloisonnement et le système pyramidal hérités de Taylor. Enfin, les horaires et les emplois deviennent de plus en plus flexibles, souples, afin de s'ajuster au plus près à une demande plus cyclique.

Expliciter les spécificités du toyotisme.

En théorie, le toyotisme est un système flexible, qui peut s'appliquer à la chaîne de montage (on parle d'« atelier flexible »), aux compétences (évolutives), aux horaires et aux emplois. Globalement, le « système Toyota » répond à la crise d'efficacité et, en partie, à la crise sociale puisque ses principes semblent se traduire par une amélioration sensible des conditions de travail des salariés.

Néanmoins, si les principes du toyotisme remettent en cause explicitement ceux du taylorisme-fordisme, l'examen de la réalité conduit à nuancer cette opposition.

Transition pour annoncer la partie II.

II. La persistance des logiques du taylorisme-fordisme

La diffusion du toyotisme, si elle a apporté des changements significatifs de l'organisation du travail, n'a pas conduit à la disparition du taylorisme qui persiste et réapparaît dans d'autres secteurs d'activité, selon des formes adaptées.

Courte introduction.

A. L'amélioration des conditions de travail des salariés doit être relativisée

Présenter les mécanismes-clés.

Les conditions de travail restent difficiles dans le cadre toyotiste, mais les contraintes ont changé de nature. Pour un grand nombre de salariés, la réalité du travail n'a guère changé. Ainsi, de nombreux salariés ne peuvent pas choisir le moment de leurs pauses : la soumission aux horaires, même si elle s'est assouplie, reste forte. En outre, ces nouvelles formes d'organisation du travail génèrent de nouveaux problèmes avec l'automatisation croissante, tels que le chômage des ouvriers non qualifiés, remplacés par des machines, et la précarisation de l'emploi, qui contraint un nombre croissant de salariés à vivre dans l'insécurité matérielle. Ce sont surtout les nouvelles contraintes de rythme imposées par les fluctuations des commandes (de la demande) qui expliquent ces difficultés. En effet, conformément à la logique des principes zéro délai et zéro stock, la part des salariés soumis à un rythme de travail imposé par la demande des clients a pu augmenter, d'où une recrudescence des troubles musculosquelettiques (TMS) ou une montée du stress dont témoigne la forte consommation de tranquillisants.

De surcroît, ce toyotisme est teinté de taylorisme dans la mesure où l'exigence de qualité (zéro défaut) incite au travail prescrit. Ainsi, la combinaison zéro défaut et zéro délai incite les entreprises à prescrire le travail, c'est-à-dire à préciser dans le détail à chaque salarié ce qu'il doit faire (à l'opposé de l'autonomie valorisée par le toyotisme originel). De cette manière, la direction est sûre que les normes de qualité seront respectées, et que le travail sera réalisé dans un délai raisonnable.

Utiliser les documents du dossier.

Le document 2 permet d'observer qu'en France, en 2016, 30,6 % des salariés déclarent que leur rythme de travail est imposé par un contrôle hiérarchique permanent contre 17,4 % en 1984. De ce point de vue, le contrôle de type taylorien s'est donc accentué. De plus, et simultanément, on observe l'apparition et le renforcement du contrôle informatisé entre 2005 et 2016. En 2005, 24,7 % des salariés déclarent que leur rythme de travail est imposé par un contrôle informatisé. Ce pourcentage monte à 35,5 % en 2016. De ce point de vue, le contrôle de type toyotiste s'est donc également renforcé.

Pour compléter, on peut voir dans le document 3 qu'en France, en 2016, 5,4 % des salariés déclarent travailler à la chaîne ou sous contrainte automatique. Ils étaient 2,8 % en 1984. Ce pourcentage a donc nettement augmenté, même s'il reste relativement faible et concerne environ un salarié sur 20. Que la contrainte exercée par le contrôle soit de nature taylorienne (liée au travail à la chaîne) ou toyotiste (automatique), elle existe toujours et elle est vécue comme telle par de nombreux salariés.

Le toyotisme impose donc d'autres formes de contraintes et s'accompagne de l'arrivée d'un taylorisme adapté dans les activités de services.

Courte transition entre les deux sous-parties.

B. Le néotaylorisme : la persistance du taylorisme

Le taylorisme, d'origine industrielle, s'adapte à la tertiarisation. En effet, l'adoption des principes de Toyota est plus marquée dans l'industrie que dans les services. Dans le tertiaire, on assiste souvent à la mise en application du modèle tayloriste-fordiste d'organisation du travail, comme dans le cas de l'hôtellerie où les opérations des femmes de ménage sont décomposées et chronométrées selon le schéma taylorien ; ce travail étroitement prescrit ne comporte aucune activité de conception.

Ce « néotaylorisme » redonne vie à la standardisation des produits, théoriquement abolie dans le cadre du toyotisme, laquelle réapparaît sous la forme originale de la « différenciation retardée ». Concrètement, les firmes standardisent les composants (comme les moteurs de voitures dans le secteur automobile) afin de réaliser des économies d'échelle. La diversification ne porte que sur des éléments extérieurs, qui interviennent en fin de chaîne. La différenciation est donc différée.

Les activités de la restauration rapide (pour la préparation des hamburgers ou des frites), de la grande distribution (passage du client en caisse) ou de la banque (remise d'un chèque au guichet), fournissent de nombreux exemples de cette standardisation des procédures.

Dans le document 4, Guillaume Duval montre comment le néotaylorisme s'applique dans les services en s'appuyant notamment sur le cas de l'entreprise McDonald's. La division verticale du travail et la standardisation taylorienne des procédures sont claires et nettes. Verticalement, il y a un « store manager », des « managers », les « swing managers » et le personnel de base. Chaque restaurant est en effet divisé en trois zones (la salle, les caisses et la cuisine) selon une forme de parcellisation des tâches (division horizontale du travail). Les différentes opérations sont minutieusement définies dans des manuels de procédures, identiques elles aussi pour tous les restaurants. Enfin, selon une logique toyotiste, en caisse, les cadences sont définies par la demande des clients, mais en cuisine, la plupart des équipements, identiques partout, sont pourvus de minuteurs et sonnent pour réclamer l'intervention de l'équipier de service.

Utiliser les documents du dossier.

L'ensemble de ces remarques incite à nuancer l'idée d'un changement radical dans l'organisation du travail et d'une amélioration sensible de la situation des salariés.

Conclusion

En définitive, si le toyotisme remet en cause les principes du taylorisme-fordisme, cette remise en question reste partielle. De plus, elle s'effectue davantage dans l'intérêt des entreprises que dans celui des salariés. Aucun modèle ne s'est imposé de manière totale, aucun n'a complétement disparu au profit d'un autre. On voit plutôt coexister le toyotisme, le taylorisme-fordisme, le néotaylorisme et même l'artisanat…

Courte synthèse et ouverture.

Depuis le début du XXIe siècle, on s'interroge sur les multiples effets des nouvelles technologies de l'information et de la communication dans l'organisation du travail. Il est probable que l'épidémie de Covid-19 et les mesures de confinement qui en ont découlé, en conduisant à l'essor du télétravail, vont susciter de nouvelles analyses sur les évolutions à venir de l'organisation du travail.

Ouvrir sur des perspectives plus larges.

SUJET 22

BAC 2022
Polynésie

Quelles mutations du travail et de l'emploi ?

ÉPREUVE COMPOSÉE (PARTIE 1)

Présentez deux descripteurs de la qualité des emplois.

Travail préparatoire

Analyser le sujet

Le sujet exige de présenter deux des principaux descripteurs de la qualité des emplois. Selon l'OCDE, on peut distinguer six critères de qualité de l'emploi : les conditions de travail, le niveau de salaire, la sécurité économique, l'horizon de carrière, le potentiel de formation, la variété des tâches. Il conviendra d'utiliser un vocabulaire adéquat et rigoureux.

Corrigé

Les textes en bleu apparaissant dans ce corrigé ne doivent pas figurer dans votre devoir. Nous les avons insérés pour vous guider et vous conseiller.

Les conseils du professeur

Rappeler l'enjeu central du sujet.

Tous les emplois ne se valent pas car ils n'ont pas les mêmes caractéristiques. De fait, la question de l'emploi ne peut être abordée seulement de manière quantitative. En effet, étant donné le temps passé par les individus à travailler au cours de leur vie, il est logique de s'interroger sur le degré de qualité de l'emploi, sur l'ampleur du bien-être apporté par le travail en tant qu'activité économique, sociale…

De nombreuses études ont mis en évidence les liens de causalité entre qualité de l'emploi, qualité du travail et niveau de productivité. Travailler mieux peut être non seulement favorable à l'individu, à l'entreprise ou l'administration, mais aussi et plus largement à l'économie et la société dans leur ensemble.

La qualité de l'emploi correspond à la manière dont un emploi contribue à l'amélioration du bien-être présent et futur d'un individu. Elle dépend des nombreuses caractéristiques descriptives des différents emplois. Nous allons en présenter deux : les conditions de travail et la variété des tâches.

Préciser le sens du concept central du sujet.

Les conditions de travail correspondent aux aspects matériels (contraintes physiques, moyens de travail...), organisationnels (temps et rythme de travail...) et psychosociaux (relations avec les clients, la hiérarchie et les collègues...) de l'exercice du travail.

Définir et relier les autres concepts-clés à la qualité de l'emploi.

Les conditions de travail concernent par conséquent l'environnement de travail : intensité du travail effectué, ambiance de travail, sécurité physique... Elles peuvent être appréhendées à travers un certain nombre d'indicateurs, tels que la fréquence des accidents du travail, ou bien le degré d'exposition des travailleurs aux risques professionnels.

La variété des tâches est déterminante du niveau de qualité de l'emploi dans la mesure où elle va impacter le degré de monotonie et de motivation du travailleur. Cette variété des tâches peut être renforcée par la rotation des tâches (organisation du travail dans laquelle l'ouvrier est affecté successivement à des tâches différentes afin de rompre la monotonie du travail) ou par l'élargissement des tâches (qui consiste à introduire plus de variété dans un travail répétitif, en regroupant plusieurs tâches élémentaires dans un même ensemble).

Dans un pays, l'amélioration de la qualité des emplois peut favoriser la productivité du travail et, au final, la compétitivité de l'appareil productif national. La persistance du chômage à un niveau élevé et la précarisation croissante de l'emploi avec l'essor des formes

Ouvrir la réponse à un champ d'analyse plus large.

particulières d'emploi se traduisent par une hétérogénéité croissante entre les emplois stables, qui cumulent les avantages qualitatifs, et les emplois instables, qui cumulent les désavantages qualitatifs.
Finalement, les critères de la qualité de l'emploi dessinent une hiérarchie des emplois qui vérifie la règle du cumul des inégalités.

SUJET 23

Quelles mutations du travail et de l'emploi ?

ÉPREUVE COMPOSÉE (PARTIE 2)

Le halo autour du chômage : les frontières floues entre emploi, chômage et inactivité

Questions

1. Comparez l'évolution du taux de chômage des 15-24 ans entre 2019 et 2020 à celle du taux de chômage des 50 ans ou plus, et l'évolution de la part du chômage et du halo autour du chômage pour ces deux catégories.

2. À l'aide du document et de vos connaissances, vous montrerez que les évolutions des formes d'emploi rendent plus incertaines les frontières entre emploi, chômage et inactivité.

DOCUMENT • *Le chômage et le halo autour du chômage en 2020 et évolution par rapport à 2019*

	Taux de chômage		Part du chômage et du halo autour du chômage parmi les 15-64 ans	
	Niveau en 2020 (en %)	Évolution par rapport à 2019 (en points)	Niveau en 2020 (en %)	Évolution par rapport à 2019 (en points)
Femmes	8,0	– 0,4	10,4	0,4
Hommes	8,1	– 0,4	10,3	0,4
15-24 ans	20,2	0,6	12,3	0,9
25-49 ans	7,4	– 0,3	11,6	0,5
50 ans ou plus	5,4	– 0,8	7,1	– 0,1
Ensemble	8,0	– 0,4	10,3	0,4

Source : Insee, « Enquêtes Emploi », 2019 et 2020.

Champ : France hors Mayotte, personnes vivant en logement ordinaire, actives (taux de chômage) ; de 15 à 64 ans (part du chômage et du halo autour du chômage).

Lecture : En 2020, parmi les femmes actives, 8,0 % sont au chômage. Parmi les femmes de 15 à 64 ans, 10,4 % sont au chômage ou dans le halo autour du chômage.

Travail préparatoire

Analyser le sujet

Le sujet concerne la question des frontières entre l'emploi, le chômage et l'inactivité, traditionnellement désignée sous le terme de « halo » autour du chômage. Les situations sur le marché du travail en France sont hétérogènes selon les groupes sociaux, et le document proposé invite à cibler plus particulièrement deux catégories selon l'âge et à comparer leurs situations : les 15-24 ans et les 50 ans ou plus. La comparaison porte sur le niveau du chômage en 2020 (en %), ainsi que sur la part du chômage et du halo autour du chômage la même année. Mais ces données permettent aussi d'étudier pour différentes catégories sociales, selon l'âge et le sexe, les évolutions observées entre 2019 et 2020. Il s'agit donc de mobiliser des connaissances du programme de SES afin d'expliciter la portée de la notion de « halo » autour du chômage pour comprendre le marché du travail, et de puiser dans les statistiques du document pour décrypter les différences en termes d'âge.

Corrigé

Les textes en bleu apparaissant dans ce corrigé ne doivent pas figurer dans votre devoir. Nous les avons insérés pour vous guider et vous conseiller.

Les conseils du professeur

1. Comparez l'évolution du taux de chômage des 15-24 ans entre 2019 et 2020 à celle du taux de chômage des 50 ans ou plus, et l'évolution de la part du chômage et du halo autour du chômage pour ces deux catégories.

Raisonner sur le taux de chômage et son évolution.

Le document montre des écarts très importants entre le taux de chômage des 15-24 ans et celui des 50 ans et plus : en 2020, le taux de chômage des 15-24 ans (20,2 %) est 3,7 fois plus élevé que celui des 50 ans ou plus (5,4 %). Par ailleurs, entre 2019 et 2020, le taux de chômage des 15-24 ans a augmenté de 0,6 point (de 19,6 % à 20,2 %), tandis que le taux de chômage des 50 ans ou plus a baissé de 0,8 point (de 6,2 % à 5,4 %).

En ce qui concerne la part du chômage et du halo autour du chômage, on constate également d'importants écarts entre ces deux catégories : cette part est de 12,3 % pour les 15-24 ans et de 7,1 % pour les 50 ans ou plus, soit un écart de 5,2 points, tandis qu'elle a augmenté en 2020 de 0,9 point pour les 15-24 ans et baissé de 0,1 point pour les 50 ans ou plus.

Raisonner sur la part du chômage et le halo du chômage et son évolution.

2. À l'aide du document et de vos connaissances, vous montrerez que les évolutions des formes d'emploi rendent plus incertaines les frontières entre emploi, chômage et inactivité.

Tout individu peut, en principe, être classé comme actif ou inactif. Parmi les actifs, la distinction entre détenteurs d'un emploi et chômeurs répond à des critères apparemment simples, issus de la définition internationale du Bureau international du travail (BIT). Mais la dégradation progressive, depuis une quarantaine d'années, de la situation sur le marché du travail et les mesures de promotion de l'emploi et de lutte contre le chômage qui l'ont accompagnée, ont conduit à l'apparition de situations individuelles nouvelles et proches des frontières entre inactivité, emploi et chômage.

Expliquer le contexte.

Depuis les années 1980, le marché du travail a connu un développement de diverses formes d'emploi et de situations intermédiaires. Et la définition du chômage s'avère assez restrictive : en effet, au sens du BIT, un chômeur est une personne en âge de travailler, qui n'a pas travaillé au cours de la semaine de référence, est disponible pour occuper un emploi dans les deux semaines, et effectue des démarches actives de recherche d'emploi (ou bien a trouvé un emploi qui commence dans les trois mois). Cette définition très précise laisse de côté des situations complexes dans lesquelles les frontières entre emploi, chômage et inactivité sont difficiles à

Donner la définition du chômage selon le BIT.

établir. Par exemple, un étudiant qui travaille quelques heures par semaine et souhaiterait travailler davantage n'est pas considéré comme chômeur au sens du BIT (puisqu'il exerce une activité professionnelle), mais sa situation s'apparente au chômage en termes de revenu et d'insertion sociale. De même, un individu sans emploi qui n'en cherche plus, découragé par le fait de n'avoir rien trouvé d'acceptable, n'est pas classé comme chômeur, mais sa situation est voisine de celle des chômeurs officiellement recensés comme tels.

Illustrer les concepts par des exemples concrets.

De manière générale, les économistes parlent de « halo » du chômage pour regrouper l'ensemble de ces situations. L'Insee définit notamment ce « halo autour du chômage » comme comprenant les personnes sans emploi qui :
– ont recherché un emploi, mais ne sont pas disponibles pour travailler ;
– n'ont pas recherché d'emploi, mais souhaitent travailler et sont disponibles pour travailler ;
– souhaitent travailler, mais n'ont pas recherché d'emploi et ne sont pas disponibles pour travailler.

Définir le terme-clé de la question.

L'intérêt de ce type d'indicateur est donc, d'une part, de rendre compte de la nature des obstacles au retour à l'activité des inactifs (problèmes de garde d'enfant, de maladie, de formation au moment de l'enquête emploi...) et, d'autre part, de mettre en évidence le brouillage des frontières entre chômage et inactivité (comme pour les chômeurs découragés), mais aussi entre inactivité et emploi (temps partiel choisi avec, par exemple, le cas d'une mère qui choisit de réduire son temps de travail afin de s'occuper de ses enfants), et entre chômage et emploi (travail partiel subi : un individu occupant un emploi à temps partiel contraint sera déclaré officiellement en emploi alors qu'il est en réalité dans une situation intermédiaire entre l'emploi et le chômage).

Le document permet également de constater que la part du chômage et du halo autour du chômage est la plus élevée chez les 15-24 ans, avec 12,3 % en 2020, en progression de 0,9 point par rapport à 2019. On note

Mobiliser les données du document.

aussi que les écarts entre les hommes et les femmes, en termes de taux de chômage et de halo autour du chômage, sont peu significatifs, à la fois en termes de niveaux et de variation. Ces différentes populations sont donc regroupées dans ce que l'Insee appelle le « halo autour du chômage » qui comptabilise les personnes souhaitant travailler mais considérées comme inactives, soit parce qu'elles ne sont pas disponibles (personnes en formation par exemple), soit parce qu'elles ne recherchent pas activement un emploi (chômeurs découragés). En 2020, on constate selon le tableau que la part du chômage et du halo autour du chômage se situe à 10,3 %, en progression de 0,4 point par rapport à 2019.

SUJET 24

BAC 2022
France métropolitaine

Quelles mutations du travail et de l'emploi ?

ÉPREUVE COMPOSÉE (PARTIE 3)

À l'aide de vos connaissances et du dossier documentaire, vous montrerez que certaines évolutions de l'emploi ont pu affaiblir le rôle intégrateur du travail.

DOCUMENT 1

La polarisation de l'emploi et la hausse des inégalités de salaire s'expliquent d'abord par la nature du changement technologique récent. La révolution numérique et ses applications dans l'informatique et l'Internet ont révolutionné l'organisation des entreprises et par ricochet le monde du travail. Comme les précédentes révolutions technologiques, ces innovations ont produit des gagnants et des perdants mais jamais le gouffre entre les deux n'a été aussi béant. [...] Au fur et à mesure que leur coût baissait et que leurs capacités augmentaient, les ordinateurs ont progressivement remplacé le travail humain dans les emplois composés en majorité de tâches routinières. Or les tâches routinières étaient fréquentes dans les emplois intermédiaires du secteur industriel. Un ordinateur peut commander un robot dans l'industrie, établir des feuilles de paye, ou distribuer de l'argent. [...]

Au contraire, les professions les mieux payées qui exigent du travail abstrait non-routinier sont les gagnantes du progrès technologique. Le progrès technologique a rendu plus productifs les diplômés du supérieur qui occupent les professions à hauts salaires. Les problèmes à traiter dans ces emplois ne pouvant être anticipés ou décomposés en une série d'actes élémentaires, ce type de travail ne peut donc être facilement programmé à l'avance sur des ordinateurs. Ils n'ont donc pas subi la concurrence des ordinateurs. [...]

Enfin, la croissance des professions à bas salaires provient du fait que les ordinateurs n'ont que peu influencé la demande de ce type de travail qui est composé en grande partie de tâches manuelles non-routinières. Bien que simples à effectuer pour du travail humain, les tâches manuelles non-routinières réclament de la flexibilité difficile à fournir pour une machine.

Source : Gregory Verdugo, « La polarisation des marchés du travail », SES-ENS, 2020.

DOCUMENT 2 • *Temps de travail et statut d'emploi en France entre 1982 et 2019 (en % de l'emploi total)*

	1982	1992	2002	2012	2019
Temps de travail					
Temps complet	90,6	87,1	83,4	81,9	81,9
Temps partiel	9,4	12,9	16,6	18,1	18,1
Ensemble	**100**	**100**	**100**	**100**	**100**
Statut d'emploi					
Non-salariés	18	16,1	11,7	11,5	12,1
Salariés	82	83,8	88,2	88,5	87,8
Dont :					
– contrat à durée indéterminée	*76,7*	*76,3*	*77,3*	*76,3*	*74,6*
– contrat à durée déterminée	*4,1*	*6,2*	*8,4*	*8,7*	*9,1*
– intérimaires	*0,4*	*0,7*	*1,6*	*2*	*2,4*
– apprentis	*0,8*	*0,6*	*0,9*	*1,5*	*1,7*
Ensemble	**100**	**100**	**100**	**100**	**100**

Source : D'après INSEE, 2019.

Champ : France hors Mayotte, personnes âgées de 15 ans et plus.

DOCUMENT 3 • *Évolution du taux de chômage en France entre 1975 et 2020 (en %)*

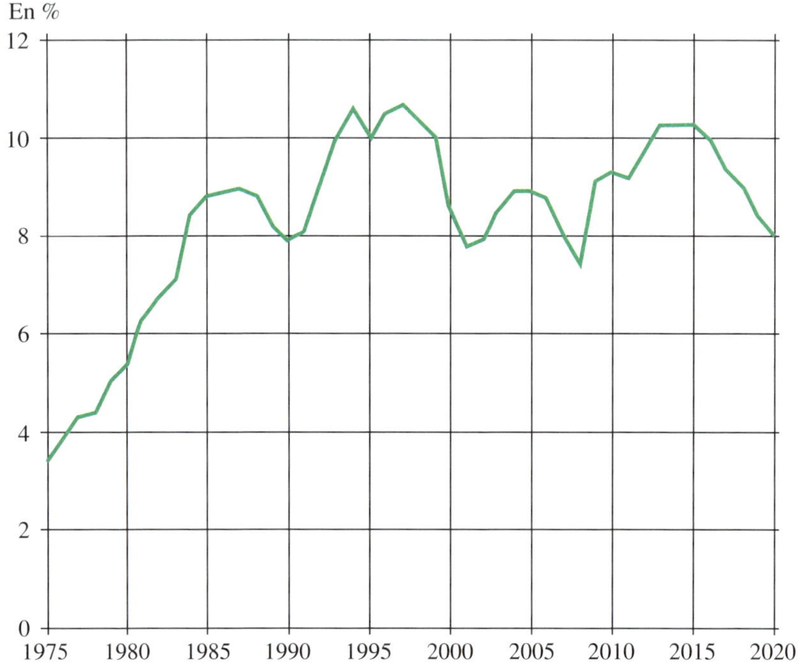

Source : D'après INSEE, 2020.

Champ : France hors Mayotte.

Travail préparatoire

Analyser le sujet

Le sujet nécessite d'expliquer les mécanismes qui ont conduit à une fragilisation du travail comme instance d'intégration sociale. Il s'agit principalement de décrypter trois phénomènes : l'impact du chômage persistant sur les liens sociaux des individus, l'effet de la précarisation de l'emploi, et les conséquences de la polarisation des emplois sur le marché du travail. Notamment dans un contexte où le numérique se diffuse au sein du monde de l'entreprise. On peut donc ici articuler l'argumentation autour de deux axes : un premier sur la dégradation du marché du travail et ses conséquences délétères sur l'intégration sociale, avant de développer un second axe portant sur les risques de baisse de la qualité de l'emploi et d'aggravation des inégalités (polarisation) dans le monde du travail.

Analyser les documents

Document 1

Le document 1 décrit les mécanismes à l'origine de la polarisation de l'emploi et des effets de la diffusion des technologies numériques dans le système productif : il est utile pour décortiquer dans le devoir les inégalités qui se déploient entre les travailleurs qualifiés et les travailleurs non qualifiés, tant en termes de volume de l'emploi que de qualité de l'emploi.

Document 2

Le document 2 offre une photographie du marché du travail avec de multiples données statistiques, notamment pour illustrer le phénomène de précarisation de l'emploi. On peut y puiser des chiffres concernant la progression, de 1982 à 2019, des contrats à durée déterminée, ainsi que du travail à temps partiel, qui est bien souvent subi.

Document 3

Le document 3, qui montre l'évolution du taux de chômage en France depuis le milieu des années 1970, permet de constater que celui-ci demeure à un niveau élevé en 2020, à 8 %. Il sera ainsi utile d'illustrer ses raisonnements dans la partie du devoir où l'on montre l'impact du chômage sur l'intégration sociale, par quelques chiffres sur la persistance d'un chômage de masse.

Problématiser le sujet

On peut ici cerner la question posée en s'interrogeant principalement sur la signification des termes « d'évolutions de l'emploi », et de « rôle intégrateur du travail » dans ce sujet. Ainsi, une problématisation pertinente serait : « Quels sont les impacts négatifs de la dégradation du marché du travail et de la polarisation de l'emploi sur le rôle du travail en tant qu'instance d'intégration ? »

Proposition de plan

I. La dégradation du marché du travail à partir des années 1980 a affaibli le pouvoir intégrateur du travail
   A. L'apparition d'un chômage de masse a fragilisé le travail en tant qu'instance d'intégration
   B. La précarisation d'une partie de l'emploi a fragilisé l'intégration sociale

II. La polarisation de l'emploi et du marché du travail a accru l'insécurité professionnelle
   A. Les risques de détérioration de la qualité de l'emploi
   B. La révolution numérique, source d'une polarisation de l'emploi

Corrigé

Les textes en bleu apparaissant dans ce corrigé ne doivent pas figurer dans votre devoir. Nous les avons insérés pour vous guider et vous conseiller.

Les conseils du professeur

Introduction

Le président de la République réélu le 24 avril 2022, Emmanuel Macron, a fixé comme objectif le retour au plein emploi à la fin de son quinquennat, car le taux de chômage demeure encore à un niveau relativement élevé en France.

Rédiger une entrée en matière.

Les sociétés modernes ont fait du travail et de l'emploi le fondement de leur fonctionnement : l'individu conquiert son statut social à travers son activité professionnelle et sa participation à la production. Cette dernière apporte à l'individu un revenu, une insertion dans un réseau de relations sociales, et une reconnaissance sociale : le travail est aussi une instance d'intégration cruciale.

Poser les enjeux du sujet.

La société salariale qui s'est construite après 1945 a permis les progrès du droit du travail et la mise en œuvre d'un système de protection sociale largement financé par les cotisations des travailleurs. Toutefois, à partir des années 1970, on assiste à un effritement de la société salariale. L'apparition d'un chômage de masse, surtout celui de longue durée, a fragilisé l'intégration d'un nombre croissant d'individus et compromis leurs liens sociaux. De plus, la forte progression des emplois précaires a plongé un nombre croissant de salariés dans une situation d'insécurité professionnelle et sociale qui ne leur permet pas de participer pleinement à la vie de la société.

Quel est l'impact négatif de la dégradation du marché du travail et de la polarisation de l'emploi sur le rôle du travail en tant qu'instance d'intégration ?

Annoncer la problématique.

Dans cette perspective, il s'agira de montrer que la dégradation du marché du travail (montée du taux de

Annoncer le plan.

chômage, précarisation de l'emploi) a fragilisé l'intégration sociale d'un nombre croissant d'individus, puis d'analyser l'impact des transformations de l'emploi (notamment avec l'usage du numérique) sur la qualité et la polarisation de l'emploi.

I. La dégradation du marché du travail à partir des années 1980 a affaibli le pouvoir intégrateur du travail

A. L'apparition d'un chômage de masse a fragilisé le travail en tant qu'instance d'intégration

Durant les Trente Glorieuses (1945-1973), la norme d'emploi stable, soit le contrat à durée indéterminée (CDI), est devenue le principal moyen d'intégration au salariat, dans un contexte de plein-emploi où le taux de chômage demeurait extrêmement faible (2-3 %). Mais depuis les années 1970, la montée cumulée à la persistance du chômage à un niveau élevé et la pénurie d'emplois stables ont conduit à associer chômage et exclusion. Le document 3 montre que le taux de chômage en France était de 3,5 % en 1975, et qu'il est passé à 8 % en 2020.

Illustrer par les données statistiques des documents.

L'expérience du chômage entraîne pour des millions de personnes une baisse du revenu, affaiblit souvent leurs liens sociaux, et peut détériorer les relations familiales. Le chômage peut ainsi entraîner un phénomène d'exclusion. L'exclusion est un processus de fragilisation du lien social, de désintégration sociale, qui se traduit par des difficultés d'intégration à la société d'un nombre croissant d'individus. L'exclusion peut aboutir à une rupture du lien social, du fait d'une exclusion de l'emploi, de la consommation, des relations sociales et familiales, etc. Dans la mesure où les ruptures professionnelles et le chômage sont des facteurs de réduction des revenus, la pauvreté peut exclure les individus de la norme de consommation. Le chômage accroît en effet le risque de pauvreté, même si les prestations sociales et le système de redistribution atténuent ce risque.

Expliciter les conséquences du chômage sur l'intégration.

B. La précarisation d'une partie de l'emploi a fragilisé l'intégration sociale

On assiste simultanément à une précarisation d'une partie du salariat quand celui-ci prend des formes non choisies, mal rémunérées ou en inadéquation avec la formation reçue, avec le développement de l'emploi dit « atypique » (contrats de travail à durée déterminée, stages, intérim, contrats aidés par l'État, etc.).

Préciser la notion de précarisation de l'emploi.

On remarque, à la lecture du document 2, que la part des contrats à durée déterminée est passée de 4,1 % en 1982 à 9,1 % de l'emploi total en 2019. Sur la même période, on note que le temps partiel est passé de 9,4 % à 18,1 % de l'emploi total.

La flexibilité du travail pour les entreprises comme mode de gestion peut correspondre parfois à la précarité pour les travailleurs, spécialement les ouvriers et les employés. Avec la montée de l'insécurité professionnelle et l'instabilité de l'emploi, c'est la structure même de la relation salariale qui est alors fragilisée. Une frange importante du salariat est aujourd'hui confrontée à l'insécurité professionnelle et à l'incertitude quant à la pérennité de son emploi, avec l'angoisse (et la réalité) du déclassement social. Si le marché du travail joue toujours un rôle majeur de cohésion économique et sociale (les titulaires de CDI restent majoritaires au sein du salariat), sa fonction intégrative est aujourd'hui fragilisée et son fonctionnement reste marqué en France par de fortes inégalités.

Rappeler l'enjeu central du sujet.

Ainsi, à partir des années 1980, la montée d'un chômage de masse et le développement d'emplois précaires ont affaibli les possibilités d'intégration par le travail. Par ailleurs, il existe aussi des inquiétudes sur la qualité et la polarisation de l'emploi, notamment dans le cadre des mutations technologiques en cours.

Rédiger une transition.

II. La polarisation de l'emploi et du marché du travail a accru l'insécurité professionnelle

A. Les risques de détérioration de la qualité de l'emploi

Le progrès technique et les mécanismes de la « destruction créatrice », pourraient bien affecter à moyen-long terme non pas tant le volume de l'emploi, mais surtout la structure de l'emploi, avec à la clé une bipolarisation croissante du marché du travail. En effet, au lieu de ne favoriser que les gains de productivité et la création d'emplois de meilleure qualité, plus productifs et mieux rémunérés, cette montée en gamme des emplois espérée ne semble guère aujourd'hui au rendez-vous.

Il pourrait alors se produire une déformation du marché du travail vers des emplois peu sophistiqués et peu productifs dans les services, avec une descente en gamme de la qualité de l'emploi, accompagnée d'une raréfaction des emplois de qualification intermédiaire.

Expliciter la baisse de la qualité de l'emploi.

Ces évolutions, perceptibles dans les pays avancés, ne permettent pas la professionnalisation progressive des salariés du bas de l'échelle, et risquent d'enfermer un nombre croissant d'entre eux dans le piège de la pauvreté, avec des rémunérations faibles et stagnantes.

Un phénomène récent vient par ailleurs impacter tous les secteurs de l'économie des services dans le monde du travail : celui de « l'ubérisation », néologisme formé à partir d'Uber, entreprise technologique qui développe et exploite des applications mobiles de mise en contact d'utilisateurs avec des conducteurs réalisant des services de transport.

Pour certains économistes, l'ubérisation conduit à une dérégulation du salariat et à une certaine régression du travail, dans la mesure où cette économie collaborative permet à des individus de travailler, mais sans pour autant les rémunérer à la hauteur du service rendu, et sans les protections apportées par un contrat de travail stable.

Mobiliser un exemple tiré de l'actualité économique.

Pour autant, les consommateurs tirent avantage du développement de ce type de services : on se dirigerait alors davantage vers une économie d'usage, centrée sur la fonctionnalité et non la quantité.

B. La révolution numérique, source d'une polarisation de l'emploi

La polarisation des emplois peut être définie comme un processus d'accroissement simultané de la part des métiers les plus qualifiés et de celle des moins qualifiés, induisant une baisse de la part des emplois moyennement qualifiés qui sont les plus nombreux. La diffusion des technologies du numérique est considérée comme un des facteurs principaux de ce phénomène. L'automatisation favorise en effet le recours aux travailleurs qualifiés que la machine ne peut pas encore remplacer comme des ingénieurs, médecins ou dirigeants d'entreprises.

Comme l'explique le document 1, « le progrès technologique a rendu plus productifs les diplômés du supérieur qui occupent les professions à hauts salaires ».

Citer un extrait d'un document du dossier.

Il favorise aussi le recours aux travailleurs peu qualifiés que la machine, là non plus, ne peut pas encore remplacer comme les aides à domicile, aides-soignants, vendeurs ou coiffeurs.

Ces évolutions transforment la structure des emplois, et ceci dans toutes les professions, quel que soit le niveau d'éducation.

Ce phénomène, d'abord mis en avant aux États-Unis, touche aujourd'hui les pays européens, et en particulier la France.

Par ailleurs, les transformations technologiques accroissent la production de biens mais nécessitent également des tâches plus complexes dans l'entreprise, exigeantes en qualification des travailleurs (maintenance, gestion financière, comptabilité, etc.).

La structure de l'emploi évolue alors avec une augmentation progressive de la part des travailleurs qualifiés par rapport à celle des travailleurs non qualifiés dans la population employée, ainsi que dans le revenu total.

Le besoin des entreprises en travail qualifié s'explique aussi par la rapidité des mutations technologiques qui nécessite pour les entreprises, dans la concurrence, de posséder le capital humain pour comprendre les évolutions, les utiliser et les intégrer rapidement au processus de production.

Conclusion

Répondre à la problématique.

Les transformations de l'emploi et la dégradation du marché du travail ont affaibli le pouvoir intégrateur du travail dans nos sociétés. Pourtant, la révolution numérique pourrait accélérer les gains de productivité et permettre une montée en gamme de l'emploi, à condition de mener des politiques publiques adaptées pour lutter contre les inégalités, « l'ubérisation » et la polarisation de l'emploi.

Rédiger une ouverture.

Les enjeux autour du travail glisseraient alors peut-être, dans le futur, vers le partage du temps libéré par la robotisation, et sur la manière dont on tient compte dans nos sociétés de la question des inégalités économiques (faut-il instaurer un revenu universel ?), notamment entre les travailleurs qualifiés et les travailleurs moins qualifiés (quelle formation ?), pour concilier la compétitivité économique et la cohésion sociale.

Regards croisés

SUJET 25

Quelles inégalités sont compatibles avec les différentes conceptions de la justice sociale ?

DISSERTATION

Dans quelle mesure l'action des pouvoirs publics est-elle efficace pour lutter contre les inégalités ?

DOCUMENT 1 • *Quelques grands indicateurs de la protection sociale en France de 2007 à 2018 (en milliards d'euros)*

	2007	2010	2013	2016	2017	2018
Santé	197,7	216,9	234,4	250,3	255,7	261,1
Maladie	162,7	178,3	191,0	204,4	208,7	213,1
Invalidité et accidents du travail	35,1	38,6	43,4	45,9	47,0	48,0
Vieillesse-survie	245,4	277,9	308,2	325,7	331,3	339,6
Famille	47,5	50,3	53,6	54,7	55,4	56,1
Emploi	30,4	38,4	42,0	44,2	44,3	44,3
Logement	14,7	16,5	17,7	18,4	18,5	17,2
Pauvreté-exclusion sociale	15,2	18,0	19,3	21,8	23,1	23,9
Ensemble des prestations	550,9	618,0	675,2	715,2	728,2	742,1
Autres dépenses*	37,0	43,2	44,5	45,4	46,5	48,0
Ensemble des dépenses	587,9	661,2	719,6	760,6	774,7	790,1

* Frais financiers et non financiers, frais divers, emplois du compte de capital.

Source : Drees, *Comptes de la protection sociale* (base 2014).

Champ : France.

DOCUMENT 2 • *Le droit à la sécurité sociale, principe constitutionnel*

Le peuple français proclame à nouveau que tout être humain, sans distinction de race, de religion ni de croyance, possède des droits inaliénables et sacrés. [...] Il proclame, en outre, comme particulièrement nécessaires à notre temps, les principes politiques, économiques et sociaux ci-après :

[...]

• Chacun a le devoir de travailler et le droit d'obtenir un emploi. [...]

[...]

• La Nation assure à l'individu et à la famille les conditions nécessaires à leur développement.

• Elle garantit à tous, notamment à l'enfant, à la mère et aux vieux travailleurs, la protection de la santé, la sécurité matérielle, le repos et les loisirs. Tout être humain qui, en raison de son âge, de son état physique ou mental, de la situation économique, se trouve dans l'incapacité de travailler a le droit d'obtenir de la collectivité des moyens convenables d'existence.

Préambule de la Constitution du 27 octobre 1946,
repris dans le préambule de la Constitution du 4 octobre 1958.

DOCUMENT 3 • *Le poids des prestations sociales de quelques grands pays (en % du PIB)*

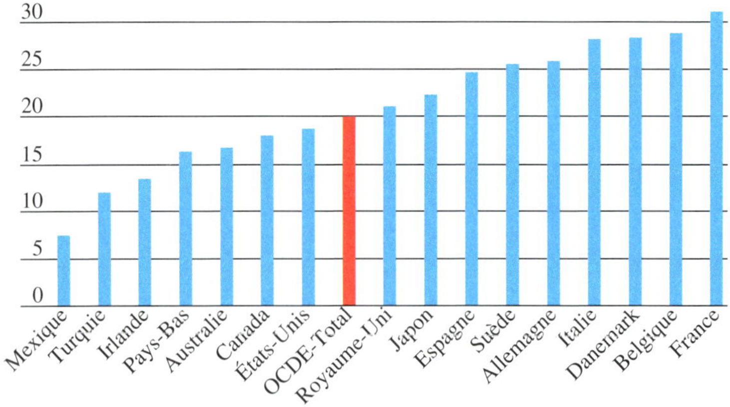

Source : OCDE, 2021.

DOCUMENT 4 • *Le taux de prélèvements obligatoires de quelques grands pays d'Europe en 2018*

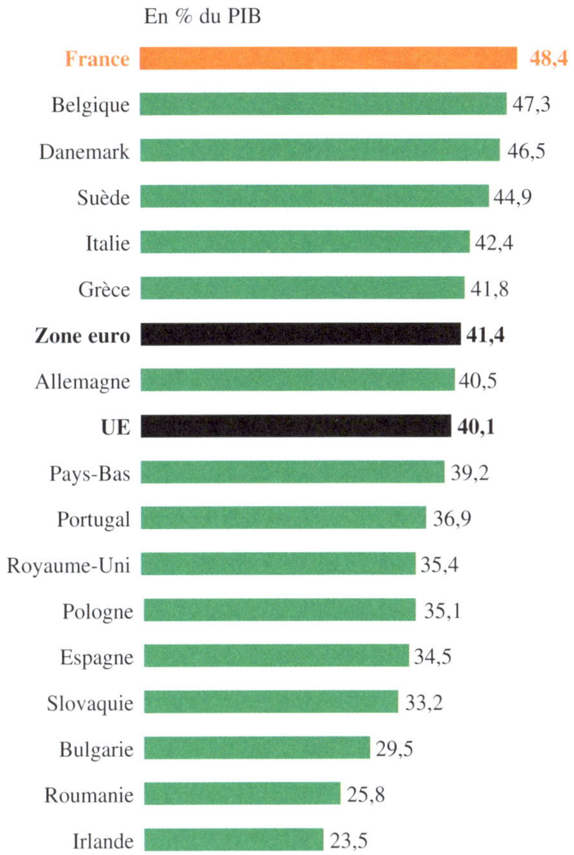

Source : Eurostat, 2 octobre 2019.

Champ : administrations publiques ; institutions de l'Union européenne.

Note : prélèvements obligatoires y compris les cotisations sociales imputées.

Travail préparatoire

Analyser le sujet

Ce sujet s'inscrit dans le cadre des « Regards croisés » du programme de spécialité SES (c'est-à-dire qui mobilise à la fois l'économie, la sociologie et la science politique) intitulé « Justice sociale et inégalités ». Le sujet tel qu'il est formulé ici suppose de présenter le débat, classique en économie, sur l'efficacité de l'action de l'État-providence en matière de réduction des différentes formes d'inégalités existantes, en fonction des différentes contraintes qui peuvent perturber cette action, mais aussi de l'idéal démocratique de réduction des inégalités sur lequel repose la société française. En effet, cette intervention publique peut avoir une certaine efficacité, notamment en cas de récession économique, et il s'agit alors d'en expliciter soigneusement les mécanismes, surtout en mobilisant les notions du programme (redistribution, protection sociale, services collectifs...). Mais il n'en demeure pas moins qu'elle peut se heurter à d'importantes contraintes dans l'économie globalisée, et rencontrer des difficultés financières, d'efficacité et de légitimité. Elle peut aussi générer des inefficacités. Sur ce sujet, il faudra veiller d'ailleurs à bien distinguer l'action sur les inégalités économiques de celle sur les inégalités sociales, comme y invite le programme.

Analyser les documents

Document 1

Le tableau permet d'observer une augmentation des dépenses de protection sociale en France de 2007 à 2018 : elles passent au total de 587,9 milliards d'euros à 790,1 milliards d'euros. En 2018, on constate que les principales prestations sont celles liées au risque vieillesse-survie, avec 339,6 milliards d'euros. Mais les dépenses de santé constituent aussi un poste de dépenses important. L'ensemble de ces deux postes représente un peu plus de 80 % des prestations sociales (4 euros sur 5). Cela peut expliquer le caractère explosif de toute réforme des retraites et du système de santé. Dès lors, ce document peut être mobilisé pour illustrer le rôle des pouvoirs publics en matière de protection collective.

Document 2

Le texte peut être mobilisé pour illustrer la notion de droits sociaux garantis par la Constitution française, permettant d'assurer la dignité des citoyens, notamment avec le principe affirmé que « tout être humain qui, en raison de son âge, de son état physique ou mental, de la situation économique, se trouve dans l'incapacité de travailler a le droit d'obtenir de la collectivité des moyens convenables d'existence ».

Document 3

Le graphique permet de mesurer, dans une perspective de comparaison internationale, l'ampleur de la redistribution en France. Ces données récentes de l'OCDE montrent ainsi qu'avec 31 % du PIB, la France est le pays où le poids des prestations sociales est le plus élevé des pays représentés, ce taux étant supérieur de 10 points à la moyenne des pays de l'OCDE.

Document 4

Le document 4 propose un diagramme sur des données européennes qui montre qu'en 2018, c'est en France que le taux de prélèvements obligatoires est le plus élevé avec 48,4 % du PIB, soit 7 points au-dessus de la moyenne de la zone euro, et 8,3 points au-dessus de la moyenne de l'Union européenne. Dès lors, ce document pourra être cité afin de montrer que ce niveau de prélèvements obligatoires peut être facteur d'inefficiences et d'affaiblissement des incitations au travail, à l'investissement, à l'innovation, etc.

Problématiser le sujet

Le sujet invite le candidat à s'interroger sur les logiques du système de protection sociale et sur les mécanismes de redistribution qui permettent de réduire les inégalités économiques et sociales, ainsi que la pauvreté. Mais la formulation « dans quelle mesure » suppose de présenter une analyse nuancée afin d'évoquer les avantages, mais également, comme le propose le programme de SES sur ce thème, les contraintes et les limites qui réduisent l'efficacité de la redistribution et les inefficiences qu'elle peut générer. Dès lors, il est possible de retenir la problématique suivante : quels sont les freins qui s'exercent sur l'efficacité de l'action sociale de l'État ?

Proposition de plan

I. L'action des pouvoirs publics peut permettre de lutter contre les inégalités économiques et sociales
   A. L'action de l'État permet de réduire les inégalités économiques par la redistribution
   B. Les pouvoirs publics disposent d'autres leviers pour contribuer à la justice sociale

II. L'action des pouvoirs publics se heurte à des contraintes et des limites importantes qui interrogent son financement, son efficacité et sa légitimité
   A. L'action sociale de l'État se heurte à des contraintes financières et à une crise d'efficacité
   B. L'action des pouvoirs publics peut être inefficace, en raison d'effets pervers, et jugée peu légitime

Corrigé

Les textes en bleu apparaissant dans ce corrigé ne doivent pas figurer dans votre devoir. Nous les avons insérés pour vous guider et vous conseiller.

Les conseils du professeur

Introduction

La crise sanitaire du Covid-19 a eu un impact important sur la pauvreté et les inégalités en France, même si le système de protection sociale a permis d'en amortir le choc économique et social. Le ralentissement de la croissance et la dégradation du marché du travail ont, par ailleurs, accru les contraintes qui pèsent sur l'action publique.

Proposer une accroche.

Le système de protection sociale et la redistribution cherchent à contenir les inégalités économiques et sociales : l'assurance et l'assistance sont mobilisées pour couvrir les principaux risques sociaux et verser des revenus de transfert aux populations sans ressources.

D'autres leviers peuvent aussi être mobilisés au nom de la justice sociale : la loi pour défendre une certaine égalité entre les groupes sociaux et lutter contre les discriminations, et les services collectifs pour garantir une égalité d'accès aux citoyens à la santé et à l'éducation. Mais quels sont les freins qui s'exercent sur l'efficacité de l'action sociale de l'État ?

Annoncer la problématique.

Il s'agira de montrer que l'action publique peut utiliser plusieurs leviers pour lutter efficacement contre les inégalités, mais que cette intervention se heurte à des contraintes fortes en période de croissance faible et à de possibles effets pervers qui contrecarrent cette efficacité.

Annoncer le plan.

I. L'action des pouvoirs publics peut permettre de lutter contre les inégalités économiques et sociales

A. L'action de l'État permet de réduire les inégalités économiques par la redistribution

L'action des pouvoirs publics sur les inégalités se fait grâce au système de redistribution. Il faut distinguer la répartition primaire des revenus, qui vient de la production, de la répartition secondaire des revenus, qui s'obtient après le versement des impôts (impôts sur le revenu, impôts locaux, impôts sur le patrimoine, sur la consommation, etc.) et des cotisations sociales, et une fois perçus les revenus de transfert. Après ces opérations de redistribution, on obtient alors le revenu disponible. L'action publique modifie ainsi la répartition des revenus et permet une réduction significative des inégalités de revenus.

Expliciter les mécanismes de la redistribution.

L'intervention de l'État en matière de protection sociale permet de couvrir les citoyens contre les principaux risques sociaux liés à la vie (maladie, chômage, vieillesse, etc.) et de prévenir le risque de diminution de leurs ressources (au sens strict, on peut parler d'« État-providence ») afin d'assurer leur indépendance financière. Dans un sens plus large, l'État social englobe les mécanismes d'assurance collective obligatoire, le droit du travail, les services publics et la politique économique et sociale. Il s'est développé au XXe siècle, suite à l'émergence de la question sociale au XIXe siècle du fait de l'aggravation de la pauvreté engendrée par l'industrialisation. Le document 1 montre ainsi, dans la période contemporaine, une augmentation continue des dépenses de protection sociale en France de 2007 à 2018, puisqu'elles passent au total de 587,9 milliards d'euros à 790,1 milliards d'euros.

Mobiliser les données des documents.

Le système de protection sociale permet à l'État d'organiser la solidarité collective envers les individus soumis à l'insécurité sociale et à la diminution de leurs ressources. On distingue deux grands modèles de financement de la protection sociale. Dans le système basé sur l'assurance, les prestations sociales sont versées en contrepartie des cotisations sociales. Les prestations sont basées sur le travail et garanties par les pouvoirs publics : les travailleurs versent des cotisations en fonction de leur revenu et ils s'ouvrent ainsi un droit « objectif » sur la société. On parle alors de « redistribution horizontale ». Le second système, financé par l'impôt, est basé sur la solidarité et l'assistance entre les membres de la collectivité, et donc sur la redistribution verticale. Il prévoit la même protection sociale pour tous, au nom de droits sociaux, garantis notamment par la Constitution.

Expliciter les principes de la protection sociale.

Dans cette perspective, l'État doit assurer le bien-être social et protéger chaque individu contre les risques sociaux. Le document 2 rappelle ainsi que les droits sociaux ont en effet une valeur constitutionnelle, et que « tout être humain qui, en raison de son âge, de son état physique ou mental, de la situation économique, se trouve dans l'incapacité de travailler a le droit d'obtenir de la collectivité des moyens convenables d'existence ». Par ailleurs, le soutien aux ménages à faibles revenus permet, en théorie, d'atteindre une certaine efficacité économique car ces derniers ont une forte propension à consommer et peuvent être ciblés dans le cadre d'une politique budgétaire de relance par la consommation.

B. Les pouvoirs publics disposent d'autres leviers pour contribuer à la justice sociale

Outre la fiscalité (cotisations sociales comprises), la redistribution et le système de protection sociale, les pouvoirs publics peuvent recourir à la production de services collectifs (ou services publics). Les services collectifs sont des activités d'intérêt général prises en charge par une institution publique (administration ou entreprise publique) ou privée (entreprise privée), mais sous le contrôle d'une institution publique. Les services publics remplissent aujourd'hui quatre fonctions principales : certains services publics ont une finalité d'ordre et de régulation, comme la Défense nationale, la protection civile ou la justice ; d'autres ont pour but la protection sociale et sanitaire (le service hospitalier entre dans cette catégorie) ; une troisième catégorie dispose de fonctions éducatives et culturelles, comme l'enseignement (Éducation nationale), la recherche (CNRS) ou le service public audiovisuel (France Télévisions, Radio France) ; enfin, certains services publics ont un caractère économique (par exemple, le transport ferroviaire assuré par la SNCF).

Illustrer par des exemples les fonctions principales des services publics.

Les services collectifs sont un moyen de redistribution (indirecte) et d'égalité : au lieu de verser aux ménages des revenus pour que les enfants puissent suivre des études quel que soit le niveau de revenu, l'État prend en charge l'éducation (apparence de gratuité), ce qui permet de réduire les inégalités d'accès. Ainsi, les services collectifs assurent une mission de redistribution car leur consommation est indépendante de leur financement : un ménage fortement imposé sur le revenu peut n'utiliser que peu de services collectifs, alors qu'un ménage exonéré de l'impôt sur le revenu peut consommer un niveau élevé de services collectifs. Les services collectifs répondent à un objectif de protection des individus et de réduction des inégalités.

Montrer que les services collectifs concourent à la lutte contre les inégalités.

Les pouvoirs publics tentent également de lutter contre les discriminations. Par exemple, l'État cherche à réduire les inégalités entre les femmes et les hommes sur le marché du travail (liberté d'exercer un métier sans

Montrer que les lois peuvent lutter contre certaines formes d'injustice.

l'autorisation du conjoint, loi pour rendre effectif le principe « à travail égal, salaire égal »...) et à renforcer la présence des femmes dans la vie politique. Ces inégalités de traitement remettent en cause l'égalité juridique. En effet, les discriminations fondées sur l'origine ethnique, la religion, le sexe, l'orientation sexuelle ou encore les croyances, sont condamnées par la loi car elles remettent en cause le principe d'égalité des droits. Cependant, il n'existe pas, en France, de statistiques concernant l'appartenance à des « ethnies » ; il est donc difficile d'établir s'il existe ou non une discrimination ethnique.

Ainsi, il est certain que le système de redistribution et de protection sociale permet de réduire les inégalités et la pauvreté. Néanmoins, il se heurte à des contraintes de financement. De plus, il peut fragiliser l'incitation au travail et freiner l'activité économique dans une économie ouverte.

Rédiger une transition entre les deux grandes parties du plan.

II. L'action des pouvoirs publics se heurte à des contraintes et des limites importantes qui interrogent son financement, son efficacité et sa légitimité

A. L'action sociale de l'État se heurte à des contraintes financières et à une crise d'efficacité

Pour réduire les différentes formes d'inégalités, l'État fait face aujourd'hui à d'importantes limites. Depuis les années 1970, le ralentissement de la croissance économique et la montée du chômage ont réduit les recettes fiscales et sociales, tandis que, dans le même temps, du fait de la crise, les dépenses sociales ont progressé plus vite que le PIB (indemnisation des chômeurs, revenu de solidarité active, etc.). On parle de crise de financement de l'État-providence. Le document 3 montre ainsi qu'avec 31 % du PIB, le poids des prestations sociales en France est le plus élevé des pays représentés, et qu'il s'établit 10 points au-dessus de la moyenne des pays de l'OCDE.

Mobiliser les données des documents.

Ainsi, les déficits sociaux de l'État-providence se sont creusés au fil des années en obligeant les pouvoirs publics à augmenter les prélèvements obligatoires et à mieux contrôler les dépenses sociales. En France, le système de protection sociale est très majoritairement basé sur le travail salarié (cotisations) dans une logique d'assurance : la montée et la persistance d'un chômage de masse ont déstabilisé l'équilibre des caisses d'assurance sociale et réduit l'impact de l'action des pouvoirs publics sur les inégalités économiques et sociales.

Évoquer les contraintes financières qui pèsent sur la protection sociale.

On voit également que l'action des pouvoirs publics ne parvient pas à réduire les inégalités : certaines formes de pauvreté se développent ou demeurent à un niveau élevé. Ainsi, malgré l'existence d'un haut niveau de protection sociale en France, les inégalités entre les plus fortunés et les plus pauvres se sont creusées.

B. L'action des pouvoirs publics peut être inefficace, en raison d'effets pervers, et jugée peu légitime

L'action des pouvoirs publics peut également être génératrice d'inefficacités : la pression fiscale s'accroît sur les classes moyennes qui subissent la hausse des prélèvements obligatoires. Le document 4 propose un diagramme sur des données européennes qui montre qu'en 2018, c'est en France que le taux de prélèvements obligatoires est le plus élevé avec 48,4 % du PIB, soit 7 points au-dessus de la moyenne de la zone euro. Cette hausse de la fiscalité peut alors réduire le revenu disponible des ménages et leur consommation. Par ailleurs, la hausse des prélèvements obligatoires peut impacter négativement les profits des entreprises, freiner l'investissement productif, et finalement réduire la croissance et l'emploi. La hausse du chômage, qui concerne prioritairement les classes populaires, peut alors aggraver les inégalités.

La fiscalité sur les hauts revenus peut être difficile à mettre en œuvre dans une économie globalisée où les capitaux circulent librement et où les entreprises nationales sont en compétition avec des entreprises d'autres pays qui subissent des coûts plus faibles du fait d'une protection sociale réduite. Ainsi, la hausse de la fiscalité pour financer la redistribution peut réduire l'attractivité du territoire et conduire à la délocalisation de certaines

Développer les risques de l'action sociale de l'État sur la compétitivité des entreprises.

activités productives, surtout dans des zones comme l'Union économique et monétaire (UEM) où la concurrence fiscale est forte. En outre, les travailleurs les plus qualifiés peuvent décider d'émigrer si la fiscalité progressive taxe excessivement les hauts revenus.

La perte d'efficacité de l'action publique peut alors concourir à affaiblir la légitimité de la redistribution puisque les contreparties diminuent en termes de transferts sociaux pour une partie des classes moyennes (comme dans le cas des mesures de plafonnement des allocations familiales). L'intervention des pouvoirs publics peut ainsi réduire les incitations au travail, à l'investissement, à l'épargne et à l'innovation : un niveau trop élevé de prélèvements obligatoires dissuade, par exemple, de faire des heures supplémentaires (substitution du loisir au travail) ou d'entreprendre (en raison de la faiblesse des profits que l'on pourra en retirer après impôt). Par ailleurs, il peut subsister un trop faible écart entre les revenus d'assistance-solidarité et les revenus du travail pour inciter les individus à la reprise d'emploi. Se créent alors ce que les experts appellent les « trappes à inactivité ». Certains font remarquer que le poids des cotisations sociales dans le financement de la protection sociale en France réduit l'incitation à l'embauche des travailleurs peu qualifiés.

Développer les risques d'effets désincitatifs de l'action sociale de l'État.

Conclusion

En définitive, l'action des pouvoirs publics se révèle particulièrement utile pour réduire les inégalités les plus criantes grâce au système de protection sociale et par la redistribution des revenus. L'État agit ainsi à la fois sur les inégalités de revenus et de patrimoine, mais également sur les inégalités sociales par la loi et l'existence des services collectifs.

Répondre à la problématique.

Toutefois, cette action est aujourd'hui entravée par les contraintes de l'économie ouverte et les difficultés financières du système de protection sociale, dans un contexte d'endettement élevé de l'État.

Ouvrir le sujet sur des perspectives plus larges.

SUJET 26

BAC 2022
France métropolitaine

Quelles inégalités sont compatibles avec les différentes conceptions de la justice sociale ?

ÉPREUVE COMPOSÉE (PARTIE 1)

Distinguez égalité des droits et égalité des chances.

Travail préparatoire

Analyser le sujet

Le sujet proposé s'inscrit dans le cadre du chapitre sur « Quelles inégalités sont compatibles avec les différentes conceptions de la justice sociale ? ». L'idée est de faire comprendre aux élèves que les questions relatives à l'égalité/inégalité sont différentes de celles qui concernent la justice sociale, même si elles sont liées. De surcroît, toutes les inégalités ne sont pas injustes. Pour parvenir à répondre rigoureusement à cette question, il convient préalablement de distinguer différents types d'égalité/inégalité : d'un côté, les inégalités économiques et sociales ; de l'autre, les inégalités de droit, de chance et de situation. La question posée par le sujet exige que le candidat propose une réponse claire concernant la distinction entre égalité de droits et égalité de chances.

Corrigé

Les textes en bleu apparaissant dans ce corrigé ne doivent pas figurer dans votre devoir. Nous les avons insérés pour vous guider et vous conseiller.

Les conseils du professeur

L'espace des inégalités est très hétérogène. Les inégalités prennent des formes très diverses et sans distinguer différentes catégories d'inégalités, il n'est pas possible d'y faire face efficacement, d'autant plus qu'elles se cumulent pour renforcer les avantages des uns relativement aux handicaps des autres.

Rappeler la nécessité de distinguer différents types d'égalité/inégalité.

Les économistes et sociologues proposent au moins deux typologies concernant les formes d'égalité/inégalité. Ils distinguent les inégalités économiques et les inégalités sociales, d'une part, les inégalités de droit, de chances et de situations, d'autre part. Nous nous contenterons ici d'expliciter les différences et les interactions entre égalité/inégalité des droits et égalité/inégalité des chances.

Rappeler les différents types d'égalité/inégalité.

L'égalité des droits (ou égalité juridique) désigne une situation dans laquelle les individus sont égaux devant la loi. Pour le dire simplement, ils ont les mêmes droits et les mêmes devoirs.

Définir la notion d'égalité des droits.

En particulier, les positions sociales les plus valorisées sont accessibles à tous conformément à des normes explicites : des lois.

Aujourd'hui, en principe, chacun a le droit d'accéder au système de soins, au système scolaire...

Mais, il reste à savoir si les conditions d'efficacité des soins et de réussite scolaire sont les mêmes pour chacun.

A contrario, dans l'Ancien Régime, cette égalité n'était pas assurée puisque nobles et roturiers ne relevaient pas des mêmes tribunaux et que les premiers étaient dispensés du paiement de l'impôt.

L'égalité des chances est un principe qui doit garantir que la position sociale d'un individu ne dépend pas, essentiellement, de son origine sociale. Autrement dit, tous les

Définir la notion d'égalité des chances.

individus doivent avoir, au départ, des chances égales, ou presque, de réussites scolaire, professionnelle et sociale. La société comportant des positions sociales hiérarchisées, tous les individus doivent donc disposer de chances égales d'accéder à ces différentes positions.
C'est le principe méritocratique : on n'a pas ce dont on hérite mais ce qu'on mérite.
Le principe d'égalité des chances implique que l'école et d'autres institutions puissent compenser les inégalités de dotations initiales.

Expliquer ce que peut être le rôle de l'école et d'autres institutions.

La massification scolaire doit s'accompagner d'une démocratisation scolaire.
Pour réduire les inégalités de chances de réussite en fonction de l'origine sociale, il convient de donner plus à ceux qui ont moins (discrimination positive) et améliorer ainsi leurs chances de réussites scolaire, professionnelle et sociale.
L'impôt sur le patrimoine (et notamment sur les successions) contribue à l'égalité des chances, de même que les politiques qui cherchent à assurer la réussite scolaire des enfants les plus défavorisés.
Cette distinction permet de comprendre que l'égalité des droits ne suffit pas. En effet, avoir les mêmes droits, sans bénéficier concrètement des mêmes chances de réussite a un caractère illusoire. Cela peut conduire à des phénomènes de frustration relative : « je pensais pouvoir avoir et je ne le peux pas ! »

Commenter cette comparaison entre égalité de droit et de chance.

L'observation de nos sociétés montre que l'égalité des droits et des chances est compatible avec une grande inégalité de situation qui se définit par une répartition inégalitaire des ressources économiques et sociales (revenus, patrimoine, accès aux services collectifs...) dans une population.

Ouvrir la réponse à un champ d'analyse plus large.

Enfin, ces diverses formes d'égalité conduisent à distinguer plusieurs conceptions de la justice sociale. Cette dernière correspondant à l'ensemble des principes qui définissent une répartition des droits et des ressources considérée comme légitime au sein d'un groupe.

SUJET 27

Quelles inégalités sont compatibles avec les différentes conceptions de la justice sociale ?

ÉPREUVE COMPOSÉE (PARTIE 2)

Niveaux de vie et indicateurs d'inégalités

Questions

1. Vous définirez le niveau de vie et les indicateurs d'inégalités utilisés dans ce document avant de donner du sens aux données en couleur.

2. À l'aide du document et de vos connaissances, vous présenterez l'évolution des inégalités de niveau de vie en France métropolitaine entre 1997 et 2018.

DOCUMENT • *La distribution du niveau de vie annuel et les indicateurs d'inégalités de 1997 à 2018 en France métropolitaine*

	1997	2001	2005	2009	2013	2017	2018
Niveau de vie (en euros 2018)							
1re décile (D1)	9 430	10 570	10 940	11 420	11 190	11 390	**11 210**
Médiane	17 850	19 310	19 990	21 130	20 780	21 190	**21 250**
9e décile (D9)	32 820	36 080	36 480	39 140	38 390	38 900	**39 130**
Moyenne	20 310	22 420	23 060	24 510	23 970	24 350	24 650
Indicateurs d'inégalités							
Rapport interdécile (D9/D1)	3,5	3,4	3,3	3,4	3,4	3,4	**3,5**
Indice de Gini	0,281	0,288	0,289	0,293	0,289	0,289	**0,298**

Source : Insee, « Niveaux de vie et indicateurs d'inégalités », 3 décembre 2020.

Champ : France métropolitaine, personnes vivant dans un ménage dont le revenu déclaré est positif ou nul et dont la personne de référence n'est pas étudiante.
Note : pour permettre une comparaison temporelle, les indicateurs sur les niveaux de vie et les inégalités ont été « rétropolés » de 1997 à 2011. Pour une série statistique, la « rétropolation » est une correction par extrapolation. Sur la base de deux séries de données collectées à deux dates (années) différentes, l'Insee peut faire comme si toutes les données avaient été collectées à la même date. La rétropolation implique de construire une nouvelle série statistique en combinant plusieurs séries : ici, les données du tableau ont été obtenues en rétropolant les séries de 1997 et 2011.

Travail préparatoire

Analyser le sujet

Il est attendu du candidat une présentation simple mais rigoureuse des indicateurs ainsi que des propositions de lecture des données en statique (à une date donnée) et en dynamique (évolution). Quelques calculs simples mais opportuns sont recommandés.

Corrigé

Les textes en bleu apparaissant dans ce corrigé ne doivent pas figurer dans votre devoir. Nous les avons insérés pour vous guider et vous conseiller.

Les conseils du professeur

1. Vous définirez le niveau de vie et les indicateurs d'inégalités utilisés dans ce document avant de donner du sens aux données en couleur.

Définir les indicateurs utilisés.

Le niveau de vie correspond au revenu disponible du ménage divisé par le nombre d'unités de consommation (UC). Il est donc le même pour toutes les personnes d'un même ménage. Les unités de consommation sont calculées selon l'échelle d'équivalence qui attribue 1 UC au premier adulte du ménage, 0,5 UC aux autres personnes de 14 ans ou plus et 0,3 UC aux enfants de moins de 14 ans. Pour comparer le revenu de ménages de tailles et de compositions différentes en tenant compte des économies d'échelle, on divise le revenu disponible d'un ménage par son nombre d'unités de consommation.

Le coefficient ou indice de Gini mesure ici le degré d'inégalité de la distribution des niveaux de vie. Il varie entre 0 et 1, la valeur 0 correspondant à l'égalité parfaite (tout le monde a le même niveau de vie) et la valeur 1 à l'inégalité extrême (une seule personne dispose de tous les revenus). Entre 0 et 1, l'inégalité est d'autant plus forte que l'indice de Gini est élevé.

La médiane (Me) du niveau de vie est la valeur du niveau de vie telle que 50 % des ménages ont un niveau de vie plus élevé (> Me) et 50 % des ménages ont un niveau de vie moins élevé (< Me) : Me = D5 (le 5e décile).
Le 1er décile (D1) du niveau de vie est la valeur du niveau de vie telle que 90 % des ménages ont un niveau de vie plus élevé et 10 % des ménages ont un niveau de vie moins élevé.
Le 9e décile (D9) du niveau de vie est la valeur du niveau de vie telle que 10 % des ménages ont un niveau de vie plus élevé et 90 % des ménages ont un niveau de vie moins élevé.
Le rapport interdécile (D9/D1) est un coefficient multiplicateur qui permet de mesurer l'ampleur de l'écart entre les 10 % des ménages qui ont le niveau de vie le plus élevé (> D9) et les 10 % des ménages qui ont le niveau de vie le plus faible (< D1).

En France métropolitaine, en 2018 :
– les 10 % de personnes les plus modestes de la population ont un niveau de vie inférieur à 11 210 euros annuels (1er décile ou D1) ;
– la moitié des personnes ont un niveau de vie inférieur à 21 250 euros annuels, soit 1 771 euros par mois (médiane du niveau de vie) ;
– les 10 % de personnes les plus aisées ont un niveau de vie supérieur à 39 130 euros (9e décile ou D9) ;
– le rapport interdécile D9/D1 s'établit à 3,5. Les 10 % de personnes les plus aisées ont un niveau de vie 3,5 fois plus élevé que les 10 % de personnes les plus modestes ;
– l'indice de Gini est de 0,298. En statique, à une date donnée, la valeur de l'indice est plus proche de 0 que de 1, donc plus proche de l'égalité parfaite que de l'inégalité extrême.

Donner du sens aux données statistiques.

2. À l'aide du document et de vos connaissances, vous présenterez l'évolution des inégalités de niveau de vie en France métropolitaine entre 1997 et 2018.

En France métropolitaine, entre 1997 et 2018 :

Présenter les évolutions en illustrant par des calculs.

– le niveau de vie annuel des 10 % de personnes les plus modestes a augmenté de 1 780 euros (11 210 – 9 430), soit une hausse de 18,88 % ;

– le niveau de vie annuel médian a augmenté de 3 400 euros (21 250 – 17 850), soit une hausse de 19,05 % ;

– le niveau de vie annuel des 10 % de personnes les plus aisées a augmenté de 6 310 euros (39 130 – 32 820), soit une hausse de 19,23 % ;

– le niveau de vie annuel moyen a augmenté de 4 340 euros (24 650 – 20 310), soit une hausse de 21,37 % ;

– le rapport interdécile D9/D1 reste stable à 3,5. Les 10 % de personnes les plus aisées ont un niveau de vie 3,5 fois plus élevé que les 10 % de personnes les plus modestes en 2018 comme en 1997 ;

– l'indice de Gini a augmenté en passant de 0,281 à 0,298, soit une hausse de 6,05 %.

Donner du sens à ces évolutions.

Selon les observations réalisées à partir des déciles et du rapport interdécile, les inégalités de niveau de vie restent très stables ou augmentent faiblement.

Selon les observations réalisées à partir du coefficient de Gini, les inégalités de niveau de vie augmentent entre 1997 et 2018. Elles avaient augmenté après la crise économique de 2008 et, après une baisse entre 2013 et 2017, elles augmentent à nouveau en 2018.

Conclure.

Sur la base de ces indicateurs, il est difficile d'affirmer que les inégalités ont nettement augmenté sur cette période. Une analyse plus fine est nécessaire pour compléter ces observations très générales.

SUJET 28

Quelles inégalités sont compatibles avec les différentes conceptions de la justice sociale ?

ÉPREUVE COMPOSÉE (PARTIE 3)

À l'aide de vos connaissances et du dossier documentaire, vous montrerez que les inégalités économiques et sociales sont cumulatives.

DOCUMENT 1 • *Les salaires mensuels nets moyens selon le sexe et la catégorie socioprofessionnelle en 2016*

	Montants mensuels nets en euros courants			
	Femmes	**Hommes**	**Ensemble**	**(F–H)/H en %**
Cadres*	3 477	4 377	4 060	– 20,6
Professions intermédiaires	2 055	2 396	2 241	– 14,2
Employés	1 549	1 681	1 590	– 7,9
Ouvriers	1 441	1 731	1 681	– 16,8
Ensemble	1 969	2 431	2 238	– 19,0

* Y compris les chefs d'entreprise salariés.

Source : Insee, « Tableaux de l'économie française », 2020.

Champ : France hors Mayotte, salariés en équivalent temps plein du secteur privé et des entreprises publiques, y compris les bénéficiaires de contrats aidés et de contrats de professionnalisation. Sont exclus les apprentis, stagiaires, salariés agricoles et salariés des particuliers employeurs.

DOCUMENT 2 • *Du principe de l'égalité des chances à la réalité des inégalités de chances*

Pour l'école, le défi est de faire réussir des enfants qui, dès le départ, n'ont pas les mêmes cartes en main. « En France, les premières "traces" des inégalités sociales et sexuées à l'école sont observées au niveau de la moyenne section de maternelle. [...] Une analyse très fine des performances [des élèves] montre que c'est dans le domaine de la logique verbale que les inégalités sociales sont les plus marquées », note Marie Duru-Bellat. Les inégalités entre les enfants existent avant même l'entrée à l'école.

Vers l'âge de 11 ans, en sixième, les écarts étaient, en 2005, de 9,2 points sur 100 entre les enfants d'ouvriers et ceux de cadres en français, de 13,3 points en mathématiques. Au fil des cursus, la part des enfants des catégories sociales modestes s'amenuise peu à peu. Parmi les enfants entrés en sixième en 1995, 38 % étaient de parents ouvriers ou inactifs. Six ans plus tard, ils n'étaient plus que la moitié à avoir obtenu un bac général. L'année suivante, ils ne représentaient que 9 % des étudiants de classes préparatoires... [...]

Les moyennes cachent la situation des filières les plus sélectives. L'élite de la nation s'est déplacée vers les grandes écoles. On dispose de peu de données sur ce phénomène. Mais on sait qu'entre les années 1940 et les années 1980, leur recrutement ne s'est pas ouvert, en dépit de la démocratisation d'ensemble. Les années 1980 auraient même été marquées par une hausse des inégalités sociales d'accès aux grandes écoles. Dans les grandes écoles les plus prestigieuses, la part des enfants d'origine populaire (agriculteurs, ouvriers, employés, artisans ou commerçants) est passée de 29 % à 9 % du début des années 1950 à la fin des années 1980, un effet qui ne s'explique que pour partie par le déclin de ces catégories dans la population. À l'entrée à l'ENA*, à l'automne 2008, 2,9 % des enfants avaient un parent ouvrier, alors que ces derniers représentent encore 22,8 % des emplois...

*ENA : École nationale d'administration.

Source : Louis Maurin, *Déchiffrer la société française*, coll. « Grands repères », Éditions La Découverte, 2009.

DOCUMENT 3 • *L'espérance de vie des hommes et des femmes à l'âge de 35 ans selon la catégorie sociale en 2009-2013 (unité : années)*

	Hommes	Femmes
Cadres supérieurs	49,0	53,0
Professions intermédiaires	46,7	51,9
Agriculteurs	46,2	51,1
Artisans, commerçants et chefs d'entreprise	46,0	51,4
Employés	44,9	51,1
Ouvriers	42,6	49,8
Inactifs	33,1	47,6
Ensemble	44,5	50,5
Écart entre cadres supérieurs et ouvriers	6,4	3,2

Source : *Insee Première* n° 1 584, février 2016.

Lecture : Compte tenu des niveaux de mortalité mesurés entre 2009 et 2013, un homme cadre de 35 ans pouvait espérer vivre en moyenne encore 49 années, soit jusqu'à 84 ans au total ; une femme cadre de 35 ans pouvait espérer vivre en moyenne encore 53 années, soit jusqu'à 88 ans au total.

Travail préparatoire

Analyser le sujet

Le sujet proposé conduit à présenter la dimension multiforme et cumulative des inégalités. Dans un « système des inégalités » caractérisé par les interdépendances entre les différentes formes d'inégalités, il est d'usage de distinguer les inégalités économiques des inégalités sociales et de mettre en évidence leur aspect cumulatif : les unes entraînant les autres et réciproquement.

Analyser les documents

Document 1

Les données du tableau peuvent être mobilisées pour évoquer les écarts significatifs et persistants en matière de salaires mensuels entre les grandes catégories socioprofessionnelles, mais aussi entre les hommes et les femmes. En France, en 2016, on peut observer que dans le secteur privé ou dans une entreprise publique, les femmes ont, en moyenne, un salaire inférieur de 19 % à celui des hommes. L'écart est plus faible pour les employés (– 7,9 %) et plus élevé pour les cadres (– 20,6 %).

Document 2

Le document 2, qui se base sur les travaux de la sociologue Marie Duru-Bellat, insiste sur la persistance des inégalités scolaires, et permet de montrer que ces dernières se construisent dès le plus jeune âge. Ces inégalités sont largement façonnées par les différences entre les milieux sociaux d'origine, au cours du processus primaire de socialisation et d'intériorisation d'un stock de capital culturel. De plus, ce texte montre les limites de la démocratisation scolaire et de la réduction des inégalités des chances de réussite.

Document 3

Le tableau met en évidence les inégalités face à la mort selon les catégories sociales et selon le sexe. À 35 ans, un homme cadre peut espérer vivre jusqu'à 84 ans, contre 77,6 ans pour un ouvrier, selon l'Insee (données moyennes entre 2009 et 2013), soit plus de six ans d'écart. L'espérance de vie à 35 ans d'une femme cadre est de 53 ans (soit 88 ans en tout) contre 49,8 ans pour une ouvrière (84,8 ans), soit plus de trois années de différence. Ces données montrent que les inégalités économiques peuvent entraîner des inégalités sociales et réciproquement.

Problématiser le sujet

Afin de montrer que les inégalités, multidimensionnelles, se cumulent, il convient de distinguer les inégalités économiques et les inégalités sociales.

Proposition de plan

I. Du cumul des inégalités économiques au cumul des inégalités sociales

A. Les inégalités économiques se renforcent

B. Les inégalités sociales s'entraînent mutuellement

II. Les inégalités économiques et sociales se cumulent

A. Les inégalités économiques peuvent entraîner des inégalités sociales

B. Les inégalités sociales peuvent générer des inégalités économiques

Corrigé

Les textes en bleu apparaissant dans ce corrigé ne doivent pas figurer dans votre devoir. Nous les avons insérés pour vous guider et vous conseiller.

Les conseils du professeur

Introduction

Si les sociétés démocratiques sont fondées sur un idéal d'égalité, la réalité sociale est caractérisée par de nombreuses inégalités économiques et sociales.

Proposer une accroche.

La notion d'inégalité désigne des différences qui se traduisent par des avantages ou des désavantages sociaux pour les individus qui disposent ou non des ressources inégalement réparties. Par exemple, on parle de différences de couleur de cheveux, mais on analysera les inégalités de revenus.

Définir les termes du sujet.

Les inégalités économiques concernent les inégalités de revenus, de patrimoine, de consommation et d'épargne. Les inégalités sociales correspondent aux inégalités liées aux écarts de distribution des ressources non économiques (capital culturel, capital social, etc.) ou d'accès à des services (santé, logement, etc.). Ces différentes formes d'inégalités sont pluridimensionnelles et cumulatives. Les inégalités « font système » dans la mesure où les inégalités économiques, d'une part, et les inégalités sociales, d'autre part, se cumulent.

Dès lors, comment expliquer ce caractère cumulatif des inégalités ? Par quels mécanismes peuvent-elles s'entraîner mutuellement ?

Problématiser le sujet.

Afin de répondre à ces interrogations, on présentera d'abord le cumul des inégalités économiques, puis celui des inégalités sociales, avant d'expliciter les mécanismes d'entraînement réciproques des inégalités économiques et sociales.

Annoncer le plan.

I. Du cumul des inégalités économiques au cumul des inégalités sociales

Les inégalités sont pluridimensionnelles et, pour en faciliter l'observation et l'analyse, on distingue généralement deux grandes catégories : les inégalités économiques et les inégalités sociales.

Courte introduction.

A. Les inégalités économiques se renforcent

L'étude des inégalités économiques va consister à se focaliser sur les inégalités de revenus (salaire, revenu de la propriété, revenu disponible, etc.), de patrimoine (soit le stock qui englobe l'ensemble des actifs financiers et non financiers détenus à une date donnée, les dettes étant soustraites), de consommation et d'épargne.

Définir les notions utilisées.

On peut retenir que les inégalités de revenu et les inégalités de patrimoine sont cumulatives. Par exemple, le titulaire d'un salaire très élevé a plus facilement qu'un autre la possibilité de consacrer une part accrue de ce revenu à l'épargne financière (en acquérant des valeurs mobilières) mais également non financière (en faisant l'acquisition d'un logement). Cette accumulation de capital se traduira par une augmentation du stock de capital qui pourra générer ensuite des flux de dividendes, de loyers, d'intérêts qui viendront accroître les revenus et, à plus long terme, le stock de patrimoine.

Illustrer par un exemple.

Mais au-delà des inégalités économiques, des inégalités sociales existent.

Courte transition.

B. Les inégalités sociales s'entraînent mutuellement

Les inégalités sociales sont les inégalités liées à l'inégale distribution des ressources non économiques (niveau d'éducation, de capital social, de capital culturel, etc.) ou l'inégal accès à divers services indispensables (santé, logement, situation d'emploi, etc.). Elles sont perceptibles en termes d'accès différencié aux biens et aux services consommés (alimentation, santé et espérance de vie, lieux de logement), d'accès à la sphère politique (sous-représentation des femmes) et à l'emploi (inégalités face au chômage selon le niveau de diplôme, l'origine sociale...).

Définir les notions utilisées.

Pour prendre un exemple, une femme d'origine immigrée peut être doublement pénalisée : en tant que femme et en tant qu'immigrée si elle est victime de discriminations, des comportements pourtant prohibés par la loi. Un enfant d'ouvrier a également moins de chances de réussite scolaire, professionnelle et sociale qu'un enfant de cadre.

Illustrer par un exemple.

De la même façon, on peut observer dans le document 3 des écarts importants d'espérance de vie à l'âge de 35 ans en fonction de la catégorie sociale. À l'âge de 35 ans, le nombre d'années restant à vivre en moyenne varie fortement entre un cadre (49 ans pour les hommes et 53 ans pour les femmes) et un ouvrier (42,6 ans pour les hommes et 49,8 ans pour les femmes). À 35 ans, un homme cadre peut espérer vivre jusqu'à 84 ans, contre 77,6 ans pour un ouvrier, soit plus de six ans d'écart ; une femme cadre peut espérer vivre jusqu'à 88 ans, contre 84,8 ans pour une ouvrière, soit plus de trois années de différence. Le temps restant à vivre est donc plus important pour les cadres. Cela s'explique en particulier par les différences de pénibilité du travail et de conditions de vie.

Utiliser les documents.

D'un point de vue analytique, il est clairement nécessaire de bien distinguer les inégalités économiques et les inégalités sociales. Pour autant, il est tout aussi indispensable de montrer qu'elles se cumulent dans le cadre d'un système d'inégalités.

Faire une transition entre les deux grandes parties.

II. Les inégalités économiques et sociales se cumulent

Si, d'une part, les inégalités économiques se renforcent et que, d'autre part, les inégalités sociales s'entraînent mutuellement, les inégalités économiques et sociales sont cumulatives.

Courte introduction.

A. Les inégalités économiques peuvent entraîner des inégalités sociales

Par exemple, le titulaire d'un salaire très élevé a plus facilement qu'un autre la possibilité de consacrer une part accrue de ce revenu à l'accès aux meilleurs soins pour entretenir sa santé. Cette personne pourra également avoir une activité de loisir et culturelle plus importante : fréquentation des restaurants, cinémas, théâtres, parcs d'attractions... afin d'améliorer son bien-être et, au final, sa santé physique et/ou mentale.

S'appuyer sur un exemple.

Ces écarts de salaires vont contribuer à générer d'autres formes d'inégalités sociales, comme les inégalités résidentielles et scolaires. Les titulaires de hauts revenus pourront vivre dans des quartiers proches des meilleurs établissements scolaires dans les centres urbains, tandis que les titulaires de bas revenus vont demeurer « piégés » dans les quartiers périphériques, éloignés des écoles prestigieuses et des emplois gratifiants. Ces inégalités scolaires peuvent ensuite favoriser des trajectoires professionnelles très différentes.

Les inégalités économiques peuvent contribuer au développement d'inégalités sociales. Mais la réciproque est aussi vraie.

Courte transition.

B. Les inégalités sociales peuvent générer des inégalités économiques

Les inégalités sociales peuvent contribuer au creusement des inégalités économiques. En effet, l'inégale répartition des tâches domestiques entre hommes et femmes a des conséquences sur le comportement de chacun sur le marché du travail, que ce soit en termes d'accès ou de perspectives d'avancement. Cela explique, en partie, les

S'appuyer sur un exemple.

inégalités de revenus entre ces deux groupes. De plus, le déséquilibre dans la répartition des tâches domestiques au détriment des femmes ainsi que leur surreprésentation dans les formes particulières d'emplois (emplois atypiques, notamment à temps partiel non souhaité) limitent leurs revenus et leurs perspectives d'ascension sociale.

Sur ce point, le document 1 permet d'observer qu'en France, en 2016, les femmes ont, en moyenne, un salaire inférieur de 19 % à celui des hommes. De plus, entre catégories sociales, l'écart est plus faible pour les employés (– 7,9 %) et plus élevé pour les cadres (– 20,6 %). Chez les hommes, les cadres gagnent 2,6 fois plus que les employés. Chez les femmes, les cadres gagnent 2,4 fois plus que les ouvrières. Ces inégalités s'expliquent notamment par les différences de capital humain, de niveau de qualification ou par le type de poste occupé.

Utiliser les documents.

Enfin, comme l'a montré dans ses travaux la sociologue Marie Duru-Bellat citée dans le document 2, les inégalités entre les enfants existent avant même l'entrée à l'école. Le poids de l'origine sociale explique largement l'inégalité des chances scolaires (rôle du capital culturel selon Pierre Bourdieu ou choix rationnels des familles pour Raymond Boudon). Ces inégalités scolaires déterminent l'éventail des salaires et les différences de statuts sociaux : le poids du diplôme est donc important dans la réussite sociale.

Conclusion

En définitive, les inégalités économiques et sociales sont en interaction dans la société et peuvent entraîner un cumul de handicaps sociaux dans le bas de l'échelle sociale et un cumul des privilèges au sein de l'élite sociale.

Synthétiser la réponse à l'enjeu central du sujet.

Tout l'enjeu pour les sociétés démocratiques est alors de décider quel niveau d'intervention publique elles doivent mettre en œuvre pour favoriser l'égalité des chances de réussites scolaire, professionnelle et sociale. La réduction des inégalités économiques et sociales doit toutefois concilier un principe de justice et des incitations favorables à la croissance des revenus.

Élargir les enjeux du sujet.

Lexique des notions fondamentales

Actifs : Personnes qui ont un emploi ou qui en recherchent un (chômeurs).

Anomie : Situation sociale caractérisée par l'affaiblissement des normes et du contrôle social au sein d'une société, ou encore inadéquation des moyens aux fins.

Asymétries d'information : Les agents économiques prennent des décisions, font des choix, en situation d'asymétrie d'information, au sens où ils ne disposent pas tous des mêmes informations, ni de la même capacité à traiter ces informations pour prendre leurs décisions. Ces asymétries peuvent induire des comportements non vertueux, des comportements d'antisélection (sélection adverse) quand les agents économiques font collectivement des choix qui vont conduire à la défaillance du marché, ou lorsqu'il y a aléa moral quand une personne prend davantage de risques car elle sait qu'elle sera « protégée ». L'existence de ces comportements menace l'existence même des marchés concernés, car les échanges peuvent s'arrêter. Or, s'il n'y a plus d'échanges, il n'y a plus de marché !

Avantage comparatif : Gain résultant d'une différence de productivité pour la production de deux biens différents, qui se traduit par la spécialisation dans le bien relativement le moins coûteux ou dont la productivité est la plus élevée, et qui permet d'obtenir une quantité plus élevée de l'autre bien grâce à l'échange.

Barrières à l'entrée : Obstacles ayant pour but de limiter, voire d'empêcher les mouvements d'entrée de concurrents sur le marché (protections juridiques, exploitation de brevets, lourdeur des investissements initiaux).

Bien public mondial : Bien ayant des caractéristiques de non-rivalité et de non-exclusion entre populations de pays différents.

Biens collectifs et biens communs : Les biens collectifs ne peuvent donner lieu à un échange marchand. Ils sont « non rivaux » et « non excluables ». Un bien est qualifié de rival dans la mesure où la consommation par l'un empêche complètement celle de l'autre. Il n'y a pas d'exclusion par le prix car tout le monde a intérêt à ce que tout le monde y ait accès ! Les biens communs sont « rivaux » mais « non excluables ». Ce qui explique leur tragédie.

Brevets : Titres de propriété industrielle portant sur des inventions ou des innovations, et qui donnent un droit exclusif de production ou de commercialisation sur une période, généralement de 20 ans.

Capital : Stock d'actifs susceptible d'engendrer un flux de revenus.

Capital culturel : Ensemble des ressources et des dispositions culturelles (accès à des biens culturels, diplômes, rapport à la culture et à l'école) acquises.

Capital humain : Ensemble des compétences et des expériences accumulées qui ont pour effet de rendre les salariés plus productifs.

Capital social : Ensemble des ressources dont un acteur peut bénéficier grâce à ses relations sociales. Au-delà de cette dimension individuelle, il désigne aussi un contexte social favorable aux échanges entre individus et donc au développement économique.

Catégories socioprofessionnelles : Classification multidimensionnelle et partiellement hiérarchisée créée par l'Insee en 1954 (et modifiée depuis) qui est fondée sur un certain nombre de critères (profession individuelle, statut juridico-économique, qualification des salariés, position hiérarchique, taille de l'entreprise, secteur d'activité, opposition public/privé).

Chaîne de valeur mondiale : Fragmentation internationale du processus de production dans différents pays afin de tirer parti des différences de qualification, de technologies, de prix des facteurs de production, etc.

Choc asymétrique : Modification du niveau de l'activité économique telle qu'elle affecte un pays ou un groupe de pays sans concerner les autres.

Chômage : Situation d'une personne sans emploi, à la recherche d'un emploi et disponible pour travailler dans un délai court. Les chômeurs sont des actifs au même titre que les actifs occupés, ceux qui travaillent. Le taux de chômage correspond au rapport entre le nombre de chômeurs et la population active. Le taux d'emploi est le rapport entre le nombre de travailleurs et la population en âge de travailler.

Classes sociales : Le concept de classe sociale renvoie à l'idée de groupes sociaux clairement distincts qui seraient porteurs d'intérêts divergents et donc de conflits.

Cohésion sociale : Situation caractérisée par la stabilité et la force des liens sociaux et par un niveau élevé de solidarité entre les membres d'une société.

Commerce interbranche : Échange de biens et services portant sur des produits issus de branches différentes.

Commerce international : Désigne les échanges internationaux de biens et de services.

Commerce intrafirme : Commerce qui désigne les échanges entre une société mère et une de ses filiales, ou encore entre les différents établissements ou filiales d'une même entreprise, qui peut être une firme multinationale.

Compétitivité prix et hors prix : La compétitivité prix se traduit par la capacité à proposer sur le marché des prix inférieurs aux concurrents (elle dépend des coûts de production, de l'évolution du taux de change, et des comportements de marge). La compétitivité hors prix est la capacité à conquérir des parts de marché en jouant sur d'autres déterminants que le prix (design, réputation de la marque, innovation, etc.).

Concurrence : Situation de marché qui se traduit par un plus ou moins haut degré de compétition entre les offreurs-vendeurs. En situation de concurrence pure et parfaite, la condition d'atomicité étant respectée, chaque offreur est trop petit sur le marché pour pouvoir imposer ou même influencer le niveau de prix. Chacun est donc preneur de prix. En situation de monopole, le monopoleur est faiseur de prix dans la mesure où il peut imposer son prix aux demandeurs. En situation d'oligopole, les entreprises peuvent s'entendre (cartel) pour fixer un niveau de prix commun. Le « faiseur de prix » est collectif.

Conflit social : Opposition entre des individus ou des groupes sociaux qui défendent des valeurs ou des intérêts divergents et cherchent à modifier le rapport de force à leur avantage.

Consommation engagée : Ensemble des choix de consommation ayant pour but d'influencer les producteurs et les consommateurs en favorisant la demande de produits correspondant à certaines valeurs ; le consommateur devient un « consom'acteur ».

Crise financière : Enchaînement cumulatif lié à la chute brutale des prix d'actifs financiers et à un effet de richesse négatif.

Croissance économique : Hausse soutenue et durable de la production globale d'une économie. Elle est mesurée par le taux de croissance du produit intérieur brut (PIB) en volume. La croissance effective correspond à la croissance réalisée et mesurée. La croissance potentielle serait la croissance qui serait obtenue si l'ensemble des capacités de production étaient pleinement utilisées, sans pour autant provoquer de l'inflation.

Déclassement : Processus qui conduit un individu à occuper une position sociale moins valorisée que celle de ses parents (mobilité sociale descendante).

Défaillances de marché : Situations de marché dans lesquelles les mécanismes de marché (offre, demande, ajustement par les variations de prix, main invisible...) dysfonctionnent. On distingue trois grandes catégories de défaillances : les situations d'asymétries d'information, l'existence d'externalités et la présence de biens collectifs et de biens communs.

Déficit budgétaire : Situation budgétaire dans laquelle les dépenses de l'État sont supérieures à ses recettes.

Déficit public : Déficit budgétaire élargi aux comptes des collectivités locales et de la Sécurité sociale.

Déflation : Au sens strict, forte baisse du niveau général des prix. Au sens large, la déflation correspond à un cercle vicieux où la baisse des prix et la baisse de la demande globale qui en résulte finissent par se cumuler pour entraîner l'économie dans une grave dépression.

Délinquance : Au sens large, forme de déviance qui fait l'objet d'une sanction juridique.

Délocalisation : Au sens strict, fermeture d'une unité de production sur un territoire, suivie de sa réouverture sur un autre territoire (à l'étranger le plus souvent), en vue de réimporter sur le territoire d'origine les biens produits à moindre coût, ou de réexporter les biens vers les marchés d'origine à partir de cette nouvelle implantation.

Demande : Intention d'achat d'une certaine quantité de biens et services pour un prix donné à un moment donné.

Demande anticipée : Demande globale prévue par les entrepreneurs, qui détermine le niveau de l'emploi chez Keynes.

Demande globale : Ensemble des achats de biens et de services finals effectués au cours d'une année dans une économie donnée (consommation des ménages, investissement des entreprises, demande des administrations publiques, exportations nettes).

Démocratie : Gouvernement du peuple. Régime de gouvernement qui respecte trois principes : la participation du peuple (des citoyens) aux décisions (directement ou par l'intermédiaire de leurs représentants) ; le pluralisme politique ; l'alternance au pouvoir, c'est-à-dire la possibilité effective pour l'opposition d'accéder aux responsabilités si les citoyens en décident.

Démocratisation scolaire : Réduction de l'effet de l'origine sociale sur la réussite scolaire.

Désaffiliation : Selon le sociologue Robert Castel, situation dans laquelle se trouve un individu qui est à la fois privé de travail et isolé socialement.

Dette publique : Ensemble des engagements financiers des administrations publiques (État, collectivités territoriales, organismes publics de sécurité sociale...).

Développement durable : Défini dans le rapport « Brundtland » en 1987 comme « un mode de développement qui répond aux besoins des générations du présent sans compromettre la capacité des générations futures à répondre aux leurs ».

Différenciation des produits : Ensemble d'actions par lesquelles une entreprise cherche à singulariser son ou ses produits par rapport aux produits concurrents.

Discrimination : Différence de traitement dans l'accès à une ressource rare sur la base d'un critère prohibé.

Disqualification sociale : Selon le sociologue Serge Paugam, processus d'affaiblissement ou de rupture des liens de l'individu qui cumule les handicaps sociaux et se trouve confronté à la marginalisation sociale.

Dotation factorielle : Quantité de facteurs de production disponibles dans un pays.

Droits de propriété : Droits d'utiliser un bien ou un service, d'en retirer un revenu et d'en disposer dans les conditions fixées par la loi.

Échange marchand : Échange qui se réalise sur un marché et qui donne lieu au paiement d'un prix.

Économie réelle : Par opposition à l'économie financière, elle désigne la production, l'échange et la consommation de biens et de services.

Effet d'agrégation (ou effet émergent) : En sociologie, lorsque les individus adoptent les mêmes comportements sans concertation, le résultat collectif obtenu est différent (parfois même contraire aux intentions individuelles initiales).

Effet d'éviction : Sur un marché, situation dans laquelle certains agents connaissent un rationnement de leur demande en raison de la présence d'autres agents captant une grande partie de l'offre (quantité offerte < quantité demandée). Cela peut être le cas pour des agents privés à besoin de financement lorsque l'État accroît sa demande de capitaux sur les marchés financiers. Les agents privés sont rationnés, ils sont donc évincés.

Égalité : Situation dans laquelle deux individus ou deux groupes sont dans des positions jugées socialement comme étant identiques ou équivalentes.

Épargne : Partie non dépensée (pour la consommation dans le cas d'un ménage) du revenu. Elle permet de financer l'investissement.

Équité : Principe conduisant à corriger des inégalités qui paraissent injustes, notamment par la mise en œuvre de discriminations positives. Est équitable ce que l'on considère comme juste. Jean-Paul Fitoussi définit l'équité comme une propriété du critère d'égalité qu'on choisit. L'égalité devant la vie suppose qu'on accepte de plus grandes inégalités de ressources.

Externalisation : Stratégie de recours au marché (acheter des produits aux fournisseurs plutôt que de les faire soi-même) en raison de coûts plus avantageux qu'en production interne.

Externalités : Les externalités ou effets externes désignent les effets (positifs ou négatifs) des activités économiques et des échanges des uns sur d'autres agents économiques, qui ne participent pas à ces échanges. Ces impacts ne sont pas pris en compte dans les calculs de l'agent qui les génère et ne sont pas intégrés au prix du marché.

Facteurs de production : Moyens de production combinés par les entreprises et les administrations publiques pour produire les biens et services. On peut distinguer le facteur travail du facteur capital (capital fixe et capital circulant faisant l'objet de consommations intermédiaires). Le progrès technique via les innovations de procédés et organisationnelles vient améliorer l'efficacité de la combinaison productive.

Firme multinationale : Entreprise de grande taille qui dispose d'au moins une unité de production à l'étranger.

Fiscalité : Sous-ensemble des prélèvements obligatoires qui ne comporte que les impôts.

Flexibilité du marché du travail : La flexibilité du marché du travail fait référence à la souplesse de fonctionnement de ce marché, laquelle se traduit par la capacité pour les employeurs de s'adapter aux fluctuations conjoncturelles (par le licenciement et l'embauche) par les variations du niveau des salaires, par l'ajustement de la durée du travail en fonction des besoins...

Fluidité sociale : Caractéristique d'une société relative à la force du lien entre l'origine sociale et la position sociale, indépendamment de l'évolution de la structure socioprofessionnelle. Une société parfaitement fluide est une société où tous les individus ont les mêmes chances d'atteindre une position sociale donnée.

Gains à l'échange : Surplus de biens et services que les agents économiques peuvent acquérir grâce aux échanges, en comparaison d'une situation où il n'y aurait pas d'échanges et où les individus produiraient eux-mêmes les biens qu'ils consomment.

Globalisation financière : Processus d'unification des marchés financiers au niveau mondial. Elle implique un recours accru aux marchés financiers dans le financement des économies, une concurrence plus forte entre les acteurs financiers (banques, institutions financières, fonds spéculatifs) et la possibilité élargie de participer à tous les compartiments de ces marchés. Sur ce marché financier global, fonctionnant en temps réel, se rencontrent directement les agents à capacité de financement et les agents à besoin de financement. Les premiers vont permettre aux seconds de financer leurs investissements, et plus généralement leurs activités économiques, sans recourir à un intermédiaire financier telle une banque. Le processus de globalisation financière a été décidé par les États afin de réaliser une allocation optimale des ressources financières au niveau mondial ; il se caractérise par les « 3 D » : déréglementation, décloisonnement et désintermédiation.

Gouvernance multiniveaux : Principe de répartition des compétences entre les différents niveaux de pouvoir au sein de l'Union européenne (local, national et communautaire).

Grève « par procuration » : Les participants s'expriment également au nom de ceux qui ne peuvent pas faire grève, notamment parce qu'ils ne sont pas protégés par la sécurité de l'emploi (ex. : les travailleurs précaires).

Groupe de statut : Groupe d'individus auxquels il est reconnu un certain niveau de prestige social (Max Weber).

Groupe d'intérêt : Groupe de personnes ou organisation qui cherche à influencer les décisions des autorités publiques de manière à défendre collectivement un intérêt spécifique (à l'inverse des partis politiques qui ont pour but la conquête du pouvoir).

Groupe social : Ensemble d'individus ayant des interactions, réunis par un sentiment d'appartenance et reconnus par la société comme faisant partie de ce groupe.

L'*habitus* selon Bourdieu : « Ce que l'on a acquis, mais qui s'est incarné de façon durable dans le corps sous forme de dispositions permanentes » (goûts et aptitudes acquis au cours du processus de socialisation).

Inégalités économiques, inégalités sociales : Une inégalité est une différence qui implique une hiérarchisation sociale, c'est-à-dire qui donne un avantage ou désavantage social à ceux qui disposent ou non de l'attribut inégalement réparti. Les inégalités économiques sont les inégalités liées à l'inégale distribution des ressources économiques (revenu, patrimoine). Les inégalités sociales correspondent aux inégalités liées aux écarts de distribution des ressources non économiques (capital culturel, capital social, etc.) ou d'accès à des services (santé, logement, etc.).

Inflation : Situation de hausse du niveau général des prix. Le taux d'inflation (taux de variation du niveau général des prix) mesure l'inflation. La désinflation est un ralentissement de l'inflation, c'est-à-dire une baisse du taux d'inflation qui reste positif.

Institutions : Ensemble des règles du jeu (contraintes) dans l'économie et la société, créées par les hommes pour organiser les interactions. Les institutions économiques encadrent le fonctionnement des marchés de biens et services, du travail, des capitaux (financiers) via les droits de propriété, les conditions de concurrence, la protection par les brevets.

Intermédiation financière : Activité qui consiste pour les institutions financières à assurer la satisfaction du besoin de financement des agents économiques qui souhaitent se procurer des capitaux, et à permettre aux agents à capacité de financement d'effectuer le placement de leur épargne.

Investissement : Opération d'acquisition (achat) de capital fixe productif. L'investissement peut se traduire par une accumulation de capital quand le stock de capital augmente. On utilise la notion d'investissement pour le capital humain également.

Libre-échange : Le libre-échange entre les nations est réalisé lorsqu'il n'existe aucune entrave au commerce international (pas de quotas, de droits de douane, etc.).

Lien social : Désigne à la fois le « désir de vivre ensemble, la volonté de relier des individus dispersés et l'ambition d'une cohésion sociale plus profonde » (Serge Paugam).

Marché : Lieu de rencontre, virtuel ou réel, d'une offre et d'une demande, et où se fixe un prix.

Massification scolaire : Progression quantitative du nombre de jeunes d'une génération qui accède à un niveau scolaire donné.

Méritocratie : Système dans lequel la position sociale occupée par un individu est liée à son mérite (effort, etc.).

Mobilité intergénérationnelle : Changements plus ou moins importants de position sociale et professionnelle observables entre plusieurs générations (en comparant la position sociale du fils à celle du père).

Mobilité intragénérationnelle : Changement de position sociale et professionnelle d'un individu au cours de sa vie.

Mobilité observée : Mesure du pourcentage de fils qui se trouvent dans une PCS différente de celle de leur père. Par exemple, en 2003, selon l'Insee, 83 % des fils d'employés ne sont pas dans la PCS « employés ».

Mobilité relative : C'est la mesure de la mobilité par *odds ratio* (terme anglais signifiant « rapport des cotes » dans le pari sportif ou « rapport des chances »).

Mobilité sociale : Changements de statut social des individus ou des groupes sociaux au cours du temps, ainsi que les différences entre le statut social des parents et celui de leurs enfants.

Modes de scrutin : Règles qui définissent la façon dont les sièges sont pourvus au cours des élections.

Monnaie : Actif le plus liquide dans une économie, c'est-à-dire qu'il peut être transformé en un autre actif rapidement et sans coût de transaction.

Mouvements sociaux : Forme d'action collective en faveur d'une cause et tournée vers la protestation envers un adversaire désigné (politique gouvernementale, autres groupes sociaux, etc.).

Offre : Volume de biens et services mis à la disposition du marché afin d'être vendus.

Paradoxe d'Anderson : Paradoxe selon lequel un diplôme plus élevé que celui de son père ne garantit pas une ascension sociale.

Paradoxe de l'action collective : Contrairement aux attentes, paradoxalement, un individu rationnel a intérêt à ne pas participer à une action collective (grève par exemple) pour ne pas en subir les coûts et bénéficier, néanmoins, des gains. Toutes choses égales par ailleurs, un individu rationnel a intérêt à adopter un comportement de « passager clandestin ». Cela suppose toutefois que les autres ne raisonnent pas de la même manière.

Parité : Situation d'égalité qui renvoie généralement à la nécessité d'assurer l'égalité entre hommes et femmes dans tous les domaines de la vie sociale.

Partenaires sociaux : Ensemble constitué par les organisations patronales et les syndicats.

Participation électorale : Comportement d'un électeur inscrit sur les listes électorales qui exerce son droit de vote.

Participation politique : Ensemble des activités individuelles ou collectives susceptibles de donner aux gouvernés une influence sur le fonctionnement du système politique.

Pauvreté : Phénomène multidimensionnel qui peut se définir en termes monétaires (critère de revenu), en termes de conditions de vie (accès à un certain nombre de biens et services considérés comme essentiels) ou en termes subjectifs (sentiment d'être pauvre).

PIB : Le PIB est un agrégat, somme (agrégation) de productions très hétérogènes. Le PIB permet de mesurer la production globale de l'économie, en faisant la somme des valeurs ajoutées réalisées sur le territoire d'un pays ou d'un groupe de pays pendant une période donnée, et d'estimer la capacité de l'économie à satisfaire les besoins de tous les agents économiques (ménages, entreprises...).

Pluralisme politique : Respect de la diversité des orientations politiques, le multipartisme, la compétition libre pour l'accès aux fonctions électives.

Politique budgétaire : Ensemble des moyens mis en œuvre par un État pour agir sur la situation macroéconomique par l'utilisation de la fiscalité et des dépenses publiques.

Politique climatique : Ensemble des objectifs et instruments utilisés par les pouvoirs publics pour réduire les émissions de gaz à effet de serre et contrôler les changements climatiques induits. Ces politiques visent à répondre aux problèmes posés par les externalités négatives. Pour cela, les politiques environnementales et climatiques s'appuient sur quatre grands types d'instruments : les réglementations, la taxation, les marchés de quotas d'émission et les subventions à l'innovation verte.

Politique conjoncturelle : Politique macroéconomique qui recouvre l'ensemble des décisions prises et des mesures appliquées par les pouvoirs publics pour agir sur les composantes de la demande globale (consommation, investissement) afin de stabiliser la croissance effective. Les objectifs sont ceux du carré magique. Les principaux instruments sont la politique monétaire et la politique budgétaire.

Politique environnementale : Ensemble des mesures prises par les pouvoirs publics dans le but de susciter, chez les pollueurs, un comportement plus soucieux de l'environnement.

Politique monétaire : Ensemble des moyens mis en œuvre par un État ou une autorité monétaire (Banque centrale) pour agir sur l'activité économique et l'inflation par la régulation de la quantité de monnaie en circulation.

Politiques structurelles : Ensemble des interventions publiques destinées à agir sur les structures de l'économie qui encadrent, organisent et conditionnent le fonctionnement des économies à long terme. Ce sont des politiques macroéconomiques qui agissent sur les déterminants de l'offre globale afin de renforcer la croissance potentielle.

Prélèvements obligatoires : Ensemble des impôts (TVA, impôt sur le revenu, sur les sociétés...) et des cotisations sociales qui ne donnent pas droit à une contrepartie immédiate.

Preneur de prix : Comportement du producteur ou de la firme sur le marché de concurrence pure et parfaite, par lequel il adopte le prix tel qu'il se fixe sur le marché.

Principe de subsidiarité : Principe de répartition des compétences publiques entre les différents niveaux d'action (local, national, régional, européen).

Prix : Dans une économie monétaire, le prix est la quantité de monnaie que l'on doit donner en échange d'une unité d'un bien ou d'un service.

Prix d'équilibre : Prix tel que la quantité offerte d'un bien soit égale à la quantité demandée de ce bien.

Prix relatif : Prix d'un bien, d'un actif, par rapport au prix des autres biens ou actifs.

Processus de destruction créatrice : Double processus de destruction d'activités, d'entreprises, d'emplois et de création d'activités, d'entreprises, d'emplois, impulsé par le processus d'innovation. Il est source de croissance à long terme.

Production : Ensemble des biens et services produits par les entreprises et administrations publiques afin de satisfaire les besoins de tous les agents économiques. La production marchande s'échange sur un marché à un prix de marché. La production non marchande (administrations publiques notamment) ne s'échange pas de manière marchande, elle n'a pas de prix mais n'est pas gratuite. Elle est mesurée par le coût des facteurs de production qui s'échangent à un prix sur divers marchés.

Productivité : Rapport entre la quantité produite et la quantité de facteur mobilisée pour l'obtenir. La productivité permet d'estimer l'efficacité des facteurs de production (productivité apparente du travail ou du capital) ou celle de l'ensemble des facteurs de production (productivité globale des facteurs).

Productivité globale des facteurs : Mesure du rapport entre la quantité produite et la quantité globale de facteurs de production utilisée.

Profit : Revenu du capital et/ou de l'entrepreneur. En comptabilité nationale comme en comptabilité privée, ce concept est mesuré par l'excédent brut d'exploitation.

Progrès technique : Ensemble des modifications qui affectent les procédés ou la nature des biens réalisés, ou encore ensemble des innovations qui améliorent l'efficacité de la combinaison productive et la qualité des produits. La productivité globale des facteurs est une estimation des effets du progrès technique sur la croissance économique.

Protectionnisme : Politique commerciale qui vise à protéger de la concurrence internationale le marché intérieur d'un pays par différentes mesures (droits de douane, barrières non tarifaires).

Protection sociale : Ensemble des mécanismes de prévoyance collective qui permettent aux individus de faire face aux conséquences (perte de revenus, hausse de certaines dépenses) d'un certain nombre de risques sociaux (maladie, chômage, vieillesse sans ressource).

Qualification : Ensemble des connaissances, des aptitudes et des expériences que requiert un emploi déterminé (qualification de l'emploi) ou qu'un individu est susceptible de mettre en œuvre (qualification du travailleur, appelée aussi qualification individuelle).

Quantité d'équilibre : Quantité de biens et services échangée au prix d'équilibre du marché.

Rapports de production : Ensemble des relations de pouvoir, de propriété et de répartition nouées par les hommes dans le processus de production ; l'appartenance de classe d'un individu est déterminée par sa place dans les rapports de production.

Rareté : Situation de déséquilibre entre les ressources disponibles et les quantités que les agents économiques souhaitent utiliser. Les ressources sont insuffisantes. Sur un marché, situation où la quantité demandée est supérieure à la quantité offerte.

Rationnement : Distribution en quantité limitée et inférieure à la quantité désirée.

Redistribution : Ensemble des transferts de revenus opérés par les administrations publiques (prélèvement d'impôts et de cotisations sociales afin de verser des revenus de transfert et financer la protection sociale).

Régulation des conflits : Processus par lequel des règles sociales viennent encadrer les conflits, et peuvent être à leur tour modifiées par ces conflits.

Répartition primaire des revenus : Répartition des revenus primaires, versés aux facteurs de production.

Répartition secondaire des revenus : Répartition des revenus disponibles. Situation de répartition des revenus après la redistribution.

Répertoires d'action politique : Modes d'actions politiques disponibles dans une société à un moment donné de son histoire.

Réseaux sociaux : Agencement de liens entre des individus ou des organisations (la famille, les collègues, un groupe d'amis, une communauté, etc.).

Revenu : Somme qui peut être dédiée à la consommation par un individu sans qu'il entame la valeur de son patrimoine. Rémunération d'un travail ou d'un capital.

Revenu permanent : Revenu que les ménages espèrent obtenir durant leur vie.

Risque de crédit : Probabilité de défaut de remboursement du créancier par l'emprunteur qui se révèle dans l'incapacité de régler sa dette et les intérêts de celle-ci.

Risques sociaux : Ensemble des événements liés au fonctionnement de l'économie et de la société, qui compromettent la capacité des individus à assurer par le travail leur indépendance sociale.

Rôle de « prêteur en dernier ressort » : La Banque centrale fournit à une banque en difficulté les liquidités nécessaires pour lui éviter la faillite.

Salaire : Revenu du travail pour les personnes qui ont un employeur. Le taux de salaire est le prix de ce travail sur le marché du travail (salaire = taux de salaire x temps de travail). Le salaire nominal est le salaire en unité de monnaie courante. Le salaire réel est le salaire en termes de pouvoir d'achat, en volume, déduction faites des effets de l'inflation. Le coût salarial unitaire est le rapport entre le coût salarial et la productivité d'un travailleur.

Salaire d'efficience : Il fait référence à une théorie selon laquelle il est possible pour un employeur d'améliorer la productivité des travailleurs, donc de réduire ses coûts unitaires de production, en versant un salaire plus élevé, donc plus motivant et qui élève le coût d'opportunité de la perte de l'emploi.

Salaire minimum : Salaire institutionnel, fixé par les États et/ou les partenaires sociaux afin que le niveau de salaire versé à un travailleur pour un temps de travail donné ne descende pas plus bas que ce niveau plancher.

Salarisation : Augmentation du pourcentage de salariés dans la population active occupée (qui travaille).

Segmentation du marché du travail : Il existe plusieurs segments bien distincts, voire plusieurs marchés du travail. On peut par exemple distinguer le marché primaire (des travailleurs qualifiés, en CDI avec de faibles chances d'être durablement au chômage, qui occupent des postes dans le haut de la hiérarchie, avec des salaires élevés et de belles perspectives de carrière) du marché secondaire (des travailleurs peu qualifiés, en CDD ou mission d'intérim, avec de fortes chances d'être durablement au chômage, qui occupent des postes dans le bas de la hiérarchie, avec des salaires faibles et peu de perspectives de carrière).

Services collectifs : Activités d'intérêt général prises en charge par une personne publique (administration ou entreprise publique) ou une personne privée (entreprise privée), mais sous le contrôle d'une personne publique.

Socialisation : Processus par lequel chaque individu construit son identité en fonction des différentes valeurs et normes sociales en vigueur et des interactions qu'il a avec autrui.

Socialisation anticipatrice : Ensemble des valeurs et normes d'un groupe social qu'un individu acquiert en vue de l'intégrer.

Socialisation politique : Processus d'intériorisation, par les individus, des règles qui organisent le champ politique et de leur place dans ce champ ; autrement dit, la socialisation politique est l'apprentissage d'une culture politique.

Société civile organisée : Toutes les formes d'action sociale menées par des individus ou des groupes n'émanant pas de l'État et qui ne sont pas dirigés par lui. Une société civile organisée est une structure organisationnelle dont les membres servent l'intérêt général au moyen d'un processus démocratique et jouent un rôle de médiateur entre les pouvoirs publics et les citoyens.

Solidarité mécanique : Forme de cohésion sociale caractéristique des sociétés traditionnelles qui repose sur la substituabilité dans leurs fonctions sociales d'individus ayant une conscience collective forte (valeurs et croyances communes) et où la division du travail est faible.

Solidarité organique : Forme de cohésion caractéristique des sociétés modernes qui repose sur la complémentarité dans leurs fonctions sociales d'individus autonomes (comparables à des organes du corps humain) et dont la conscience individuelle prend le pas sur la conscience collective, et où la division du travail rend les individus interdépendants.

Soutenabilité : La soutenabilité de la croissance fait référence à notre capacité à produire des biens et services sans mettre en péril notre environnement naturel. En effet, pour produire nous devons utiliser divers types de facteurs de production, dont les ressources environnementales. Le capital naturel correspond à l'ensemble des ressources naturelles (air, eau, matières premières...). Notre mode de croissance peut entraîner une baisse du stock de capital naturel, ce qui peut nuire à la satisfaction des besoins des agents économiques. Si la soutenabilité est faible, la dégradation du stock de capital naturel peut être compensée par une augmentation du stock de capital technologique. Il y a substituabilité car le capital naturel est considéré comme un capital productif comme les autres. La contrainte environnementale est faible. Si la soutenabilité est forte, les différentes formes de capital ne sont pas substituables. Le degré de la contrainte environnementale est plus fort. En particulier, la substituabilité n'est pas possible entre une hausse du capital physique/technologique et une baisse du capital naturel.

Spécialisation : Action qui consiste à se consacrer à une production ou à un travail déterminé. La spécialisation rend nécessaire l'échange.

Spécialisation internationale : Division internationale du travail (DIT). Elle s'accompagne logiquement de l'échange international.

Spéculation : Activité financière consistant à acheter un produit à un prix en espérant (en faisant le pari de) le revendre plus tard à un prix plus élevé et réaliser, ainsi, une plus-value. Ce sont donc les anticipations en situation d'incertitudes qui alimentent la spéculation.

Stratégie de « passager clandestin » : Stratégie de comportement de l'agent qui souhaite bénéficier des avantages d'une action sans en supporter le coût.

Strates : « couches » de population classées selon plusieurs critères (revenus, diplômes, prestige...) et caractérisées par l'absence de conflit majeur.

Stratification sociale : Ensemble des systèmes de différenciation sociale. Organisation sociale des inégalités entre groupes sociaux.

Syndicat de salariés : Organisation de salariés qui s'étend au-delà des frontières de l'entreprise, dans le but de protéger ou d'améliorer, à travers l'action collective, le statut économique et social de ses adhérents.

Tables de mobilité : Il s'agit de tableaux croisés à double entrée où sont représentés en colonne le groupe socioprofessionnel du fils et en ligne celui du père. Elles permettent de mesurer les flux de mobilité intergénérationnelle. On distingue les **tables d'origine** ou de recrutement et les **tables de destinée**. Seuls les actifs occupés, hommes âgés de 30 à 59 ans qui travaillent ou ont déjà travaillé à la date de l'enquête (ou plus récemment les femmes actives), classés par PCS (professions et catégories socioprofessionnelles), sont pris en compte. Les chômeurs, les retraités ou les préretraités (inactifs) sont classés dans leur dernière position d'activité.

Taux d'abstention : Rapport entre le nombre de personnes inscrites sur les listes électorales qui n'ont pas voté et le nombre de personnes inscrites sur les listes électorales.

Taux de chômage : Part des chômeurs (en pourcentage) dans la population active totale.

Taux d'emploi : Rapport, pour une catégorie d'individus, entre le nombre de personnes de la catégorie ayant un emploi et le nombre total d'individus de la catégorie qui sont en âge de travailler.

Taux de scolarisation : Rapport entre le nombre d'élèves, d'étudiants et d'apprentis en formation initiale d'un âge déterminé, inscrits dans un niveau d'enseignement et la population ayant l'âge officiel de scolarisation du même niveau d'éducation.

Taux d'intérêt : L'intérêt est le revenu que l'on tire d'un capital placé auprès d'autrui : il se calcule en pourcentage de la valeur nominale de ce capital et s'exprime généralement en un taux annuel qui indique alors le prix à payer pour le prêt, à échéance d'un an, d'un capital.

Taux d'intérêt directeur : Taux d'intérêt déterminé et appliqué par la banque centrale, et qui exerce un impact direct sur l'ensemble des taux d'intérêt.

Tertiarisation de l'emploi : Augmentation du pourcentage d'actifs occupés qui travaillent dans le secteur tertiaire et baisse du pourcentage de personnes en emploi qui travaillent dans les secteurs primaire et secondaire.

Tragédie des biens communs : Le libre accès à une ressource limitée pour laquelle la demande est forte peut entraîner sa surexploitation et, à terme, sa disparition (ex. : la pêche du thon rouge).

Travail : Activité socialement et institutionnellement organisée par le droit du travail et les conventions collectives, qui peut parfois être confondue avec l'emploi. La notion de travail doit être distinguée de et la valeur des consommations intermédiaires (CI). Chiffre d'affaires = valeur des ventes réalisées par une entreprise = prix de vente unitaire × nombre de produits vendus.

riables lourdes du comportement électoral : Variables retenues par la sociologie électorale comme étant celles qui permettent le mieux de prédire le vote (appartenance religieuse, patrimoine, etc.).

te sur enjeu : Idée que les électeurs se détermineraient en fonction du contexte, des candidats et des enjeux propres à chaque élection.

al

sir

lité :

stions,

estion corrigée

exposé,

Achevé d'imprimer en juillet 2023 en Tchéquie par
Finidr Dépôt légal : Août 2023 - Édition 01
26/1891/4